W0404867

# LA SAGA WATERFIRE
# ROGUE WAVE

Jennifer Donnelly

# LA SAGA WATERFIRE
# ROGUE WAVE

Traduit de l'anglais (États-Unis)
par Lucile Galliot

hachette
ROMANS

*UN GLOSSAIRE DE TOUS LES TERMES SPÉCIFIQUES*
*À L'UNIVERS DE* LA SAGA WATERFIRE
*EST PRÉSENTÉ EN FIN D'OUVRAGE.*

Couverture : © Shane Rebenscheid / SJI Associates, Inc. / Rachel Elkind / Roberto Falck / Grace Lee

Traduit de l'anglais (États-Unis) par Lucile Galliot

L'édition originale de cet ouvrage a paru en langue anglaise chez Disney•Hyperion, an imprint of Disney Book Group., sous le titre :
*THE WATERFIRE SAGA: ROGUE WAVE*


Hachette Livre, 58 rue Jean Bleuzen, 92170 Vanves.

Pour le merveilleux Steve Malk,
avec toute ma gratitude.

*La mer n'est jamais immobile.*
*Elle martèle le rivage,*
*Agitée comme un jeune cœur,*
*En chasse.*
*La mer parle*
*Et seuls les cœurs tumultueux*
*Savent ce qu'elle dit…*

— Extrait de *Jeune Mer*,
de Carl Sandburg

# PROLOGUE

De l'autre côté de la glace argentée, un sourire étira les lèvres de l'homme sans yeux.

Elle était là. Revenue, comme il l'avait prédit. Son cœur droit et valeureux l'avait poussée à rentrer chez elle.

Elle était revenue dans l'espoir que tous n'aient pas disparu. Sa mère la regina, son frère le guerrier, son oncle le farouche Vallerio…

L'homme observa la sirène traverser les ruines de la salle d'apparat du palais, ses yeux fixés sur elle tels deux gouffres obscurs et insondables.

Elle semblait différente. Sa tenue était plus adaptée à la vie dans les courants : tendance mais résistante. Elle avait coupé court et teint en noir ses longs cheveux brun cuivré. Méfiance et vigilance aiguisaient son regard vert.

Pourtant, à certains égards, elle n'avait pas changé. Ses gestes restaient hésitants et le doute transpirait dans son regard. L'homme vit qu'elle ignorait toujours la source de son pouvoir et, par conséquent, qu'elle n'y croyait pas encore tout à fait. C'était une bonne chose. Le temps qu'elle comprenne, il serait trop tard. Trop tard pour elle, pour les océans, pour le monde entier.

La sirène observa le trou béant où se dressait autrefois le mur est de la salle d'apparat. Un courant au débit lent et mélancolique se déversait au travers. Des anémones et des algues avaient commencé à coloniser ses rebords déchiquetés. Elle nagea jusqu'au trône brisé, puis s'inclina pour toucher le sol.

Elle resta immobile un bon moment, tête baissée. Puis, se redressant, elle recula lentement vers le mur nord.

Vers lui.

Il avait déjà essayé de la tuer. C'était avant que son royaume soit attaqué. Il s'était introduit dans sa chambre à travers un miroir, mais une domestique était entrée, le contraignant à retourner dans le verre argenté.

Cette fois-ci, l'obstacle venait des longues fissures sinueuses qui, à la manière d'un réseau de veines, couraient d'un bout à l'autre du miroir. L'espace entre ces lézardes, trop étroit pour laisser passer son corps entier, s'avérait tout juste assez large pour ses bras.

Lentement, sans un bruit, ses mains traversèrent le miroir, flottant à quelques centimètres seulement de la sirène. Il serait si simple de les refermer sur son cou gracile et de mettre un point final à ce que les Iele avaient commencé.

*Mais non*, réfléchit l'homme en reculant. Ce ne serait pas raisonnable. Son courage et sa force dépassant de beaucoup ce qu'il avait imaginé, il n'était pas impossible qu'elle réussisse là où d'autres avaient échoué : elle pourrait trouver les talismans. Et, si elle y parvenait, il n'aurait plus qu'à les lui prendre. Un triton à qui elle avait autrefois donné son cœur et sa confiance s'en chargerait pour lui…

L'homme sans yeux avait attendu si longtemps ! Il savait que ce n'était pas le moment de perdre patience. Il se retira dans le miroir et se fondit de nouveau dans le liquide argenté. Dans les deux gouffres où logeaient autrefois ses yeux, l'obscurité se mit à scintiller, intense et vive. Une obscurité qui observe et qui attend. Une obscurité tapie, prête à bondir. Une obscurité aussi ancienne que les dieux.

Au moment de vivre ses derniers instants, la principessa la verrait, elle aussi. Il n'aurait qu'à tourner son visage vers elle et lui faire contempler ces abîmes de noirceur sans fond. Elle verrait sa défaite.

Et la victoire des ténèbres.

# UN

— POISSON D'ARGENT ! Petit, petit, petit !

Tremblante et le souffle court, Serafina appela aussi fort qu'elle pouvait se le permettre. Le liquide argenté ondulait autour d'elle au gré de ses déplacements à travers la galerie des soupirs du Vadus, le royaume des miroirs. Sur les murs étaient suspendues des milliers de glaces et de psychés dans lesquelles dansait la lumière vacillante des lustres. Mis à part quelques vitrina qui observaient leur reflet d'un air absent, la galerie était vide.

Sera avait espéré que ses amies ne seraient pas loin, mais ce n'était pas le cas. Elle en conclut qu'elles avaient dû aboutir dans un autre coin du Vadus. Au moins, aucun cavalier de la mort n'avait pu les suivre. Baba Vrăja avait veillé à cela en brisant le miroir dans lequel Sera avait plongé, ce qui lui avait permis d'échapper aux soldats et à leur capitaine, Markus Traho.

— Viens, poisson d'argent ! appela-t-elle à nouveau dans un murmure.

Il fallait qu'elle se fasse discrète, qu'elle crée le moins de remous possible. Elle ne voulait pas que le seigneur du Vadus découvre sa présence. Il était tout aussi dangereux que Traho.

Elle se rappela les scarabées. Vrăja leur en avait donné une poignée à chacune pour appâter les poissons d'argent. Elle les sortit de sa poche et les fit s'entrechoquer dans son poing.

— Ici, petit, petit, petit ! souffla-t-elle.

Plus vite elle en trouverait un, plus vite elle pourrait rentrer chez elle.

*Chez elle.*

Serafina avait fui la Miromara deux semaines plus tôt, lorsque Cerulea – sa capitale – avait été envahie. Les assaillants avaient tué son père et tenté d'assassiner sa mère. Envoyés par l'amiral Kolfinn de l'Ondalina, un royaume mer situé dans l'Arctique, ils répondaient aux ordres d'un triton brutal et sans merci, le capitaine Traho.

Sera avait fait la rencontre de la fille de Kolfinn, Astrid, dans les grottes des Iele, et l'Ondalinienne lui avait juré que son père n'avait jamais ordonné l'invasion de la Miromara, mais la principessa ne lui faisait pas confiance.

Comme Serafina elle-même et quatre autres sirènes avec elles – Neela, Becca, Ling et Ava –, Astrid avait été convoquée par les Iele, un clan très puissant de sorcières des rivières. De la bouche de Vrăja, leur chef, les sirènes avaient appris qu'elles étaient les descendantes directes des Six Souverains Originels, les mages qui gouvernaient autrefois l'empire disparu de l'Atlantide.

Elles avaient aussi appris qu'Orfeo, le plus puissant des Six, avait livré l'île à la furie d'un gigantesque monstre maléfique : Abbadon. La créature avait détruit l'Atlantide avant d'être finalement vaincue par les cinq confrères d'Orfeo. Ils l'avaient emprisonnée dans le Carceron, puis l'un des mages

– Sycorax – avait traîné la prison jusqu'à l'océan Austral, où elle l'avait enfouie sous la glace. Mais le monstre avait recommencé à s'agiter. Quelqu'un l'avait réveillé. Serafina était convaincue qu'il s'agissait de Kolfinn. Sans doute souhaitait-il utiliser la puissance d'Abbadon pour prendre le contrôle de tous les royaumes mer.

Selon Vrăja, les sirènes devaient détruire le monstre avant que la personne responsable de son réveil parvienne à le libérer. Pour cela, il fallait qu'elles retrouvent les anciens talismans ayant appartenu aux Six Souverains Originels. Avec ces objets, elles pourraient déverrouiller le Carceron et se charger d'Abbadon.

Sera savait que sa meilleure chance de découvrir où étaient cachés les talismans résidait dans l'Ostrokon de Cerulea, parmi les conques-archives du Périple de Merrow. Elle pensait que Merrow, la première souveraine du peuple mer, avait caché les talismans au cours d'un voyage qu'elle avait entrepris à travers les océans de la planète et que les conques pourraient révéler leur emplacement.

Bien que consciente du danger – sans parler de sa peur de voir Cerulea en ruine –, il *fallait* qu'elle rentre chez elle.

Mais pas tout de suite.

Il y avait un autre endroit où elle devait se rendre d'abord.

*Non, Sera !* s'éleva une voix forte.

Elle se retourna vivement pour découvrir qui venait de parler, mais il n'y avait personne.

*N'y va pas,* mina. *C'est trop dangereux.*

— Ava ? chuchota Sera. C'est toi ? Où es-tu ?

*Dans ta tête.*

— C'est un convoca ? demanda Sera en se rappelant la difficulté du sortilège de convocation que lui avaient appris les Iele.

*Oui... j'essaie... le maintenir... blie pas... Astrid...*

— Ava, tes paroles sont toutes hachées ! Je ne t'entends plus !

Aucune réponse ne lui parvint pendant quelques secondes, puis la voix d'Ava se fit à nouveau entendre : *N'oublie pas ce qu'Astrid a dit : « Les Opafago dévorent leurs victimes vivantes... Pour que leur cœur continue de battre et de faire circuler le sang. »*

— Je sais, mais il *faut* que j'y aille.

*L'Ostrokon... moins risqué... t'en prie...*

La voix d'Ava s'amenuisait à nouveau.

— Je ne peux pas, Ava. Pas encore. Avant de savoir *où* sont les talismans, il faut qu'on sache *ce qu'ils sont*.

Sera attendit la réponse de son amie, mais elle ne vint jamais.

— Viens, poisson d'argent ! appela-t-elle de nouveau, sa voix davantage marquée par l'urgence.

Elle perdait du temps. Il fallait qu'elle fiche le camp d'ici.

— Ici, petit poisson ! J'ai une friandise savoureuse pour toi !

— Merveilleux ! J'*adore* les friandises ! s'exclama une autre voix dans son dos.

Le sang de Serafina se figea. *Riorim Erissem*. Il avait réussi à la repérer finalement ! Elle se retourna lentement.

— Principessa ! Quel plaisir de vous revoir ! jubila le seigneur des miroirs.

Ses yeux glissèrent sur le visage de la sirène, notant sa pâleur au passage, puis se posèrent sur les entailles profondes qui zébraient sa queue depuis son combat contre Abbadon. Son sourire mielleux s'élargit.

— Je dois dire, cependant, que vous n'avez pas l'air très en forme, ajouta-t-il.

— Contrairement à vous, répliqua Serafina en s'éloignant à reculons. En forme et bien repu.

Son visage était aussi rond qu'une pleine lune. Il portait une tunique en soie vert acide dont les replis, bien que volumineux, ne pouvaient dissimuler sa corpulence.

— Eh bien, merci, ma chère ! De fait, je viens de savourer un repas des plus *délicieux* ! Il m'a été offert par une jeune humaine. Une jeune fille d'à peu près votre âge.

Il laissa s'échapper un rot sonore, puis se couvrit la bouche.

— Oups. Veuillez m'excuser. Je crains d'avoir eu les yeux plus gros que le ventre. Il y avait tant de frouillards savoureux à déguster !

Les frouillards étaient les peurs les plus profondes d'une personne. Riorim s'en nourrissait.

— C'est donc pour cela que vous êtes aussi gras qu'un morse, répliqua Serafina en prenant soin de garder ses distances.

— Impossible de résister. Cette petite idiote rendait cela si facile ! Elle lit ces choses appelées *magazines*, voyez-vous, remplies de photos d'autres jeunes filles. Seulement, ces clichés ont été enchantés pour donner l'impression d'une beauté sans défaut et elle ne le sait pas. Tout ce qu'elle sait, c'est que ces filles sont parfaites et qu'elle, elle ne l'est pas.

Elle passe des *heures* à se tourmenter devant son miroir, et moi, depuis l'autre côté, je lui murmure qu'elle n'est pas assez mince, pas assez belle ou pas assez douée. Et, dès que son angoisse et son chagrin atteignent des sommets, je passe à table !

*Pauvre petite*, songea Serafina en repensant au mal-être qui l'habitait quand elle ne se sentait pas à la hauteur des attentes des autres. Mal-être qui l'habitait encore aujourd'hui.

— N'est-ce pas *formidable*, Principessa ? Ah, les goggs ! Je les adore. Ils font une grande partie de mon travail à ma place. Mais assez parlé d'eux ! Ces choses que j'entends à *votre* sujet ces derniers jours ! s'exclama Riorim en pointant Serafina du doigt. Le capitaine Traho sonde des fleuves entiers à votre recherche. Que venez-vous faire au Vadus ? Où allez-vous ?

— Chez moi, mentit Sera.

Les yeux de Riorim se rétrécirent. Il s'humecta les lèvres.

— Vous n'êtes pas forcée de nous quitter aussi vite, si ?

Il était derrière Serafina avant même qu'elle ne réalise qu'il avait bougé. Elle étouffa un cri de surprise en sentant un frisson liquide courir le long de sa colonne.

— Toujours aussi solide ! nota-t-il avec tristesse.

— Retirez vos sales pattes de mon dos ! s'écria Sera en s'éloignant de lui d'un battement de nageoire.

Mais il la rattrapa.

— Pourquoi appeliez-vous mes poissons d'argent ? lui demanda-t-il. Où allez-vous *vraiment* ?

— Je vous l'ai déjà dit : chez moi.

Sera savait qu'elle devait lui cacher ses peurs, sinon il s'en servirait pour la maintenir ici pour toujours, comme une vitrina. Mais il était déjà trop tard : une douleur vive l'assaillit.

— Ah ! En voilà un ! chuchota Riorim, dont elle sentit le souffle froid contre son cou. Petite Principessa, vous vous croyez si maligne et si courageuse ! Mais vous ne l'êtes pas. Je le sais. Et votre mère le savait, elle aussi. Vous l'avez déçue maintes et maintes fois. Vous l'avez laissée tomber, abandonnée à la mort !

— Non ! sanglota Serafina.

Les doigts rapides de Riorim explorèrent sa colonne vertébrale en quête de peurs encore plus profondes.

— Mais attendez, il y a mieux ! Regardez ce que vous nous mijotez là !

Il resta silencieux un instant, puis reprit :

— Ma parole, c'est une sacrée tâche que vous a confiée Vrăja ! Et vous pensez honnêtement que vous avez une chance d'y arriver ? *Vous ?* Que fera-t-elle quand vous aurez échoué ? J'imagine qu'elle trouvera quelqu'un d'autre. Quelqu'un de plus doué. Exactement comme Mahdi.

Le fiel de ses paroles frappa Serafina en plein cœur tel un dard de raie. Mahdi, le prince héritier de Matali, le triton qu'elle aimait, l'avait trompée avec une autre, et la blessure était encore béante. Elle baissa les yeux, paralysée par la douleur. Elle oublia la raison de sa présence ici. Et le lieu où elle voulait aller. Sa volonté fléchit et une grisaille suffocante l'enveloppa telle une brume marine.

Avec un ronronnement de plaisir, Riorim détacha une petite chose noire dissimulée entre deux de ses vertèbres.

Le frouillard se débattit avec des cris perçants tandis qu'il le fourrait dans sa bouche.

— *Si* délicieux ! gloussa-t-il une fois qu'il l'eut avalé. Je ferais mieux de m'arrêter là, mais je ne peux pas m'en empêcher ! ajouta-t-il en gobant un autre frouillard. Vous ne pourrez *jamais* vaincre Traho. Tôt ou tard, il finira par vous trouver.

L'éclat des yeux de Serafina faiblit. Sa tête plongea en avant. Riorim cueillit d'autres frouillards, qu'il enfourna en s'aidant de la paume de sa main.

— Mmmh ! Divin ! dit-il en les avalant d'un trait.

Un rot lui échappa.

Le bruit grossier sortit Serafina de sa léthargie. Pendant quelques secondes, la grisaille se dissipa et son esprit redevint clair. *Il est en train de me détruire. Je ne dois pas le laisser faire*, songea-t-elle, désespérée. *Mais comment le combattre ? Il est si fort...*

Au prix d'un gros effort, elle releva la tête... et étouffa un cri. Riorim avait doublé de volume ! Son ventre pendouillait entre ses genoux, désormais. Son visage était boursouflé de manière grotesque. Une grimace lui tordit les lèvres.

*Son estomac commence à le faire souffrir*, pensa-t-elle.

Une autre voix résonna dans sa tête. Celle de Vrăja : *Au lieu de l'éviter, tu devrais laisser ta peur s'exprimer*, lui avait conseillé la sorcière.

C'est ce que Serafina allait faire. Elle allait laisser sa peur s'exprimer, la laisser *hurler* !

— Vous avez raison, Riorim. Ce que Vrăja attend de moi est impossible.

Elle était en train de jeter son cœur en pâture à un monstre. Si elle échouait, il le dévorerait.

Riorim s'empara d'un nouveau frouillard et le mâchonna. Un autre rot lui arracha une grimace. Son ventre touchait le sol, à présent.

— Il serait peut-être sage que je fasse une petite pause entre mes repas, grommela-t-il. Un instant, je vous prie…

Sera ne lui accorda pas cette faveur.

— J'ai peur de ne jamais revoir mon oncle ou mon frère, s'empressa-t-elle d'ajouter. J'ai peur des cavaliers de la mort. J'ai peur pour Neela, Ling, Ava et Becca. J'ai peur qu'Astrid dise la vérité. J'ai peur qu'elle me mente. J'ai peur de Traho. J'ai peur de l'homme sans yeux…

Riorim cueillait les frouillards par poignées à présent. Il avait les bras si potelés qu'il pouvait à peine atteindre sa bouche, et pourtant il ne pouvait pas s'arrêter de manger, dominé par sa propre gloutonnerie.

— Savez-vous encore ce qui me fait peur ?

— Au nom des dieux, arrêtez. Je vous en prie ! la supplia Riorim.

Il recula d'un pas, perdit l'équilibre et bascula en arrière. Incapable de se relever, il agita ses jambes et ses bras dans tous les sens, telle une tortue couchée sur le dos dans l'incapacité de se retourner.

Serafina se pencha au-dessus de lui. Elle criait à présent :

— J'ai peur de devenir folle devant tant de souffrance ! J'ai peur que d'autres Ceruléens soient tués ! J'ai peur que d'autres villages soient attaqués ! J'ai peur que Traho fasse du mal à Vrăja ! J'ai peur que Blu soit mort ! J'ai peur pour les Mer prisonniers à bord du bateau d'Alfred Treebot !

Riorim ferma les yeux. Il gémit et Serafina s'arrêta de crier. Elle se redressa, surprise de découvrir que la brume grise avait disparu. Elle avait vaincu Riorim. Sa peur était devenue une alliée et n'était plus une ennemie.

Souriante, elle ouvrit la main. Les scarabées s'y trouvaient encore.

— Poisson d'argent ! Viens ! cria-t-elle de toutes ses forces.

Mais nulle créature argentée n'apparut. Serafina comprit soudain ce qui n'allait pas.

Elle appela de nouveau :

— Poisson d'argent ! Viens !

Le liquide argenté s'agita et un courant plus trouble se forma. Deux longues antennes frémissantes en émergèrent, suivies d'une tête. La créature s'extirpa en entier du liquide opaque et Serafina vit qu'elle était gigantesque et dotée d'une longue carapace segmentée. Deux fois plus grande qu'un hippokampe de bonne taille. Une paire d'énormes yeux noirs la dévisagèrent.

— Ça sent le scarabée ! gronda la créature.

— Conduis-moi à Atlantide et ils sont à toi ! lui promit Serafina.

Le poisson d'argent acquiesça et Serafina grimpa sur son dos. La créature replia ses longues antennes afin qu'elles servent de rênes à la sirène. Sera s'installa comme elle avait l'habitude de le faire sur Clio, son hippokampe : la queue enroulée autour du flanc de l'animal et le dos bien droit.

— L'*Atlantide* ? Tu chevauches vers ta propre mort ! s'écria Riorim.

— J'y vais pour empêcher que la mort ne frappe. Empêcher ma mort et celle de beaucoup d'autres.

— Idiote ! aboya Riorim en remuant bras et jambes, tel un enragé. Les Opafago te dévoreront vivante ! Ils te briseront les os pour en sucer la moelle ! Si tu n'as pas peur, tu devrais !

— Je n'ai pas peur, Riorim…

— Menteuse, siffla-t-il.

— … Je suis terrifiée.

# DEUX

— TITEP PORT TSE'C, objecta Serafina au poisson d'argent.

La créature la dévisagea de ses grands yeux noirs.

— ! etius ed tuoT ! seébaracS exigea-t-elle.

Sera regarda de nouveau le miroir. Ils avaient parcouru un très long chemin à travers l'interminable galerie des soupirs avant que le poisson d'argent s'arrête ici. Abîmée, la glace était parcourue de fissures aux rebords coupants et ne tenait plus à son cadre que par deux côtés. En rentrant le ventre et en se mettant de profil, il n'était pas impossible de passer au travers, mais elle n'en était pas sûre et n'avait aucune envie de prendre le risque.

Chaque miroir de la galerie des soupirs correspondait à un miroir dans le monde des Mer et des terragoggs. L'envers de celui-ci se trouvait quelque part dans une pièce dévastée au cœur de l'Atlantide, mais où exactement ?

Il faisait sombre dans le miroir. Elle ne pouvait voir ce qui l'attendait. Qu'arriverait-il si elle se retrouvait coincée, la moitié de son corps ici et l'autre là-bas, incapable de bouger, avec des Opafago de l'autre côté ? Sera demanda à la créature de la conduire vers un miroir différent.

Le poisson d'argent se cabra, puis retomba lourdement sur le sol.

— ! seébaracS insista-t-il.

— ! drocca'D ! drocca'D

Qu'il soit possible – ou non – de rejoindre l'Atlantide par un autre chemin, une chose en tout cas était sûre : le poisson d'argent ne la conduirait pas plus loin. Elle se laissa glisser du dos de la créature et lui tendit les scarabées promis. L'animal les mangea dans sa main, puis replongea dans le courant trouble. Serafina était seule.

L'Atlantide était une île de vastes dimensions. Outre Elysia, la capitale, elle abritait une multitude de villes et de villages qui – tous sans exception – avaient été détruits. Sera savait qu'elle risquait de passer un temps fou à chercher un autre accès sans jamais y parvenir. Elle prit une grande inspiration, puis – les mains jointes au-dessus de la tête à la manière d'un plongeur – se glissa prudemment à l'intérieur du miroir en prenant gare aux brèches acérées. Elle fit ensuite passer sa queue et se retrouva allongée sur un sol jonché de débris. Elle était sortie du royaume des miroirs, mais ne savait pas avec certitude où elle venait d'entrer.

Seul un fragile rayon de lumière filtrant à travers un interstice au-dessus d'elle transperçait l'obscurité. Elle chanta à mi-voix un sort illuminata, tira le rayon vers elle et le dilata pour remplir l'espace. Lorsque ses yeux se furent adaptés à la luminosité, elle vit qu'elle se trouvait dans ce qui avait été autrefois la pièce principale, vaste et élégante, d'une maison de terragogg. Deux murs s'étaient effondrés ; les deux autres tenaient encore debout. Au-dessus de sa tête, de gigantesques poutres en bois qui avaient soutenu le plancher de l'étage supérieur, maintenues encore d'un côté par un mur intact, s'affaissaient jusqu'au sol. Une couche de débris entièrement couverts de mousse pesait lourdement sur les poutres.

Serafina examina la pièce à la recherche d'une issue, mais n'en trouva aucune. Elle lança un sort commoveo, à voix basse là encore, de peur d'alerter quelqu'un ou quelque chose. Avec la magie invoquée, elle essaya de pousser certains blocs de pierre, mais n'obtint aucun résultat : il aurait fallu une dizaine de chanvoûteurs pour les déplacer ! Elle farfouilla parmi les briques et les gravats, mais ne réussit qu'à se faire tomber du sable sur la tête.

C'est alors qu'elle la sentit : une vibration dans l'eau. Une vibration puissante. Ce qui la provoquait, quoi que ce fût, devait être d'une belle taille. Sera fit volte-face et découvrit, flottant à moins d'un mètre d'elle, une murène aussi énorme que furieuse. L'animal se dressa à la verticale et siffla en montrant ses crocs meurtriers.

— Murène, je prie toi, problème je ne te veux pas ! s'écria Serafina.

Choquée par la tournure grammaticale qui venait de jaillir de sa bouche, Sera le fut encore plus en réalisant qu'elle avait parlé anguillais, une langue qui lui était inconnue.

— Que faites-vous ici ? demanda la murène d'une voix grave et menaçante.

*Je la comprends !* pensa Serafina. *Comment est-ce possible ? Ling est la seule sirène que je connaisse qui sache parler l'anguillais.*

Puis il lui revint à l'esprit qu'elle avait aussi compris le poisson d'argent. Elle avait même échangé en rursus avec lui !

C'est alors qu'elle fit le lien : le serment de sang.

Lorsque les cinq sirles avaient mêlé leurs sangs et promis d'unir leurs forces pour vaincre Abbadon, une parcelle des pouvoirs de Ling avait dû se déverser en elle. En avait-elle également récupéré d'Ava, de Neela et de Becca ?

— Je t'ai posé une question, sirène ! gronda la murène en se rapprochant.

— Maintenant sortir. Essayer, s'empressa de répondre Serafina.

— Comment es-tu entrée ?

— Par le tirroir.

Dans le regard de la murène, la confusion remplaça la colère.

— Le grimmoire. Le miroir. Je prie toi, murène, montre-moi le dehors.

— Il y a un tunnel, répondit le poisson. Mais il est trop étroit pour toi. Tu vas devoir repartir d'où tu viens.

— Non ! Pas possible ! Homme méchant là-bas. Je prie-toi, murène, le dehors.

— Je vais te montrer, mais ça ne t'avancera à rien.

Longeant le sol, la murène nagea jusqu'aux vestiges d'un mur effondré. Parmi les décombres se trouvait une grosse pierre d'environ cinquante centimètres de diamètre.

— C'est là, indiqua le poisson d'un mouvement de queue.

L'eau était si trouble dans cette partie de la pièce que Serafina n'avait pas vu la pierre, et encore moins le tunnel dissimulé derrière. Elle tira sur le petit rocher et parvint à le dégager de la vase qui l'entourait, puis elle lança un autre commoveo pour le déplacer sur le côté. Elle retira le sac de son épaule, s'agenouilla, enfonça la main dans le tunnel étroit et sentit un courant très léger.

— Long beaucoup ? demanda-t-elle.

— Pas vraiment. Peut-être un mètre.

— Moi creuse aller dehors.

— Faites comme ça vous chante. Tout ce que je veux, c'est que vous sortiez de chez moi.

Serafina commença à creuser le sol du tunnel et en retira plusieurs poignées de vase. Elle l'avait élargi d'une bonne quinzaine de centimètres lorsqu'elle tomba sur quelque chose de dur et de volumineux. Incapable de le déplacer, elle entama le plafond du tunnel à la place, puis creusa les côtés, libérant une grande quantité de vase, de galets et de petits cailloux. Couchée sur le dos, elle se fraya lentement un chemin à travers l'étroit passage, clignant des yeux sous la pluie de sable, crachant la boue qui s'infiltrait dans sa bouche, priant pour ne pas faire tomber quelque chose d'important et se retrouver piégée par un glissement de terrain. Quand elle atteignit enfin l'autre extrémité du tunnel, elle ne prit même pas le temps de regarder autour d'elle : elle s'empressa de faire marche arrière pour retourner dans la maison de la murène et récupérer son sac.

— Merci-moi, lui dit-elle.

— Et pour quelle raison exactement ? demanda la murène.

— Non, *vous*. Merci-vous, murène.

— C'est ça. Allez-vous-en, je ne vous demande rien d'autre.

Serafina enfonça son sac dans le tunnel. Puis elle se retourna et s'y glissa elle-même, nageoire en avant, afin de pouvoir replacer la pierre devant l'ouverture. Elle ne voulait pas quitter la murène en lui laissant un gros trou sur le côté de sa maison. Tout en poussant son sac à l'aide de sa queue, elle se faufila de nouveau à travers le tunnel. Lorsqu'elle s'extirpa de l'autre côté, elle découvrit qu'elle était totalement à découvert. Prudemment, elle scruta les alentours à la recherche du moindre mouvement. Les eaux au-dessus d'elle étincelaient. D'après l'angle des rayons du soleil qui les transperçaient, elle estima qu'il ne devait pas être loin de midi. Elle regarda autour d'elle et réalisa qu'elle se trouvait à l'arrière de la maison terragogg.

Derrière la bâtisse, une pente douce rejoignait les fonds marins. Les collines étaient désormais colonisées par le corail et les algues, mais Sera savait que leurs coteaux, cultivés en terrasses, avaient sans doute été couverts de vignes et d'oliviers avant que l'Atlantide soit détruite. Elle nagea vers le fronton de la maison dans l'espoir de trouver des éléments qui lui permettent de se repérer.

De là, le sol se dérobait abruptement vers une vallée. Au milieu, tout au long de ce qui avait été une rue, des ruines s'étendaient sur plusieurs lieues. Serafina se figea à leur vue, émerveillée. Elle avait des informations à rassembler, des talismans à trouver, un monstre à chasser, mais elle était si bouleversée qu'elle était incapable de bouger. Des larmes lui montèrent aux yeux.

— Oh, murmura-t-elle. Oh, puissante Neria, regardez-moi *ça* !

Les maisons étaient en ruine, les temples effondrés, les palais dévastés.

Tout était silencieux, désert, désolé.

Mais cela restait néanmoins si beau !

C'était un lieu qui habitait les pensées de Serafina depuis si longtemps, un lieu qu'elle n'avait jamais espéré voir un jour.

C'était un rêve évanoui. Un empire fauché. Un paradis perdu.

C'était Elysia, le cœur de l'Atlantide.

# TROIS

SERAFINA REGARDAIT SANS BOUGER, osant à peine respirer.

Tant de choses s'étaient écroulées au moment de la destruction de l'île. Çà et là, néanmoins, certains édifices ou pans d'édifice tenaient encore debout. Elle avait étudié l'histoire d'Elysia à l'école, et rendu plusieurs conques-disserts sur l'art et l'architecture de cette cité.

*Là-bas, au loin, cette structure de forme concave, ça doit être l'amphithéâtre*, songea-t-elle. *Et ce gigantesque espace ouvert flanqué de colonnes, c'est l'agora, la place publique. Et voilà l'ostrokon, ce que les Atlantes appelaient bibliothèque.*

Incapable de patienter plus longtemps, elle chanta un sortilège de camouflage canta prax qui lui permit de se fondre dans son environnement à la manière d'une pieuvre. Le prax, ou chant simple, était la forme de magie mer la plus basique et n'exigeait que peu d'énergie ou d'aptitudes. Dès que le chanvoûtement fut jeté, elle s'élança vers les ruines d'un battement de nageoire.

Il ne lui fallut que quelques minutes pour atteindre les limites de la cité. Elle plongea au plus près du sol, déterminée à entrer dans Elysia comme le faisaient autrefois ses ancêtres : par ses rues. Tandis qu'elle les parcourait lentement – s'arrêtant pour toucher une colonne ou un linteau –, quarante siècles s'évanouirent instantanément.

Elle nagea à l'intérieur de plusieurs maisons, modestes comme prestigieuses. Le temps et le sable avaient effacé et recouvert beaucoup de choses, mais, dans l'une d'elles, elle put contempler une mosaïque représentant un homme, une femme et trois enfants – la famille qui avait vécu ici. Dans une autre se dressait une statue de la déesse de la mer, Neria, miraculeusement intacte. Dans une troisième, elle vit un squelette humain – une femme, sans doute, à en juger par les bracelets autour de ses poignets et les bagues à ses doigts. Ses os délicats étaient revêtus d'une fourrure d'algues. De petits poissons allaient et venaient dans son crâne. *Qui était-elle ?* s'interrogea tristement Serafina. Avait-elle connu les Six Souverains Originels ? Avait-elle eu l'occasion de voir leurs talismans ? Comme Sera aurait aimé que les morts puissent parler !

Alors qu'elle observait le squelette, un mouvement brusque sur sa gauche la fit sursauter. Sa dague jaillit aussitôt dans sa main, mais ce n'était qu'un crabe trottinant le long d'un mur. Elle poussa un soupir de soulagement, mais ce coup de frayeur lui rappela où elle se trouvait : au cœur du territoire des Opafago. L'information dont elle avait besoin était ici, elle en était certaine, gravée sur un fronton ou ciselée sur une frise. Encore fallait-il qu'elle la découvre. Et le plus tôt serait le mieux.

Serafina s'enfonça plus avant dans la cité, attentive au moindre bruit et au moindre mouvement. Tandis qu'elle nageait, le sort de camouflage qu'elle avait lancé donnait à son corps les couleurs de ce qui l'entourait : les tons sable des gravats, le rose et le blanc du corail, le vert et le brun des algues. Au centre d'Elysia, elle le savait, se dressaient la grande salle des Six Souverains Originels et les temples dédiés aux principaux dieux et déesses. Il y avait également l'ostrokon, ainsi que l'agora. Elle avait plus de chances de trouver l'information qu'elle cherchait dans ces lieux publics que dans des propriétés privées.

Elle passa devant ce qui ressemblait à la boutique d'un charron – des cercles d'acier couverts de berniques étaient encore alignés le long de la façade – puis devant celles d'un fabricant de chariots et d'un forgeron. Elle comprit qu'elle devait traverser l'ancien quartier des artisans – comme la fabra de Cerulea. La rue bifurquait ensuite vers la gauche et se rétrécissait ; Serafina la suivit. Les enseignes des boutiques qui la bordaient devinrent plus morbides. L'une d'elles vendait des cercueils, une autre, des linceuls.

Tout en bas de la rue était érigé une sorte de temple. En s'approchant, Serafina vit que son toit et ses murs étaient intacts, contrairement à la plupart des bâtiments voisins. Les portes colossales de l'édifice, en métal, étaient toujours fixées à leurs gonds et ne présentaient, étonnamment, aucune trace de rouille. Les colonnes de pierre qui flanquaient l'entrée étaient également intactes. Au-dessus figurait une inscription gravée en grec ancien. Sera peina quelques instants pour déchiffrer les lettres, puis prononça à mi-voix les mots qu'elles formaient : « Temple de Morsa ».

Des mots semblables étaient sortis de la bouche d'Abbadon : *Daímonas tis Morsa* – démon de Morsa. Le sang de Serafina se figea dans ses veines à ce souvenir. Se pouvait-il que cet endroit contienne des informations sur le monstre ? Ou sur les talismans ?

Aucun temple n'avait été bâti pour Morsa en Miromara, ni dans aucun des autres royaumes mer. Merrow avait décrété que la déesse était une abomination et qu'elle n'avait pas sa place dans une société civilisée.

Alors qu'elle rassemblait son courage pour pénétrer à l'intérieur, Serafina se demanda si Merrow avait eu d'autres raisons pour interdire le culte de Morsa. Tout comme elle la soupçonnait d'avoir eu ses raisons pour regrouper les Opafago sanguinaires dans les Landes de Thira, les eaux entourant l'Atlantide.

À en croire les historiens, Merrow avait justifié son choix en prétextant que les ruines n'étaient d'aucune utilité au peuple mer. Sera, néanmoins, pensait que son ancêtre s'était ainsi assurée que la véritable histoire de la chute de l'Atlantide ne soit jamais découverte. Selon l'ancien chant de sang de Merrow transmis à Vrăja, c'était dans le temple de Morsa qu'Orfeo s'était enfermé pendant la destruction de l'île. Y avait-il quelque chose à l'intérieur qu'elle désirait aussi garder secrète ?

— Il n'y a qu'une façon de le savoir, conclut Serafina à voix haute.

Il faisait sombre à l'intérieur du temple. Les fenêtres étroites de l'édifice ne laissaient entrer que peu de lumière provenant des eaux de surface. Serafina lança un illuminata pour voir devant elle. Dans un tourbillon, les rayons du soleil fusionnèrent et, lorsque la boule de lumière se mit à flamboyer dans le creux de ses mains, ses yeux s'écarquillèrent.

Le temple ressemblait exactement à ce qu'il avait dû être quatre mille ans plus tôt. Il n'y avait aucun désordre apparent. Nul grain de sable sur le sol. Nulle algue, anémone ou varech sur les murs. C'était comme si même les minuscules créatures aveugles de la mer savaient qu'il fallait éviter la déesse.

Stupéfaite devant l'état de conservation du temple, Sera était également éblouie par sa beauté obscure. Il y avait d'immenses statues sculptées dans de l'obsidienne représentant les prêtres et les prêtresses de Morsa, des rubis polis à la place des yeux. Il y avait des panneaux peints sur les murs évoquant son royaume ténébreux, des encensoirs en or et des candélabres en argent. Mais derrière la stupéfaction de Sera se mit à croître un sentiment de malaise. *Comment le temple a-t-il pu résister au passage des siècles ?* se demanda-t-elle.

Sera relâcha son illuminata, le laissant flotter dans l'eau sombre. Elle nagea jusqu'à l'autel et ralentit en apercevant ce qui se trouvait derrière : une mosaïque, de près de six mètres de haut, figurant la redoutable Morsa.

Ce n'était qu'une image, mais elle l'effraya. La déesse Morsa avait autrefois l'apparence d'un chacal. Lorsqu'elle commença à pratiquer la nécromancie, l'art proscrit consistant à invoquer les morts, Neria la transforma en une créature si répugnante que plus personne ne supportait sa vue.

La créature qui, les yeux étincelants, dévisageait Sera depuis le mur du temple avait le corps d'une femme jusqu'à la taille et, en dessous, la queue d'un serpent enroulée sur elle-même. Son visage était celui d'un cadavre, grêlé et décomposé. Une couronne de scorpions, le dard dressé prêt à frapper, était posée sur sa tête. Dans la paume de chacune de ses mains reposait une perle noire sans défaut.

Ce qu'il y avait au pied de l'autel de Morsa l'effraya encore davantage : une grande tache d'un rouge aussi profond que le grenat. Elle savait ce que c'était. Ce qu'elle ne savait pas, c'était pourquoi l'eau de mer n'en était pas venue à bout des siècles auparavant. Elle se baissa pour la toucher, le cœur empli d'effroi mais, étrangement, attirée de manière irrépressible.

Poussée par l'urgence de sa mission, Serafina avait commis une grossière erreur : elle avait pénétré dans un lieu qui n'avait pas d'autre issue que l'entrée.

Aussi, lorsqu'une main se posa sur son épaule, elle ne disposait d'aucun moyen de s'échapper.

# QUATRE

SERAFINA POUSSA UN HURLEMENT.

Elle fit volte-face et, tranchant les flots de sa dague, la posa sous le menton de son assaillant.

— J'aurais peut-être dû frapper avant d'entrer…

— *Ling ?* s'écria Serafina, incrédule.

Sa voix tremblait presque autant que sa main.

Ling essaya de hocher la tête, mais, gênée par la pointe de l'arme toujours pressée contre sa peau, n'y réussit pas.

— J'aurais pu te tuer ! s'exclama Serafina en baissant sa dague. C'était moins une ! Qu'est-ce que tu fais ici ?

— Je surveille tes arrières.

— Comment as-tu rejoint les ruines ?

— Une fois de l'autre côté du miroir de Vrăja, dans le Vadus, une vitrina m'a dit que j'étais dans la galerie des soupirs. J'ai trouvé un miroir qui menait à la maison d'une murène – une murène de très mauvaise humeur. Quand elle m'a dit que j'étais la deuxième sirène à envahir son espace privé aujourd'hui, j'ai compris que tu n'étais pas loin. Le tunnel était un peu étroit, surtout avec ce truc autour de mon bras, précisa-t-elle en tapotant l'attelle qui protégeait son poignet cassé. Mais j'ai tout de même réussi à passer.

— Comment as-tu deviné que j'allais rejoindre l'Atlantide ?

— Ava. Tu sais qu'il lui arrive de percevoir l'avenir parfois ? Elle a vu que tu venais ici, puis elle a utilisé un convoca pour me contacter. Elle était très inquiète, alors je lui ai dit que j'allais te suivre.

— Je suis désolée, Ling.

— Pourquoi ?

— D'avoir failli te couper la tête.

— Ne t'inquiète pas, sourit la sirène, si tu m'avais tuée, ajouta-t-elle en indiquant la mosaïque du menton, cette bonne vieille Morsa m'aurait fait revenir d'entre les morts.

Ling s'éleva d'un battement de queue et alla examiner l'inscription antique surmontant la tête de la déesse.

— C'est écrit *Dévoreuse d'âmes*.

Ling était beaucoup plus rapide que Sera pour traduire. C'était une omnivoxa, une sirène capable de parler toutes les langues.

— Dévoreuse d'âmes. Ouah. C'est réconfortant, commenta Serafina.

Ling redescendit et regarda l'autel en pierre.

— Ouh là. Est-ce que c'est…

— … du sang ? Je pense, oui.

— Pourquoi y en a-t-il encore ? *Comment* peut-il y en avoir encore ?

— J'étais en train de me poser la même question, répondit Serafina en tendant de nouveau la main vers la tache sombre.

— Qu'est-ce que tu fais ? demanda Ling.

— J'en tire un chant de sang.

Même après quatre mille ans, le sang s'anima sous les doigts de Sera. Il s'éclaircit, comme s'il venait tout juste d'être versé, puis s'éleva et se mit à tournoyer dans un violent tourbillon écarlate.

Les sirènes entendirent une voix. Puis une autre. Et beaucoup d'autres encore. Il y en avait des dizaines, criant, pleurant, gémissant, suppliant, hurlant. Elles semblaient si terrifiées que Serafina ne supporta pas de les écouter plus longtemps. Elle retira sa main avec une vivacité telle qu'elle bascula en arrière. Le sang retomba en vrille au pied de l'autel.

Ling avait reculé et s'était collée contre un mur.

— Il s'est passé quelque chose de terrible ici, murmura-t-elle, pâle et tremblante.

— Il doit y avoir un moyen de savoir quoi. On pourrait passer au crible les autres temples. Fouiller l'ostrokon et la grande salle des Six. Lire toutes les inscriptions qu'on pourrait trouver.

— Ouais, on pourrait. Si on avait un an ou deux devant nous, grimaça Ling.

Elle réfléchit un instant, puis son regard s'illumina.

— Nous ne sommes pas au bon endroit, Sera. Oublie les ostrokons et les temples. Ce dont on a besoin, c'est d'un salon de coiffure. Ou d'une boutique de toges. Un endroit avec plein de miroirs.

— Pourquoi ? demanda Serafina.

Puis elle comprit :

— *Des vitrina !* Ling, tu es un génie !

# CINQ

— ALORS, DITES-MOI : mes cheveux, vous les trouvez mieux en chignon ou détachés ?

— Quatre mille ans se sont écoulés, et c'est *ça* qu'elle nous demande ? grommela Ling.

— Chut ! siffla Serafina en lui donnant un coup de coude. En chignon, donna Thalia. Sans la moindre hésitation ! répondit-elle à la silhouette dans le miroir. Ainsi, votre visage est encadré de manière charmante et cela met en valeur vos beaux yeux.

La vitrina entortilla sa chevelure et la fixa sur le sommet de son crâne.

— Mais oui, vous avez parfaitement raison ! Maintenant, quelles boucles d'oreilles choisir ? Les pendants en rubis ou les anneaux en or ?

— J'imagine que tu te souviens qu'on est en plein milieu du territoire d'une tribu cannibale, hein ? souffla Ling.

Serafina et elle se trouvaient dans les thermes pour femmes d'Elysia. Le bâtiment, constitué d'épais blocs de pierre, s'en était tiré avec peu de dégâts. Une pièce – les vestiaires, sans doute – possédait des murs tapissés de miroirs, noircis, fissurés ou tombés au sol pour la plupart. Il en restait néanmoins un, un panneau réfléchissant de bonne taille, qui n'était pas trop troublé. À l'intérieur, elles avaient trouvé donna Thalia, une aristocrate, première et unique occupante de ce miroir. Les sirènes avaient appris qu'elle y vivait seule depuis quatre mille ans.

— Pauvre donna Thalia, s'était émue Sera. Vous avez dû vous sentir affreusement seule tout ce temps, sans personne à qui parler !

— Pas tellement ! Je pouvais toujours converser avec moi-même, ma chère. Et je ne connais personne plus charmante, adorable, gracieuse, spirituelle ou captivante à tous points de vue que moi !

Comme toutes les vitrina, Thalia était un fantôme. Tombée sous le charme de son propre reflet lorsqu'elle était en vie, son âme était désormais prisonnière du miroir. Quand les sirènes l'avaient trouvée, elle avait commencé par se montrer hautaine et avait préféré garder le silence, mais Serafina avait su si bien la flatter qu'elle avait finalement daigné s'adresser à elles… tant qu'elle restait le sujet principal de la conversation.

Serafina sourit au miroir.

— Donc, donna Thalia…

— Mmm ? dit l'aristocrate en attachant une boucle d'oreille.

— Nous avons besoin de votre aide.

— J'ai cru que vous ne demanderiez jamais !

— Vraiment ? Vous allez nous aider ? demanda Serafina, enthousiaste.

— Oui. Tout d'abord, ma chère, il faut faire quelque chose pour vos cheveux, répondit Thalia. Trouvez-vous une perruque, lancez un sortilège, faites ce que vous voulez, mais arrangez-moi ça ! Ensuite, il faut vous débarrasser de cette ombre à paupières noire. Et cette tenue… elle est simplement atroce.

— Euh, ce n'est pas le genre d'aide que nous avions en tête, intervint Ling.

— Et vous, poursuivit Thalia en la pointant du doigt, débarrassez-vous de cette épée. C'est tout sauf féminin. Épilez vos sourcils. Mettez un peu de rouge à lèvres. Et souriez ! Vous êtes plus jolie quand vous souriez.

Ling rougit.

— Donna Thalia, merci pour tous ces merveilleux conseils ! sourit Serafina. Nous vous sommes extrêmement reconnaissantes. Mais c'est d'un autre genre d'aide que nous aurions besoin.

— Nous avons besoin d'infos sur Orfeo, ajouta Ling.

— Je n'ai plus envie de discuter, dit la vitrina en se détournant vivement. Au revoir.

— Donna Thalia, ne partez pas. Je vous en prie ! supplia Serafina. Si vous ne nous aidez pas, beaucoup de gens mourront !

Le fantôme se retourna lentement vers les sirènes. Toute futilité avait déserté son visage, qui affichait désormais une expression de terreur.

— Je ne peux pas ! s'écria Thalia à mi-voix. Et s'il m'entendait ?

— Il est mort. Merrow l'a tué il y a bien longtemps, l'informa Ling.

— Vous en êtes sûres ? demanda-t-elle, l'air sceptique.

— Oui. Mais son monstre – Abbadon – est vivant, lui, expliqua Serafina. Et il va de nouveau passer à l'attaque. Faire à d'autres ce qu'il a fait au peuple de l'Atlantide.

Thalia frissonna.

— On ne dirait pas qu'Orfeo est mort. On dirait qu'il est toujours là, à parcourir les rues d'Elysia comme une bise malsaine. On a verrouillé nos portes, barricadé nos fenêtres, mais cela n'a servi à rien.

— Racontez-nous ce qui s'est passé, demanda Serafina.

Elle serra la main de Ling, avec le pressentiment qu'elles étaient sur le point d'obtenir des réponses à leurs questions.

Thalia secoua tristement la tête.

— Il était magnifique. On qualifie rarement un homme de « magnifique », je sais. Mais Orfeo l'était. Grand et fort. La peau tannée par le soleil. Blond aux yeux bleus. Son sourire faisait fondre les cœurs. Toutes les femmes d'Elysia étaient amoureuses de lui, mais il n'en aimait qu'une seule : Alma, mon amie. Elle était bonne et douce, comme l'était Orfeo à cette époque, et il l'aimait plus que tout ce qu'avait à offrir ce monde, ou l'Au-delà. Ils se sont mariés et ont connu de nombreuses années de bonheur, mais ensuite Alma est tombée gravement malade et tout a changé. Orfeo ne pouvait se résoudre à la voir mourir. En tant que guérisseur, il a fait tout ce qui était en son pouvoir pour la sauver, mais cela n'a pas suffi. Sa souffrance était telle qu'elle suppliait qu'on lui donne la mort ; elle disait que ce serait un soulagement…

Thalia s'interrompit pour presser un mouchoir sur ses yeux, et Serafina vit que le souvenir de la mort de son amie était encore très douloureux, même après quatre mille ans.

— Alors qu'Alma vivait ses derniers instants, un prêtre a placé une perle blanche sous sa langue, comme le prescrit l'usage, pour emprisonner son âme lorsqu'elle s'échapperait de son corps, poursuivit Thalia. Après sa mort, on a déposé son corps sur un lit funéraire de bambou et laissé la mer l'emporter pour qu'Horok – l'antique dieu cœlacanthe, le gardien des âmes – récupère la perle dans sa bouche et la conduise au Royaume des morts. Mais, alors que l'embarcation s'éloignait, Orfeo, fou de chagrin, a supplié Horok dans un grand cri de ne pas prendre Alma. Le dieu lui a répondu qu'une telle chose était impossible. Et c'est à ce moment-là qu'Orfeo a basculé dans la folie. Il a prêté serment de faire revenir Alma, même si cela lui demandait plus de mille vies. Rentré chez lui, il a détruit son officine de guérisseur, et ses enfants effrayés ont couru se réfugier chez une tante. Les mois qui ont suivi, il n'a parlé quasiment à personne. Il mangeait et dormait à peine, consacrant toute son énergie à construire un temple pour Morsa. Et, une fois son travail achevé, il s'est enfermé à l'intérieur.

— Pourquoi ? demanda Ling.

— Pour convoquer la déesse. Et l'implorer de lui enseigner ses secrets. Il lui a donné tout ce qu'il possédait : sa fortune, ses biens, les magnifiques bijoux d'Alma et même son précieux talisman, une émeraude sans défaut que lui avait offerte Eveksion, le dieu de la guérison. J'ai vu cette émeraude. Elle n'avait pas sa pareille ; c'était le cadeau d'un dieu ! Et pourtant Orfeo l'a détruite. On raconte qu'il l'a réduite en poudre afin de la diluer dans le vin servi à ceux qu'il sacrifiait. Pour tenter Morsa. Les pouvoirs de la pierre les rendaient vigoureux, voyez-vous. Or c'est comme ça que la déesse aime ses victimes.

— Donna Thalia, vous avez bien dit *sacrifiait* ? demanda Serafina, prise de nausée à cette seule pensée.

Elle se rappela la tache au pied de l'autel de Morsa. Et le chant de sang. Les voix que Ling et elle avaient entendues… C'étaient celles des êtres humains dont les vies avaient été offertes à la déesse noire !

— Oui, confirma la vitrina, c'est ce que j'ai dit. Il a commencé avec les marins et les étrangers de passage. Ceux qui, n'ayant pas de famille sur l'Atlantide, ne manqueraient à personne. Puis il est venu nous chercher. Il venait la nuit. Le temps qu'on comprenne qu'il était à l'origine des disparitions, il était trop tard. Il était déjà trop puissant pour qu'on puisse l'arrêter.

— Mais d'où lui venaient ses pouvoirs s'il n'avait plus son émeraude ? s'interrogea Ling.

Thalia éclata de rire.

— Morsa lui a donné un autre talisman, dix fois plus puissant : une perle noire parfaite. C'était son symbole, une caricature des perles blanches qu'Horok utilisait pour retenir les âmes. La perle de Morsa renfermait des âmes, elle aussi : celles de tous ceux qui étaient sacrifiés en son nom. Orfeo lui procurait des morts et, en retour, elle lui enseignait son savoir interdit. Cela l'a rendu si puissant qu'il a créé Abbadon. Puis il a déclaré qu'il allait se servir de son monstre pour marcher sur le Royaume des morts et en délivrer Alma.

Le cœur de Sera battait à tout rompre. Ling et elle venaient d'apprendre pourquoi Orfeo avait créé Abbadon ! Même les Iele l'ignoraient. La vitrina leur avait également décrit l'un des talismans.

— Donna Thalia, demanda-t-elle avec excitation, vous est-il déjà arrivé de voir le talisman d'un des autres mages ?

— Oh oui. Je les ai tous vus.

— Pouvez-vous nous les décrire ?

Mais Thalia ne répondit pas. Elle tenait un collier levé devant elle et l'observait en fronçant les sourcils.

Sera paniqua. Elle connaissait bien les vitrina – son propre miroir en avait abrité un nombre conséquent – et elle savait qu'elles avaient une capacité de concentration réduite pour les sujets n'ayant pas trait à leur personne. Si Thalia finissait par se lasser de la conversation, elle pourrait simplement se laisser dériver dans les profondeurs du miroir. Sera ne voulait pas avoir à plonger à sa suite et risquer de recroiser le chemin de Riorim Erissem.

— Ce collier est splendide ! Il fera ressortir les paillettes d'or de vos yeux ravissants, ajouta-t-elle vivement en espérant amadouer Thalia par ses compliments.

La vitrina lui décocha un sourire plein d'orgueil.

— Oui, bien sûr. Vous avez tout à fait raison, vous savez. Pour le collier et mes yeux.

— J'imagine que les talismans étaient splendides, eux aussi. Leur beauté ne vous aura pas échappé, bien sûr, puisque vous êtes vous-même une telle beauté ! poursuivit Sera, cherchant désespérément à la faire continuer de parler.

— Oh oui ! Celui de Merrow s'appelait la *Pétra tou Néria* – la Pierre de Neria. Voyez-vous, Merrow a sauvé la vie du plus jeune fils de Neria, Kyr. Il avait pris la forme d'un bébé phoque et s'était fait attaquer par un requin. Merrow, qui barbotait dans les vagues à ce moment-là, fut témoin de l'attaque. Elle a pris Kyr dans ses bras, l'a sorti de l'eau et l'a conduit en lieu sûr. Neria lui en a été si reconnaissante qu'elle lui a fait don d'un magnifique diamant bleu. Il avait la forme d'une larme. Je l'ai vu… Éblouissant ! Comme l'était le talisman de Navi, une pierre de lune…

— Comment était-elle ? demanda Ling.

— Elle était d'un bleu argenté et avait à peu près la taille d'un œuf d'albatros. Elle irradiait de l'intérieur, comme la lune.

— Tout comme votre teint, donna Thalia, dit Sera.

Elle n'en revenait pas de la chance qu'elles avaient ! La vitrina savait à quoi ressemblaient les talismans ! Tous, sans exception ! Maintenant, il ne leur restait plus qu'à écouter les conques du Périple de Merrow pour découvrir leur emplacement. Avec toutes ces informations, elles garderaient une bonne longueur d'avance sur Traho.

— Comment était le talisman de Sycorax ? demanda Ling.

Mais Thalia ne lui répondit pas. Elle ne regardait plus les sirènes. Ses yeux, posés sur quelque chose derrière elles, se remplirent d'effroi.

— Fuyez ! Allez-vous-en d'ici ! Vite ! siffla-t-elle.

Les sirènes se retournèrent. Sur le pas de la porte se trouvaient six créatures. Grandes et humanoïdes, elles avaient des membres puissants, l'échine courbée et la nuque épaisse. Leur corps était couvert d'écailles semblables à celles d'un dragon de Komodo. Des yeux rouges luisaient sous leurs épaisses arcades sourcilières. De chaque côté de leur nez, des défenses incurvées les dotaient d'une arme de choix pour transpercer leurs proies. Leurs babines noires entrouvertes laissaient apercevoir deux rangées de crocs acérés et pointus.

— C'est l'heure du souper, nota Ling d'un air grave. Et je crois qu'on est au menu.

# SIX

— LE MIROIR, Ling ! chuchota Serafina. On doit plonger dans le miroir de Thalia !

La sirène hocha la tête, mais ne répondit pas. Elle ne pouvait pas. Elle chantait un sortilège que les Iele leur avaient appris : l'apă piatră. Un Opafago se jeta en avant, percuta le mur d'eau que Ling venait de créer et poussa un rugissement. Les autres se mirent à tambouriner dessus de leurs grosses mains griffues.

— Viens ! hurla Sera.

Ling recula en direction du miroir sans quitter le mur d'eau des yeux.

— J'y vais en premier, dit Serafina. Puis je te tirerai dans le miroir derrière moi.

Elle commença à traverser la glace. Au même instant, une tête émergea de l'autre côté, ronde et chauve.

— Sirle *chérie* !

— Riorim, s'il vous plaît, vous devez nous laisser entrer ! supplia Serafina.

— À vrai dire, non, je ne suis tenu à rien du tout, mais ce n'est pas le sujet. J'ai ici quelqu'un qui meurt d'envie de vous voir !

Il posa un doigt sur son menton et ajouta :

— Ou serait-ce plutôt qu'il a envie de vous voir mourir ?

Il fit un pas de côté, et Serafina vit une autre silhouette dans le liquide argenté. Son sang se glaça. C'était l'homme sans yeux. Il s'avança vers elle, une expression meurtrière sur le visage.

Sera était si effrayée qu'elle ne put articuler qu'avec difficulté :

— Ling... attention !

Son amie jeta un regard par-dessus son épaule.

— Brise le miroir !

Sera savait que, si elle faisait cela, l'homme serait incapable de se frayer un chemin à travers le miroir, car les fragments seraient trop petits pour le laisser passer. Mais elle savait également qu'elle ne verrait plus jamais Thalia.

Le Vadus n'était doté que de peu de règles. La comtesse vivant dans le miroir de Sera lui avait expliqué que certaines vitrina restaient dans les limites de leur propre miroir quand d'autres erraient à travers le royaume. Certaines parlaient aux vivants, d'autres s'y refusaient. Il y avait néanmoins une règle qui s'appliquait à toutes : lorsque le miroir appartenant à une vitrina était brisé, son âme était libérée de la glace.

— Je ne peux pas, Ling ! s'écria Sera. On a besoin de Thalia ! On a besoin de savoir à quoi ressemblent les autres talismans !

— Rien de tout cela n'aura d'importance si on est mortes ! Fais-le, Sera ! Maintenant !

L'homme sans yeux était tout proche. Dans quelques secondes, il aurait traversé le miroir. Sera n'avait pas le choix. Elle frappa la glace d'un violent coup de queue et la fit éclater. Les fragments tombèrent en pluie sur le sol. Une centaine d'orbites vides la fixèrent à travers les tessons, puis disparurent.

— Trouve-nous une autre issue ! cria Ling.

Le mur d'eau chancelait sous les assauts des Opafago. Ling chanta de nouveau le sortilège pour le renforcer. Pendant ce temps, Serafina fouilla la pièce dans l'espoir de trouver un trou dans le plafond ou une brèche dans un mur. Mais il n'y en avait pas.

Puis elle repéra une ouverture étroite à moitié dissimulée derrière une pile de débris.

— Par ici ! s'exclama-t-elle.

Ling la suivit, sans jamais quitter les cannibales des yeux.

Il y avait une pièce de l'autre côté, bien plus grande que celle qu'elles venaient de quitter. Elle aussi était entourée de murs aux pierres imposantes et semblait intacte.

Un peu tard, elles réalisèrent que c'était aussi un cul-de-sac.

Ling lança un nouvel apă piatră en concentrant sa magie sur l'ouverture. Il était plus simple de bloquer un espace plus étroit, mais les Opafago – qui se jetaient encore et encore sur le mur d'eau – étaient en train de venir à bout de ses forces.

— Je ne tiendrai plus très longtemps, prévint-elle.

Serafina chanta un commoveo et s'en servit pour pousser sur les parois de la pièce, mais cette dernière était si solidement bâtie que rien ne se passa.

— Je vais laisser le mur d'eau s'effondrer, suggéra Ling. Ils vont jaillir à l'intérieur de la pièce. Dès que tu les vois, emprisonne-les dans un vortex.

— Impossible ! Un tourbillon assez grand pour les aspirer nous aspirerait aussi.

— Je fatigue, moi ! Il *faut* faire quelque chose !

Serafina fouilla chaque recoin de la pièce avec frénésie. Elle réalisa que Ling et elle se trouvaient dans les thermes à proprement parler à présent. Il n'y avait pas de fenêtres et la seule issue était l'ouverture par laquelle elles étaient entrées. Une grande fosse carrée, l'ancien bassin, occupait la majeure partie de la pièce et s'étendait jusqu'au mur du fond. Sur ce dernier étaient fixées des sculptures en pierre : six têtes de dauphin ornées. Autrefois, l'eau devait se déverser dans le bassin en s'écoulant à travers les tuyaux qui jaillissaient de leurs bouches.

— Oh, ouah ! s'exclama-t-elle. Ling, tu sais que ce sont les Atlantes qui ont été les premiers à construire des aqueducs et à enfouir des canalisations dans les murs ? Ça m'était complètement sorti de la tête !

— Tu te moques de moi ? glapit Ling. Ce n'est vraiment pas le moment pour une leçon d'histoire !

Mais elle se trompait.

Les canalisations devaient toujours contenir de l'eau. Et, utilisée dans le cadre d'un sort vortex, cette eau pourrait provoquer une explosion qui, en perforant le mur du fond, leur permettrait de s'échapper ! Enfin, si tout se passait bien. Si tout se passait mal, le bâtiment entier s'écroulerait sur leurs têtes.

Sera entonna son sortilège :

*Eau, retirée*
*Du reste de la mer,*
*Retenue comme moi*
*Dans ces lieux, prisonnière.*
*Vrille, tourbillonne,*
*Exauce ma supplique :*
*Fais s'écrouler maintenant*
*Ces pierres antiques !*

Au début, rien ne se passa, puis Sera entendit l'eau et les sédiments s'agiter à l'intérieur des canalisations. Elle répéta le sortilège d'une voix plus forte. Les tuyaux grincèrent. Les vieilles pierres de la bâtisse crissèrent. L'eau tourbillonnait toujours plus vite et, telle une tornade, cherchait à étendre son périmètre, mais c'était impossible et les anciennes canalisations gémirent sous la pression.

— Continue, Sera ! hurla Ling.

Sera chanta encore une fois le sortilège en y déversant chaque parcelle de son énergie. Lorsque la dernière note s'éleva, un grondement assourdissant se fit entendre et les canalisations explosèrent, emportant avec elles une grande partie du mur du fond. La puissance du souffle projeta Serafina à terre et fit voler des débris à travers la pièce, la recouvrant de gravillons et de vase. Elle s'épousseta, se releva et chercha Ling des yeux.

Son amie titubait d'avant en arrière, encore étourdie. Un petit débris lui avait coupé la joue. Elle avait laissé retomber son apă piatră et les Opafago, hébétés eux aussi, étaient en train de franchir le pas de la porte en chancelant. Serafina saisit son amie par le bras et l'entraîna à travers le trou béant.

— Ling, tu peux nager seule ? lui demanda-t-elle. Il faut qu'on file.

La sirène cligna des yeux et secoua la tête pour s'éclaircir les idées. Puis elle respira profondément à plusieurs reprises avant de répondre :

— Allons vers la surface. J'entends passer un banc de poissons. Des proies faciles pour les Opafago. Si on parvient à les placer entre eux et nous, on a une chance de s'en tirer.

Serafina et Ling partirent comme des flèches en direction des eaux de surface, plus chaudes et lumineuses. Des milliers de sardines aux écailles étincelantes se déplaçaient à travers le courant. Les deux sirènes foncèrent à travers le banc, le cœur battant, les poumons prêts à éclater. Jetant un regard en arrière, Sera vit les six horribles Opafago capturer des poissons de leurs mains griffues et les engloutir avec avidité.

— Ça aurait pu être nous, grimaça Ling.

Une minute plus tard, les deux sirènes faisaient surface. Protégeant ses yeux du soleil, Ling regarda autour d'elle, le souffle court.

— J'aperçois une crique là-bas, dit-elle en montrant l'ouest. Le soleil va bientôt se coucher. Peut-être qu'on y trouvera une grotte où nous cacher pour la nuit ?

Elles nagèrent en silence pendant près d'une demi-heure. Alors qu'elles approchaient de la crique, Sera remarqua que Ling tenait son bras blessé serré contre elle.

— Tu vas bien ? Comment te sens-tu ?

— Je suis fatiguée. Vraiment, vraiment fatiguée, répondit Ling.

— On a eu chaud, souffla Sera.

— Ouais, mais ce n'est pas que ça. Je suis fatiguée de fuir, fatiguée de Traho, des cannibales et des barjots dans leur miroir.

— Tu oublies les pourritures, les cavaliers de la mort et les Roussalka, ajouta Serafina avec un petit rire las.

— J'ai juste envie d'un thé aux perles, tu vois ? Aux baies de corail. Mon parfum préféré. J'ai juste envie de passer du temps avec mes amis. Aller danser. Écouter la dernière conque des Navigateurs à Vue. Dormir dans un lit douillet…

Ling se tut un instant et contempla l'horizon.

— Mais ça n'arrivera pas, hein ? finit-elle par demander.

Sera regarda son amie. Du sang coulait de sa blessure à la joue le long de sa mâchoire. Elle tenait toujours son bras serré contre elle. Leur vie se résumait à cela désormais : une succession d'affrontements violents et de courses-poursuites dont elles réchappaient in extremis. L'espace d'un instant, le côté surréaliste de la situation s'imposa à elle de manière si puissante qu'elle fut prise de vertiges.

Le nom du groupe de musique que Ling venait de mentionner – les Navigateurs à Vue – résonna en elle. Il lui rappela la fois où Neela et elle avaient trouvé Mahdi et Yazeed inconscients au milieu des ruines du palais de Merrow après une nuit passée à faire la fête. Yazeed, le frère de Neela, menteur comme pas deux, avait prétendu qu'ils étaient allés à la Lagune voir les Navigateurs à Vue. Sera avait du mal à croire que seules quelques semaines s'étaient écoulées depuis. Elle avait l'impression que cela faisait une éternité. Avant que son royaume soit attaqué, elle avait été une princesse choyée. Aujourd'hui, elle était une hors-la-loi dont la tête avait été mise à prix, toujours en fuite, toujours en danger. Et tous ceux qu'elle avait laissés derrière elle : Yaz, Mahdi, sa mère, son oncle et son frère… Elle ignorait même s'ils avaient survécu.

En fait, elle n'était même pas sûre de s'en sortir elle.

— Non, Ling, répondit-elle finalement. Ça n'arrivera pas.

Ling soupira.

— J'imagine qu'on se contentera de la crique, alors. On devrait y être en sécurité. Je doute que quiconque s'aventure dans ces eaux. Pas avec nos chers amis à l'appétit vorace dans les parages. Quel que soit l'abri qu'on trouvera, ça ne sera sans doute pas très…

— Mais ça suffira, la coupa Sera, la voix soudain pleine de fougue.

Elle se tourna pour faire face à son amie.

— Je n'ai pas besoin de thé aux perles ou de lit confortable, Ling, poursuivit-elle. J'ai perdu tout ce que j'avais, mais je trouve au fur et à mesure ce dont j'ai vraiment besoin. Comme la force, le courage… et surtout des sirles sur lesquelles je peux compter. C'est suffisant. C'est plus que suffisant. C'est tout pour moi.

Ling lui sourit.

— Oui, dit-elle doucement. Tu dois avoir raison.

Les deux sirènes plongèrent et repartirent en nageant à fleur d'eau. Loin des Opafago. Loin de l'Atlantide. Loin de Riorim et de l'homme sans yeux.

Loin – l'espace d'une nuit – de tout danger.

# SEPT

— ALLEZ, debout, paresseuse !

Serafina ouvrit les yeux.

— Déjà le matin ? grommela-t-elle.

— Yep. Je nous ai déniché de quoi faire un petit déjeuner. Des patelles et des moules. Quelques olives des récifs, aussi.

Ling posa son écharpe, remplie du fruit de sa chasse.

— Merci. Je meurs de faim, dit Serafina dans un bâillement.

Le sol de la grotte où Ling et elle avaient passé la nuit était couvert d'une épaisse couche d'algues et d'anémones. Serafina avait bien dormi. Elle se redressa et s'étira.

— Comment vont tes blessures de guerre ? demanda-t-elle à Ling.

— Mon entaille au visage ne saigne plus. Et les élancements dans mon bras se sont calmés. C'était quelque chose, cette première visite de l'Atlantide !

— Dire qu'on a failli découvrir à quoi ressemblent tous les talismans ! regretta Sera, la voix lourde de déception.

— On a aussi failli servir de repas, lui rappela Ling. Mais au moins on sait à quoi ressemblent trois d'entre eux : une perle noire, un diamant bleu et une pierre de lune. Quand on part de rien, trois c'est déjà énorme.

— Tu as raison, j'imagine. On devrait prévenir les autres. Je vais chanter un convoca. Et voir si je parviens à nous mettre toutes sur la même longueur d'onde.

Serafina essaya de lancer le chanvoûtement, mais rien ne se passa. Elle fit une nouvelle tentative.

— Ling, tu ne perçois vraiment rien de ma part ? demanda-t-elle, frustrée.

— Nan. *Niet. Nada. Nihilo. Nichts…*

— Ça va, ça va, j'ai compris ! grommela Serafina.

Elle frappa la paroi de la grotte d'un coup de queue rageur.

— Pourquoi je n'arrive pas à lancer ce sortilège ?

— Parce que tu es fatiguée.

Serafina haussa un sourcil.

— Dis plutôt que je ne suis pas douée.

— Non, ce n'est pas ce que j'ai dit. Tu sais, j'ai essayé de parler à une pieuvre tout à l'heure quand je suis allée chercher de quoi manger pour le petit déjeuner. Je voulais lui demander où je pourrais trouver des palourdes. J'ai appris le molluska quand j'avais, genre, deux ans, mais j'ai été incapable de me rappeler comment dire bonjour !

— Tu sais ce qui est bizarre, pourtant ? se remémora Serafina. Hier, dans Elysia, j'ai pu parler à une murène. Et je ne connais pas l'anguillais ! Je pense que c'est grâce au serment de sang. C'est lié au fait que j'ai un peu de ton sang en moi, désormais.

— Hum, je comprends mieux pourquoi l'illuminata que j'ai lancé pendant que je cherchais à manger était le meilleur que j'aie jamais fait, dit Ling en mâchouillant une olive. Ça voudrait dire que je possède une partie des dons de Neela, maintenant ! J'essaierai d'invoquer un feu d'eau tout à l'heure, histoire de voir si j'ai aussi hérité un peu de ceux de Becca. Mais tu connais la chanson, Sera : la magie n'est pas une science exacte. Elle dépend de beaucoup de choses : des capacités, de la puissance, de la lune, des marées…

— De la nullité intégrale de la chanvoûteresse…

— Réessaie dans un jour ou deux. Quand tu auras repris des forces. Quand tu ne viendras pas d'échapper à cinq cents cavaliers de la mort, à Riorim Erissem, à toute une meute d'Opafago et à un gogg sans yeux.

Un frisson parcourut Sera à la mention de l'homme aux orbites noires et vides. Il lui était apparu pour la première fois dans son propre miroir. Il avait essayé de s'en extraire et de s'en prendre à elle, mais sa gouvernante, Tavia, l'avait fait fuir. À l'époque, Sera avait fini par se convaincre que c'était une hallucination. Aujourd'hui, elle savait qu'il existait vraiment. Et qu'il en avait après elle et ses amies.

— Qui est-il ? Que nous veut-il ? s'interrogea-t-elle.

— Si seulement je le savais, répondit Ling en arrachant une patelle à sa coquille. Mais promets-moi une chose.

— Quoi ?

— Quand le moment sera venu de nous séparer, reste à distance du Vadus et de l'Atlantide. C'est bien trop dangereux.

— Oui, promis, gloussa Serafina. Je vais y aller mollo à partir de maintenant. D'ailleurs, je compte rentrer chez moi à Cerulea, en pleine zone de guerre, histoire de me détendre un peu.

Ling éclata de rire.

— À vrai dire, ajouta Sera, je vais peut-être faire un petit détour avant.

— Encore un ? Je vais finir par croire que ton objectif c'est d'éviter Cerulea, pas d'y retourner !

Sera se crispa. Sa réticence à retourner chez elle était un sujet de discorde entre elles deux. Elles s'étaient déjà disputées à ce sujet lorsqu'elles étaient en route pour la grotte des Iele, juste avant que Ling se fasse capturer par un des filets de pêche d'Alfred Treebot. Sera se sentait encore responsable de la fracture au poignet que son amie s'était faite en tentant de s'échapper.

— Si je fais ce détour, c'est pour une raison et une bonne ! répliqua-t-elle, un peu sur la défensive. Tu te souviens quand je vous ai raconté à toi et aux autres sirles que Neela et moi avions été capturées par Traho ? Et que nous nous étions échappées avec l'aide des Praedatori ? Ils nous ont conduites à leur quartier général, un palais de Venise appartenant à un humain, Armando Contorini, duca di Venezia. Traho en a eu vent et a attaqué le palazzo. À cause de nous. Je dois y retourner. Je dois m'assurer que le duca va bien.

Le duchi di Venezia, dont le duca Armando était le dernier représentant, avait été créé par Merrow elle-même pour défendre les océans et leurs habitants contre les terragoggs. Des combattants soutenaient leur cause, dans l'eau – les Praedatori – et sur terre – les Guerriers de l'Onde.

Au début, Serafina n'avait pas compris pourquoi le duca et ses soldats avaient pris parti dans l'attaque de Cerulea. *Après tout*, avait-elle pensé, *aucun terragogg n'était impliqué dans l'invasion, seulement des Mer*. Mais le duca l'avait détrompée. Traho avait reçu l'aide d'un humain nommé Alfred Venom Treebot. Treebot, homme cruel et brutal, propriétaire d'une flotte de chalutiers et de dragueurs, avait transporté les troupes pour Traho. En retour, ce dernier lui avait révélé les cachettes des thons, des espadons et autres créatures marines de valeur.

Sera se rappela la nuit où Treebot, après s'être introduit dans le palazzo, avait projeté le duca contre un mur. Armés de harpons, les tritons de Traho étaient entrés par les eaux baignant le sous-sol et avaient attaqué les Praedatori. L'un d'eux avait tiré sur Blu. La dernière image que Sera avait de lui était son corps se tordant violemment en tous sens pour tenter de couper la ligne séparant le fusil-harpon de la lance. Au cours du combat qui avait suivi, Grigio, un autre Praedatori, avait poussé Neela et Sera dans la chambre de cette dernière et elles s'étaient enfermées.

Quand les troupes de Traho avaient commencé à tambouriner à leur porte, les deux sirènes s'étaient échappées à travers un miroir. L'inquiétude de Sera pour le duca et ses courageux soldats ne s'était pas apaisée depuis. Elle espérait de tout cœur qu'ils allaient bien. Même si elle ne l'avait dit à personne – et c'est tout juste si elle osait se l'avouer à elle-même –, elle avait succombé au charme du mystérieux Blu. Il était tout ce que Mahdi, le triton qui lui avait brisé le cœur, n'était pas.

— Sois prudente, c'est tout, dit Ling. Je t'ai suivie jusqu'à l'Atlantide, mais je ne peux pas t'accompagner à Cerulea.

— Quelle est ta destination ? demanda Sera.

— Je compte retourner dans mon village. Je souhaite parler de tout cela avec mon aïeule. C'est quelqu'un de très sage. S'il existe des légendes à propos d'une visite de Merrow dans nos eaux, elle les connaîtra. Un indice pourrait se cacher dans une fable ou une chanson traditionnelle qin. Mais, avant, je vais faire un détour moi aussi. Par la Grande Abysse.

Sera lui adressa un long regard.

— Et tu penses que l'Atlantide est dangereuse ?

— Je sais, je sais, répliqua Ling. Mais c'est le dernier endroit où mon père s'est rendu avant de disparaître. Je me sens près de lui là-bas, comme s'il n'était jamais mort.

Ling avait raconté à Sera et à Neela la mort de son père. C'était arrivé un an plus tôt, alors qu'il explorait l'Abysse. Son corps n'avait jamais été retrouvé.

— Mon père me manque à moi aussi. On se promenait très souvent ensemble à dos d'hippokampe, raconta Sera. Si je le pouvais, je retournerais aux écuries du palais. Je suis sûre que j'y sentirais sa présence. Mais je ne sais même pas si nos hippokampes sont toujours dans les parages, ni même si les écuries tiennent encore debout.

Elle laissa échapper un petit rire sarcastique et ajouta :

— Je ne sais même pas si le palais l'est toujours !

Sera voyait encore le dragon griffes-noires abattre les murs du palais et le corps sans vie de son père couler à pic. Elle voyait encore le carreau d'arbalète s'enfoncer dans la poitrine de sa mère et les soldats débarquer au-dessus d'eux.

Elle savait que ces images ne la quitteraient plus jamais, comme le chagrin qu'elles faisaient naître en elle. Mais elle savait également qu'elle devait faire son deuil – si dur que cela puisse être. Vrăja avait eu raison de lui dire qu'il fallait qu'elle rentre chez elle.

Quelqu'un d'autre avait vu juste, aussi, et Sera ne l'avait pas encore reconnu. Si elle ne le faisait pas maintenant, l'occasion ne se présenterait peut-être plus.

— Heu, Ling ?

— Mmm ? répondit la sirène en mâchant une patelle.

— Avant qu'on se sépare, il y a quelque chose qu'il faut que je te dise… Je suis désolée de ne pas t'avoir écoutée. Près du Dunărea. Quand tu m'as dit qu'il fallait que j'accepte que ma mère puisse ne pas avoir survécu.

— Oublie ça, Sera. Tu t'es déjà excusée.

— Non, c'est faux. Je me suis excusée d'être allée dériver en banc, pas d'avoir refusé de t'écouter. Tu as essayé de me montrer ce que je devais faire. Tu m'as dit que les omnivoxas avaient le devoir, au-delà des mots, de dire la vérité. Tu t'y es toujours tenue, même quand je me suis mise en colère et comportée comme une idiote. Je veux juste que tu saches que j'ai trouvé ça très courageux.

Ling haussa les épaules.

— J'ai été pas mal persécutée, petite. Chez moi. J'ai dû apprendre à m'endurcir très tôt. C'est primordial si tu veux défier tes ennemis.

— Et tes amis, grimaça Sera.

Ling éclata de rire. Les deux sirènes finirent de manger, puis le moment de partir arriva.

— Bon, faut qu'on aille sauver le monde ! claironna Ling en ramassant son sac.

— Fais attention à toi, murmura Serafina en la serrant dans ses bras.

— Toi aussi, dit Ling en lui rendant son étreinte.

Sera s'éloigna, puis elle regarda en arrière. De là où elle était, son amie semblait si petite, si seule.

— Oui, il faut qu'on sauve le monde, Ling… Mais qui va nous sauver, nous ?

Puis, se retournant, elle entama le long voyage qui devait la ramener chez elle.

# HUIT

— VOUS N'ÊTES *PAS* LA PRINCESSE NEELA, renifla d'un ton dédaigneux l'adjoint en second du troisième ministre de l'intérieur auprès du Sur-Secrétariat de la Chambre de l'empereur de Matali. La princesse Neela préférerait *mourir* plutôt que de s'habiller comme ça. Vous êtes une usurpatrice. Visiblement dérangée. Potentiellement dangereuse. Veuillez immédiatement quitter le palais ou je me verrai dans l'obligation d'appeler la garde.

Neela grogna. Cela faisait déjà dix bonnes minutes qu'elle tentait de faire entendre raison à l'adjoint en second, portier de la Chambre de l'empereur. Et encore, avant cela, elle avait dû se coltiner l'assistant de direction du gardien de la herse, l'adjoint principal du chambellan de la Cour de l'empereur et l'intendant en chef adjoint au deuxième degré du grand foyer extérieur.

Elle était arrivée au palais une heure plus tôt. Après avoir plongé dans le miroir de l'Incantarium des sorcières des rivières, elle s'était perdue dans le Vadus et il lui avait fallu beaucoup de temps pour trouver comment en repartir. Finalement, un miroir lui avait ouvert un passage vers une boutique de vêtements mataline. Heureusement, l'endroit était si bondé que personne n'avait remarqué son apparition soudaine dans les vestiaires. Elle ne s'était jamais sentie aussi heureuse de rentrer chez elle. En sortant de la boutique, elle avait vu le palais et, une fois de plus, ses dômes d'or étincelants, ses longues colonnades en cristal de roche et ses arches voûtées lui avaient coupé le souffle.

Le cœur du palais était un énorme octogone de marbre blanc flanqué de plusieurs tours. Le drapeau de la Matali – une bannière rouge représentant un dragon sabregueule tenant entre ses griffes un œuf bleu argenté – flottait au sommet de chacune. Le palais avait été bâti par l'empereur Ranajit dix siècles plus tôt sur un banc rocheux situé en eau profonde au large des côtes du sud-ouest de l'Inde. Lorsque l'espace avait commencé à manquer sur le banc originel, les empereurs successifs avaient construit sur les socles voisins et relié le neuf et l'ancien à l'aide de ponts couverts en marbre. Gracieuses et élancées, ces coursives permettaient aux courtisans et aux ministres qui vivaient sur les socles d'aller et venir au palais sans que leurs tenues d'apparat soient froissées par les courants.

En s'approchant du château, Neela avait remarqué plusieurs choses inhabituelles. Les fenêtres étaient fermées et le portail était cadenassé. Des Pānī Yōd'dhā'ōṁ, les guerriers de l'eau matalins, patrouillaient pour surveiller la zone.

— Excusez-moi, pouvez-vous me dire ce qui se passe ? avait-elle demandé à un passant. Pourquoi le palais est-il entouré de gardes ?

— Vous sortez d'où, là ? Vous viviez sous un rocher ? s'était exclamé le triton. On se prépare à la guerre ! L'empereur et l'impératrice ont été assassinés. Le prince héritier a disparu. Toute la Matali est soumise à la loi martiale. C'est l'Ondalina qui est derrière tout ça… Croyez-moi !

Saisie de stupeur, Neela avait dû s'asseoir. Les paroles du triton lui avaient transpercé le cœur comme un poignard. Dans le chaos qui avait suivi l'attaque de Cerulea, elle s'était retrouvée séparée de sa famille. Les jours suivants, elle avait supposé qu'ils avaient été faits prisonniers, mais elle n'avait pas pensé un instant que les assaillants avaient pu les tuer. Son oncle Bilaal et sa tante Ahadi… morts ! Le chagrin l'avait frappée de plein fouet. Elle avait enfoui son visage dans ses mains. *Pourquoi ?* Son oncle avait toujours agi en souverain juste, sa tante était bonne et généreuse. Et Mahdi… il avait disparu. Cela signifiait que ses parents étaient les nouveaux empereur et impératrice maintenant. Yazeed se trouvait-il avec eux ? Avait-il réussi à échapper au carnage ?

Au bout de quelques minutes, Neela avait relevé la tête. Elle était arrivée à la conclusion que rester assise sur un banc n'aiderait personne. « Lève-toi et *fais* quelque chose ! » s'était-elle dit.

Après s'être frayé un chemin parmi les gardes et les bureaucrates, elle avait réussi à atteindre la Chambre de l'empereur, mais il lui restait encore à pénétrer à l'intérieur. Elle avait besoin de voir ses parents et de leur raconter ce qui s'était passé. Ce dont elle n'avait *pas* besoin, en revanche, c'était de perdre une minute de plus à discuter avec l'adjoint en second.

— Je *suis* la princesse ! J'étais à Cerulea au moment de l'invasion. Je n'ai cessé de fuir depuis ce jour. C'est pour ça que je suis habillée comme ça ! rugit-elle en fouettant l'eau de sa queue.

— Ah, vous voyez ? Voici une preuve supplémentaire que vous êtes une usurpatrice, répliqua l'adjoint d'un air suffisant. La princesse Neela ne crie *ja-mais*.

Neela se pencha vers lui.

— Quand mon père apprendra que j'étais ici et que vous m'avez refoulée, c'est la porte du placard à balais qu'on vous donnera à garder !

L'adjoint tapota nerveusement son menton.

— J'imagine que vous pouvez toujours remplir un formulaire.

Il fouilla les étagères derrière lui.

— Je suis sûr que j'en ai un quelque part. Ah ! Nous y voilà. *Formulaire officiel en vue de la prise en considération d'une demande de possibilité de permission d'accès à la Chambre de la présence royale.*

— Si je remplis ça, répliqua Neela d'un ton cinglant, vous me laisserez entrer ?

— Dans six mois environ. À une semaine près.

À cet instant, les portes de la Chambre de l'empereur s'ouvrirent pour laisser sortir trois officiels. Saisissant sa chance, Neela les contourna vivement et se faufila dans la pièce, ce qui mit l'adjoint en second dans tous ses états.

— Attendez ! s'écria-t-il. Vous *devez* remplir un formulaire ! C'est ainsi qu'on doit faire les choses ! C'est ainsi qu'on a toujours fait les choses !

Incroyablement somptueuse, la Chambre de l'empereur était conçue pour impressionner les alliés comme les ennemis du royaume. Des rideaux de corail délicats couvraient les fenêtres cintrées. Les murs en marbre blanc étaient incrustés des portraits de la famille royale en mosaïques composées de lapis, de malachite, de jade et de perles. Des centaines de torches à lave aux globes teints en rose baignaient la pièce d'une lueur flatteuse. Des murti – statues d'esprits divins de la mer – se dressaient dans des niches murales. L'immense coupole de la salle était constituée d'une multitude de pièces facettées en cristal de roche. Ces dernières captaient la lumière et la renvoyaient en direction des deux trônes dorés placés sur une estrade surélevée. Sur ces trônes étaient assis Aran, le nouvel empereur, et Sananda, l'impératrice, aux pieds desquels se tenait une foule de courtisans.

Neela retint son souffle, déstabilisée un court instant à la vue de ses parents dans leurs somptueuses tenues d'apparat. Ils semblaient presque engloutis dans les plis de leurs habits, et particulièrement distants ainsi perchés tout là-haut sur leurs trônes. Elle savait qu'il existait des règles pour approcher l'empereur et l'impératrice et que même elle devait s'y soumettre, mais, submergée par la joie de revoir ses parents, elle oublia le protocole royal et s'élança vers eux.

Ce qui lui avait également échappé, c'était la présence des gardes du palais, postés en formation serrée autour des trônes. En la voyant approcher, ils tirèrent leurs épées et lui barrèrent la route.

— Qui a permis à ce forban d'entrer dans la Chambre de la présence royale ? gronda Khelefu, le grand vizir.

Neela était quasiment méconnaissable. Ses cheveux, d'un blond délavé, étaient attachés en chignon, et elle portait une veste fermée à l'aide d'hameçons.

— Khelefu, ne savez-vous pas qui je suis ? demanda-t-elle, contrariée.

Le grand vizir, imposant dans sa veste bleue rehaussée d'un turban doré, ne prit même pas la peine de la regarder.

— Nous ne savons pas comment elle est entrée, monsieur, répondit un garde.

— Des rapports vont devoir être rédigés, prédit Khelefu, l'air grave. *Beaucoup* de rapports. Débarrassez-nous d'elle immédiatement.

— Non, attendez ! Khelefu, c'est moi, Neela !

Atterrée par ce cri inconvenant, la cour se fit silencieuse.

En entendant le prénom de sa fille, Sananda se tourna en direction des éclats de voix, une lueur d'espoir dans le regard. Quand elle vit que la jeune sirène n'était qu'une souillon dépenaillée, une expression d'amère déception la fit disparaître.

— Faites-la sortir, Khelefu, dit-elle d'un revers de sa main chargée de bagues.

— Mata-ji ! C'est *moi*, ta fille ! s'écria Neela.

Sananda ricana, l'air méprisant.

— Ma fille ne ferait jamais…

Elle s'interrompit.

— Neria soit louée... murmura-t-elle.

Elle nagea vivement jusqu'à Neela et l'enlaça. Aran approcha à son tour et souleva femme et enfant en les serrant dans ses bras.

Au bout de quelques instants, tous trois desserrèrent leur étreinte et Sananda prit le visage de sa fille entre ses mains.

— Je pensais ne plus jamais te revoir. Je... je croyais... que tu...

— Chut, Mata-ji. N'en parlons plus, l'interrompit Aran, le timbre voilé. Elle est là, maintenant.

Sananda hocha la tête. Elle embrassa sa fille, puis la relâcha.

— Yazeed est là ? demanda Neela, pleine d'espoir.

— Non, répondit tristement Aran. Nous n'avons aucune nouvelle de lui. Ni de Mahdi.

D'un hochement de tête, Neela ravala sa déception.

— J'avais l'espoir qu'ils soient parvenus à s'échapper...

— Nous ne devons pas perdre espoir, répliqua Aran d'une voix ferme. Sais-tu ce qui est arrivé à Serafina ? Et à Desiderio ?

— Sera est vivante. Pour Des, je n'en sais rien.

— Où étais-tu passée tout ce temps ? s'exclama Sananda. Nous étions fous d'inquiétude !

Prenant soudain conscience des regards et des oreilles qui l'entouraient, Neela baissa la voix :

— La situation est très... *délicate*. Et particulièrement urgente. Je vous en parlerai autour d'un thé.

Le thé consistait en un léger goûter que la famille royale prenait dans une salle à manger privée, loin de la cour. Neela savait qu'elle y serait libre de parler sans craindre les oreilles indiscrètes. L'expérience lui avait appris à se montrer prudente. Il pouvait y avoir des espions partout.

— Khelefu, nous allons prendre le thé maintenant, annonça Aran.

— Maintenant, Votre Grâce ? Voilà qui serait des plus inhabituels. Il n'est que trois heures vingt-deux et le thé est toujours servi à quatre heures et quart sans faute, rappela le grand vizir.

— Maintenant, Khelefu.

Le grand vizir inclina la tête, l'air malheureux.

— Comme il vous plaira.

Mais, avant qu'il puisse exécuter les ordres d'Aran, Khelefu fut approché par un ministre à la mine pâle et nerveuse qui lui chuchota dans l'oreille. Le vizir écouta, hocha gravement la tête puis s'adressa à l'empereur :

— Une réunion du cabinet de guerre a été convoquée d'urgence, Votre Grâce. Votre présence a été demandée.

— J'y serai, répondit Aran avant de se tourner vers Neela. Le thé devra attendre, je le crains.

— *Pita-ji*, sommes-nous… ?

Poser la question était au-dessus de ses forces.

— En guerre ? termina pour elle son père. La majorité du cabinet est favorable à ce que nous attaquions l'Ondalina. Nos conseillers sont convaincus que Kolfinn est responsable des assassinats de Bilaal et d'Ahadi. Selon eux, il pourrait retenir Mahdi et Yazeed prisonniers. J'ai bien peur que la question ne soit plus de savoir si nous partirons ou non en guerre, mais quand nous le ferons. J'ai envoyé des messagers auprès des dirigeants de tous les royaumes afin que soit organisé un Conseil des Six Eaux, ajouta-t-il avant de secouer la tête. Mais, avec Isabella présumée morte et Kolfinn à l'origine de l'attaque, ce ne sera plus qu'un Conseil des Quatre… s'il a jamais lieu. Je dois rejoindre mes conseillers à présent, conclut-il avant d'embrasser Neela. Nous reprendrons cette discussion sous peu, mon enfant.

Neela l'observa s'éloigner d'un battement de nageoire. Il avait le port de tête digne et assuré, mais le dos légèrement voûté. En tant que second fils, il n'avait pas été éduqué pour devenir empereur. Neela pouvait voir que la perte de son frère, associée à ses nouvelles responsabilités, pesait lourd sur ses épaules.

*Et bientôt j'allongerai encore la liste de ses soucis*, songea-t-elle.

— Khelefu, envoyez chercher Suma, ordonna Sananda. Dites-lui d'assister la princesse. Faites porter de quoi manger et boire dans sa chambre, ainsi que du sable à friction et des habits propres.

— Oui, Votre Grâce, dit le vizir.

— Mais, Mata-ji, il y a des choses que je dois te dire. Maintenant. Ça ne peut pas attendre. On ne pourrait pas aller dans tes appartements privés ?

Sananda observa le visage de sa fille puis fronça les sourcils, l'air inquiet.

— Quoi ? Qu'y a-t-il ? demanda Neela.

— Tu as des cernes sous les yeux ! Tes traits sont affreusement tirés ! Et… pardonne-moi, mais je suis ta mère, alors je me dois de te le dire : tu as une ride sur le front qui n'était pas là avant !

Désemparée, Sananda claqua des doigts et on lui présenta un plateau de chillawondas. Elle en piocha un sur-le-champ. Ses yeux s'écarquillèrent quand elle vit que Neela ne se servait pas.

— Ma chérie, qu'est-ce qui ne va pas ? Es-tu malade ?

— Je vais bien. Je n'ai pas faim, c'est tout.

Neela avait perdu son goût pour les bonbons lors de son séjour chez les Iele. Apprendre à maîtriser le convoca et d'autres sortilèges compliqués avait exigé d'elle une concentration telle qu'elle avait tout oublié des bing-bangs, zée-zées et autres friandises.

Suma, l'amah de Neela, entra dans la pièce. La vieille gouvernante posa les yeux sur elle et pâlit.

— Puissante Neria, mon enfant, vos cheveux !

Neela poussa un soupir d'impatience. Elle avait survécu à une invasion violente, s'était échappée des griffes de Traho comme de Treebot, avait traversé des mers périlleuses pour rejoindre les Iele qui lui avaient confié la mission de détruire Abbadon – et maintenant, il fallait qu'elle écoute sa mère paniquer pour une ride et son amah piquer une crise pour ses cheveux !

Suma, les mains tremblantes, tira une poignée de zée-zées de sa poche et en offrit un à Neela.

— Non merci, Suma, refusa la jeune sirle, une note d'irritation dans la voix.

Elle ne vit pas sa mère triturer la rangée de perles qu'elle portait au cou, mais cela n'échappa pas à Suma.

— Mon enfant, nous devons absolument vous débarrasser de ces horribles frusques ! dit l'amah d'un ton apaisant.

Vous avez visiblement vécu beaucoup de choses terribles. Je vais vous faire porter des rafraîchissements, et ensuite vous pourrez vous reposer.

— Je ne veux pas changer d'habits et je ne veux pas me reposer ! J'ai besoin de parler à ma mère ! insista Neela.

— L'impératrice ! glapit une voix.

Neela se retourna et vit deux dames d'honneur se jeter sur sa mère. Elles se saisirent de Sananda alors qu'elle était en train de perdre connaissance. Une troisième dame nagea à son secours avec un éventail de mer et le secoua au-dessus de son visage.

— Mata-ji ! s'écria Neela en s'élançant vers elle.

Sananda la repoussa d'un geste de la main.

— Ce n'est rien, ma chérie. Je vais bien, murmura-t-elle, un faible sourire sur les lèvres. J'ai juste besoin de m'asseoir.

— Venez, Princesse. Laissez l'impératrice respirer, lui intima Suma en passant un bras autour des épaules de Neela. Elle est un peu bouleversée. Vous savez combien elle est sensible. Les coiffures désastreuses lui font toujours cet effet.

— Mais, Suma…

— Chut, maintenant. Allons nous occuper de votre apparence. Vous voir porter un sari propre et quelques jolis bijoux lui fera le plus grand bien.

Neela inspira profondément. Il fallait qu'elle se montre patiente envers sa mère et son amah. Elle n'était plus la sirène qui avait quitté la Matali quelques semaines plus tôt. Ce n'était pas leur faute si elles l'ignoraient encore.

— Très bien, Suma. Je vais me frictionner et changer d'habits. Mais je ne vais pas me reposer. En fait, je veux voir mon père dès qu'il en aura terminé avec le Conseil.

Neela partit en direction de sa chambre. Les yeux fixés droit devant, elle ne vit pas son amah jeter un coup d'œil par-dessus son épaule et échanger un regard soucieux avec l'impératrice.

# NEUF

— UN KOOTAGULLA, priyā ? demanda Aran en tendant à sa fille un plateau couvert de plusieurs couches de pâtisseries.

— Non merci, Pita-ji, répondit Neela.

Aran jeta un coup d'œil inquiet en direction de sa femme. Il reposa le plateau et en choisit un autre.

— Un pompasooma, alors ?

— Non, je n'ai pas faim. Comme je vous l'ai déjà dit…

Neela et ses parents étaient en train de prendre le thé. La jeune sirle s'était changée et avait rendu à ses cheveux leur couleur naturelle. Une fois sa mère remise de son malaise et la réunion de son père achevée, Neela avait été prévenue et ils s'étaient tous retrouvés dans la salle à manger de leurs appartements.

La jeune sirène avait enfin pu raconter à ses parents tout ce qui lui était arrivé. Lorsque son récit fut terminé, elle avala une gorgée de thé sirupeux, puis reposa la tasse sur sa délicate soucoupe en porcelaine. Ooda, son poisson-globe de compagnie, était si heureuse de la retrouver qu'elle décrivait des cercles autour de sa chaise. Neela caressa la tête du petit poisson. C'était un tel soulagement d'être de retour à la maison ! Après toutes ces journées passées dans les courants à éviter de se faire capturer, elle se sentait en sécurité dans le palais. Ici, on ne pouvait plus lui faire de mal. Ses parents sauraient comment la protéger. Ils sauraient comment protéger ses amies, aussi. Neela attendait à présent que son père lui explique la meilleure façon de trouver les talismans et de se débarrasser d'Abbadon.

Mais Aran ne dit rien de tout cela. À la place, il s'appuya contre le dossier de sa chaise, ses grands yeux sombres dévorant son visage crispé par l'angoisse. Puis il regarda sa femme et elle éclata en sanglots.

— Mata-ji, ne pleure pas ! Ça va ! s'exclama Neela. Je suis ici, maintenant. Je vais bien. Tout va bien !

— Non, c'est faux, sanglota Sananda. Je savais que quelque chose n'allait pas à l'instant où je t'ai vue dans cette tenue effroyable. C'est ce que j'ai dit à ton père dès qu'il est revenu de sa réunion. Tu n'es plus toi-même ! Suma m'a dit que tu avais conservé ces horribles habits, que tu avais refusé qu'elle s'en débarrasse. Et ce plateau de pompasoomas, c'est tout juste si tu l'as regardé ! Tu n'as jamais dit non à un pompasooma !

Neela serra les dents. Elle prit un bonbon et le mit dans son assiette.

— Je m'excuse, dit-elle pour faire plaisir à sa mère. Avec tout ce qui s'est passé… je suis sans doute un peu distraite… Enfin, *non*. Je ne suis pas distraite. Je suis terrifiée. Je suis là, à boire du thé, pendant qu'Abbadon rassemble ses forces. Il faut que je contacte Serafina pour savoir si elle a pu retourner à Cerulea.

— Tu ne feras rien de tel ! répliqua Sananda d'un ton brusque.

Elle fit signe à un garde et l'envoya chercher Suma.

— Mais…

— Tu ne vas pas bien, ma pauvre fille, l'interrompit Aran, le visage chagriné. Tu dois te reposer. Les épreuves terribles que tu as traversées t'ont chamboulé l'esprit.

Neela dévisagea son père, abasourdie.

— Qu'est-ce que tu dis, Pita-ji ? Mon esprit va parfaitement bien !

Aran prit les mains de Neela dans les siennes.

— Réfléchis un peu à ce dont tu viens de parler : de rêves qui deviennent réalité, de sorcières légendaires qui existent vraiment, d'un monstre maléfique dans l'océan Austral et d'un gentil terragogg dans un palazzo ! Tu as besoin d'aide, et nous allons y veiller. Tu auras droit à ce qui se fait de mieux. Ne t'inquiète de rien, tout cela restera entre nous, ce sera notre secret. Personne d'autre ne saura.

— Attendez une seconde, balbutia Neela, qui n'en croyait pas ses oreilles. Vous pensez… Vous pensez que je suis folle ?

En percevant la détresse dans la voix de sa maîtresse, Ooda se mit à enfler.

— Non, priyā, pas folle. Ta mère et moi… nous pensons que tu as subi un choc, voilà tout, précisa Aran d'une voix apaisante. Les dieux seuls savent tout ce que tu as pu voir : l'attaque de Cerulea, la perte de ton oncle et de ta tante, les violences infligées par les envahisseurs… Toutes ces choses auraient fait craquer n'importe qui ! C'est d'ailleurs incroyable que tu aies réussi à t'échapper des griffes de ce monstre de Traho et que tu aies pu nager jusqu'ici depuis son campement.

— Mais je ne viens *pas* de son campement. J'arrive de la grotte des Iele ! objecta Neela, élevant la voix.

Aran regarda Sananda.

— Calme et repos, préconisa-t-il.

— Tout ce que j'ai dit est vrai ! Quelqu'un essaie de libérer ce monstre. Ne voyez-vous pas à quel point nous sommes en danger ? s'exclama Neela, bouleversée.

— Régime non stimulant. Couleurs pastel, ajouta Sananda.

— Je dois contacter Serafina ! Immédiatement ! protesta Neela avec désespoir.

Suma apparut sur le pas de la porte.

— Vous m'avez fait appeler, Votre Grâce ?

— La princesse ne se sent pas bien. Raccompagnez-la dans sa chambre et veillez à ce qu'elle ne soit pas dérangée.

— Oui, Votre Grâce.

Suma nagea jusqu'à Neela et la prit par le bras.

— Venez, Princesse.

— Tout ira bien, tu verras, promit Sananda à sa fille. Kiraat, le medica magus, viendra t'ausculter. Confiée à ses soins, tu retrouveras vite tes esprits.

— Non, vous vous trompez ! s'écria Neela. Parce que je ne les ai jamais perdus !

— Venez maintenant, Princesse, tenta de l'apaiser Suma. Inutile de faire un scandale.

— Neela, mon enfant, coopère pacifiquement, je t'en prie ! la supplia Sananda, les yeux de nouveau baignés de larmes. Ne m'oblige pas à demander aux gardes de t'escorter. Personne ne le souhaite.

Neela ouvrit la bouche, prête à répliquer, puis la referma en réalisant que ce serait inutile. En s'entêtant, elle ne faisait que leur confirmer qu'elle avait perdu la tête.

— Vous commettez une terrible erreur, se contenta-t-elle de dire.

Sa mère l'embrassa. Puis son père l'imita. Neela ne leur rendit pas leurs baisers.

Suma l'entraîna hors de la salle à manger, inondant la jeune sirle de paroles rassurantes comme elle avait l'habitude de le faire quand Neela était petite, mais c'est tout juste si la princesse l'entendait. Ooda, à présent aussi ronde qu'une pleine lune, s'empressa de les suivre. Tandis qu'elle nageait le long de l'immense galerie des glaces qui menait à sa chambre, son bras fermement tenu par Suma, Neela crut entendre quelque chose d'autre.

Quelque chose de sombre. Quelque chose de grave, comme un gargouillis.

Quelque chose qui ressemblait au rire d'Abbadon.

# DIX

— TU AS ENTENDU ÇA ? demanda Neela à sa gouvernante.

— Entendu quoi ?

— Le rire.

— Je suis sûre que ce sont les triçons d'écurie. Les box sont juste en dessous de nous.

Neela se libéra de la poigne de fer de Suma et nagea jusqu'à la fenêtre la plus proche. Un palefrenier traversait la cour en tirant derrière lui un hippokampe rétif. Il ne riait pas.

*C'était Abbadon, j'en suis sûre. Mais comment se fait-il que je l'entende ?* s'interrogea-t-elle, troublée. *Je n'ai pas lancé d'ochi pour l'espionner et, contrairement à Ava, je n'ai pas le don de vision. Et s'ils avaient raison après tout ? Peut-être que je deviens vraiment folle...*

Suma lui saisit de nouveau le bras et l'entraîna derrière elle.

— Lâche-moi ! Tu me traites comme un bébé !

— Parce que vous vous comportez comme tel. Avancez maintenant ! Cette absence de coopération n'est qu'un symptôme de plus de votre dérangement, argumenta Suma d'un ton docte.

— Dérangement ? cracha Neela. Je ne suis pas dérangée !

— Ha ! Voilà la preuve. Les fous sont tous persuadés qu'ils ne le sont pas.

— Je m'inquiète et j'ai peur, Suma. Parce qu'il se passe certaines choses au cœur des océans. De mauvaises choses. Et mes parents refusent de s'en soucier.

— Tut-tut ! répliqua Suma d'un claquement de langue. Ce sont tous ces soucis qui ont déformé votre visage et votre esprit ! Mais, bien sûr, votre visage est ce qui importe le plus. Vous devez arrêter de vous tracasser, mon enfant. L'empereur Aran ne permettrait pas que quelque chose de mal nous arrive. Il en parlera à ses conseillers et ils tireront tout cela au clair. C'est comme cela que ça se passe. C'est comme cela que ça s'est toujours passé.

Comprenant qu'elle n'arriverait à rien avec son amah, Neela décida de garder le silence et, quelques minutes plus tard, elles atteignaient leurs quartiers.

— Nous y voilà ! chantonna Suma. Avant d'aller vous chercher, j'ai demandé à ce qu'on vous apporte une tasse de lait de morse. Tout ira mieux après une bonne tasse de lait chaud, vous verrez... Ooda, ça suffit !

Le poisson-globe était si stressé par la tristesse de sa maîtresse qu'elle avait continué de gonfler jusqu'à atteindre des proportions douloureuses. Sous les yeux de Suma et de Neela, elle se mit à tourner en rond tout en se laissant flotter vers le plafond.

— Laisse-la. Elle redescendra quand elle sera prête, soupira Neela, habituée aux bouffonneries d'Ooda.

Suma s'empressa de faire le tour de la chambre pour tirer les rideaux. Puis elle brossa les longs cheveux de Neela jusqu'à ce qu'ils luisent. Lorsqu'elle eut fini, une servante arriva avec le lait de morse et un plateau de bonbons.

— Maintenant, reposez-vous, Princesse, lui intima-t-elle. Le sage Kiraat sera bientôt là pour vous remettre d'aplomb.

Neela s'efforça de sourire. Elle s'étendit sur une méridienne au toucher doux et touffeté. Suma la recouvrit d'une couverture en soie de mer, puis quitta la pièce en fermant silencieusement la porte.

Dès qu'elle entendit le cliquetis du pêne, Neela rejeta sa couverture. Elle nagea jusqu'à son placard et récupéra sa besace sur une des étagères. Les galets de transmerence que Vrăja lui avait donnés étaient toujours à l'intérieur. Elle fourra quelques écums dans le sac, ainsi que sa tenue noire de forban et quelques habits de rechange supplémentaires.

Sa colère ne s'était nullement calmée ; elle n'avait fait que croître. Boire du lait de morse ? Manger des bonbons ? Se reposer ? C'est ça, oui ! Elle allait se faufiler dehors et partir pour Cerulea.

Elle prit un galet de transmerence dans son sac. Il lui suffirait de s'en servir pour se frayer un chemin hors du palais. Mais y avait-il des gardes à l'extérieur, dans la galerie ? Si c'était le cas, ils risqueraient de voir sa porte s'ouvrir et se fermer. Il fallait qu'elle vérifie.

Neela saisit la poignée de la porte et la tourna, mais rien ne se passa. La porte refusait de s'ouvrir.

Suma l'avait enfermée dans sa chambre.

# ONZE

L'ENTRÉE SOUS-MARINE DU PALAZZO du duca était plongée dans l'obscurité. Les globes de lave qui encadraient le grand portail à double battant s'étaient éteints. Les visages sculptés dans la pierre restaient silencieux.

Serafina frappa à l'un des battants. La porte s'entrouvrit sous la pression de sa main. *C'est étrange*, songea-t-elle. *Pourquoi n'est-ce pas verrouillé ?*

Elle jeta un coup d'œil des deux côtés du courant, mal à l'aise. Çà et là, des ombres indistinctes allaient et venaient, mais la plupart des palazzos étaient fermés à double tour, volets tirés. La Lagune ne ressemblait plus du tout à ce qu'elle avait vu la dernière fois.

Serafina avait changé, elle aussi. Nager sans discontinuer durant des semaines avait rendu son corps mince et nerveux. Ses pommettes saillaient davantage sous sa peau. Ses habits étaient élimés et tachés de vase. Plus ça allait et plus elle avait l'aspect efflanqué et coriace d'une sirle qui a passé trop de temps dans les courants.

Après avoir quitté Ling une semaine plus tôt, elle avait nagé vers l'ouest jusqu'à la Méditerranée, puis vers le nord en direction de l'Adriatique, en veillant tout au long du trajet à n'emprunter que des courants de retour peu fréquentés. Elle était consciente du danger qu'elle prenait en rentrant chez elle. Avant de s'y risquer, elle voulait recueillir auprès du duca le plus d'informations possible, comme le nombre de soldats toujours présents dans la cité ou les adresses d'éventuels lieux sûrs. Elle espérait aussi obtenir des nouvelles de sa famille, de la famille royale mataline et de Blu.

— Eh oh ? appela-t-elle en passant le pas de la porte. Il y a quelqu'un ? Blu ? Grigio ?

Personne ne répondit. Elle avança prudemment le long du couloir, ses nageoires prises de fourmillements. À l'instant où elle émergea du bassin du duca, elle comprit qu'il s'était passé quelque chose de grave. Il faisait sombre dans la bibliothèque. Pas une lampe n'était allumée, aucun feu ne brûlait dans la cheminée. Elle se hissa sur le rebord du bassin et se coupa la paume de la main sur un éclat de verre brisé.

— Aïe ! gémit-elle en agitant les doigts. Duca Armando ! Vous êtes là ?

Il n'y eut aucune réponse. Une dizaine de méduses bioluminescentes flottaient dans le bassin. Sera lança un illuminata sur elles et leur éclat s'intensifia. Dans la lueur bleue ambiante, l'intérieur de la bibliothèque apparut plus clairement et Sera étouffa un petit cri lorsque ses yeux se posèrent sur les statues brisées et les peintures tailladées. Les étagères avaient été retournées, les ouvrages piétinés et plusieurs meubles mis en pièces.

Soudain, elle entendit des bruits de pas. Ils approchaient rapidement. Puis quelque chose siffla dans les airs au-dessus de sa tête. D'un bond, elle replongea dans le bassin. Lorsqu'elle refit surface, elle vit une poêle flotter dans l'eau et une femme terrifiée la dévisager depuis le rebord.

— Filomena ? C'est moi, Serafina !

— *Oh, mio Dio ! Che cosa ho fatto ? Mi dispiace tanto !* sanglota la cuisinière.

— Vous parlez trop vite pour moi. Je n'arrive pas à vous comprendre ! Parlez-vous merlangue ?

Filomena hocha la tête.

— Pardon, Principessa, dit-elle d'une voix balbutiante. Je ne pas voir c'était vous. Je crois Traho et ses soldats de retour, ajouta-t-elle avant de fondre en larmes. Le duca, il est mort. Oh, Principessa, il est *mort* !

Elle s'affaissa lourdement sur le sol.

— Non ! s'écria Serafina.

Les bras tremblants, elle se hissa hors de l'eau et s'assit sur le rebord du bassin, près de la femme.

— Ça arrive la nuit où la princesse Neela et vous êtes là, raconta Filomena. Les hommes qui sont venus… les humains… ils le torturent. Puis ils le tuent.

Sera se sentie submergée par la culpabilité.

— C'était à cause de nous, n'est-ce pas ? De Neela et moi. Le duca est mort par notre faute…

Filomena secoua la tête.

— Non, mon enfant. Ils savent vous échappées et ils le tuent quand même. Ils veulent information. Ils pensent que le duca sait.

*Les talismans*, pensa Serafina.

— S'il vous plaît, Filomena, c'est très important, demanda-t-elle avec le plus de douceur possible. Les hommes qui sont venus ici, avez-vous entendu ce qu'ils ont dit ?

Filomena exerça une pression sur son front avec la paume de ses mains, comme pour faire remonter les souvenirs à la surface de son cerveau.

— Il y a un homme… Il a des lunettes de soleil.

— Alfred Treebot, devina Serafina.

— Oui. Il hurle sur le duca. La même chose, encore et encore. Il le frappe… un vieil homme, un homme si gentil…

Elle éclata de nouveau en sanglots.

Serafina lui prit la main.

— Qu'a-t-il dit ?

— Il dit : « Où est-elle ? Où est la Pierre de Neria ? » et le duca, il lui dit qu'il ne sait pas. Mais Treebot, il ne le croit pas.

Serafina jura silencieusement. Elle savait désormais que Traho connaissait la liste des talismans. Il en avait informé Treebot et l'avait envoyé à leur recherche. Mais *comment* avait-il pu le découvrir ? Même les Iele l'ignoraient. Était-il allé à Elysia et y avait-il trouvé donna Thalia ? Non, ce n'était pas possible. Thalia avait affirmé n'avoir vu personne depuis la destruction de l'île.

— Treebot a-t-il dit quoi que ce soit d'autre ? demanda Serafina.

— Non, mais il prend quelque chose : une peinture. De Maria Teresa.

Serafina se remémora le portrait de la belle infante d'Espagne aux yeux tristes, avec ses vêtements somptueux et ses bijoux magnifiques. Elle était morte noyée des siècles plus tôt, lorsque son navire avait été attaqué par des pirates.

— Avez-vous une idée de ce qui a pu les pousser à faire ça ? demanda Serafina.

Filomena secoua la tête.

Il y avait une dernière chose que la sirène voulait lui demander. Poser la question lui demanda beaucoup d'efforts :

— Savez-vous ce qui est arrivé aux Praedatori ? L'un d'eux, Blu, a été grièvement blessé.

— Non. Il y a grand combat. Certains Praedatori sont blessés. D'autres tués. Il y a des corps dans l'eau. Je ne peux pas les regarder. Je suis désolée.

Sa voix se brisa et Serafina comprit qu'il était inutile d'insister.

— Merci de m'avoir dit tout ça, Filomena. Qu'allez-vous faire maintenant. Rester ici ?

— *Si, si*. Le fils du duca, il arrive de Rome bientôt. Il est le duca maintenant. Il me demande de rester.

Elle serra la main de Serafina.

— Mais vous, vous partez maintenant, Principessa. Vous n'êtes pas en sécurité ici.

Serafina la prit dans ses bras et s'apprêtait à lui dire au revoir quand Filomena s'exclama :

— Oh, Principessa, j'oublie ! Le duca, il laisse quelque chose pour vous.

Ellc quitta la pièce en hâte et revint avec une petite boîte en bois.

— Il me donne ça. La nuit la princesse Neela et vous arrivez. Après que vous êtes parties vous coucher. « Au cas où il m'arrive quelque chose, donnez ceci à la principessa », il dit. Je le cache dans ma cuisine sous les tomates.

Serafina ouvrit la boîte. Elle contenait vingt trocii d'or et une petite conque. La sirène porta le coquillage à son oreille. Au son de la voix du duca, elle sentit son cœur se serrer.

*Ma très chère Principessa,*

*J'ai reçu des nouvelles cette nuit. Votre oncle est vivant et a été vu au détroit de Gibraltar. Ma source indique qu'il se dirige bel et bien vers la mer du Nord afin de nouer une alliance avec les Kobold. Nous n'avons plus qu'à attendre avec espoir de voir ce que les prochains jours nous réservent.*

*Si quoi que ce soit devait m'arriver, si j'étais capturé ou tué, ne rentrez pas chez vous. Rendez-vous en Matali. Les Praedatori vous escorteront vous et la princesse Neela jusqu'au palais. Les membres de la famille royale mataline sont des amis fidèles de la Miromara et ils vous offriront l'asile. Si vous ne deviez pas tenir compte de mon conseil – et je crains que ce ne soit votre intention –, sachez que Cerulea est une ville très dangereuse. Faites en sorte que personne ne vous voie. Il y a une planque dans le quartier de la fabra. Au 16 rue Basalte. Le mot de passe est « étoile de mer ».*

*Soyez courageuse, Principessa. Soyez prudente. Ne vous fiez à personne.*

*Votre dévoué, pour toujours,*

*Armando*

Serafina baissa la conque. Son oncle Vallerio – le frère de sa mère et le chef d'état-major des armées de Miromara –

était vivant ! Une vague de joie et d'espoir la submergea. S'il réussissait à gagner le soutien des Kobold, il serait capable de rassembler une armée et de reprendre Cerulea. Les gobelins des mers étaient de farouches guerriers. Si quelqu'un avait une chance de chasser les envahisseurs, c'était bien eux.

Toutefois, la joie de Serafina s'assombrit brutalement lorsque la vision d'Ava – celle qu'avaient partagée les cinq sirènes lors de son convoca dans la grotte des Iele – lui revint à l'esprit. Dans celle-ci, les gobelins étaient leurs ennemis, pas leurs alliés. Sera s'était vue sur un champ de bataille en train de positionner ses troupes. À l'autre extrémité du champ se dressait une armée de gobelins. L'un des soldats ennemis avait rampé jusque derrière Serafina et avait brandi une hache au-dessus de sa tête.

Pour Sera, l'explication était simple : il y avait quatre tribus de gobelins – les Feuerkumpel, les Höllebläser, les Meerteufel et les Ekelshmutz. Peut-être que l'une d'elles s'était ralliée à Traho, et que c'était elle qui se préparait à l'affronter dans la vision.

— Vous allez quelque part en sécurité maintenant ? demanda Filomena.

— Je vais à Cerulea, répondit Serafina.

Malgré les avertissements du duca, elle savait que c'était ce qu'elle devait faire.

— Comment vous allez là-bas ? La Lagune est pleine de soldats. Vous n'y arrivez jamais comme ça, expliqua Filomena en désignant la tenue de forban de Serafina. Si vous traversez la Lagune, vous devez ressembler à un Lagunien.

## CHAPITRE ONZE

Serafina chanvoûta un illusio et ses cheveux se colorèrent en rose.

— Non, gloussa Filomena. Là, vous ressemblez à une anémone.

Serafina lança un autre sort et ils devinrent verts.

— Maintenant, vous ressemblez à une grenouille. Gardez les cheveux noirs. Mais longs.

Serafina s'exécuta et Filomena sourit. Elle prit le foulard en soie rouge qu'elle portait autour du cou, en ceignit la tête de Serafina et le lui noua dans la nuque en laissant les deux extrémités pendre dans son dos. Puis elle se rendit dans la cuisine, où elle avait laissé son sac à main, et revint avec du maquillage.

— Du maquillage de gogg ? Il ne va pas tenir sous l'eau, s'inquiéta Serafina.

— Ce maquillage est waterproof. Une vraie Vénitienne ne porte rien d'autre.

À l'aide d'un bâtonnet de khôl noir, elle souligna d'un trait épais le contour des yeux de Serafina et lui dessina un grain de beauté. Ensuite, elle lui peignit les lèvres d'un rouge cramoisi. Enfin, elle retira ses créoles – deux grands anneaux d'or – et les attacha aux oreilles de Serafina.

Reculant d'un pas, elle évalua son travail et fronça les sourcils.

— Les habits, ça ne va pas. Pouvez-vous chanter pour ça, aussi ?

Serafina baissa les yeux sur sa tunique noire. Elle la transforma en une longue robe sombre. Une tunique fleurie. Une robe de soirée rouge.

Filomena secoua la tête après chaque transformation.

— Non, faites plutôt comme *ça*, conseilla-t-elle en déboutonnant le haut de son corsage.

Dessous, elle portait un joli bustier.

— D'accord, dit Serafina d'un air sceptique.

Elle lança un nouveau chanvoûtement et, l'instant d'après, le haut de sa tunique était devenu un bustier et le bas une jupe courte et vaporeuse.

— *Si !* Beaucoup mieux ! Mais le haut, il faut faire plus gros.

Serafina chanta à nouveau. Le bustier s'élargit tant qu'elle faillit le perdre.

Filomena secoua la tête avec impatience.

— *No, cara, no. La tua sfaldamento !*

Elle plaça ses mains de part et d'autre de son énorme poitrine et la fit remonter.

— *Capito ?*

— Les grossir ? Ils me touchent déjà le menton dans ce machin tel qu'il est !

— *Si ! Maggiore !* Plus gros !

Serafina resserra son bustier, puis posa les yeux sur son décolleté.

— On dirait que j'ai deux monts sous-marins plantés sous le nez. Avec un abysse entre les deux, ajouta-t-elle en observant son reflet dans le bassin. On ne voit que ça !

— *Buono !* Les *soldati* ne verront que ça, eux aussi ! Pas le visage, précisa la cuisinière en se levant. Maintenant, il ne faut pas nager comme ça, tout en épaules, ajouta-t-elle en imitant les mouvements brusques de Serafina. Les Laguniennes nagent comme ça.

Le menton dressé, elle sourit d'un air engageant et se déplaça la poitrine en avant.

— À Rome, fais comme les Romains. Dans la Lagune, fais comme les Laguniens. Roulez des hanches ! Agitez vos nageoires !

— J'essaierai, dit Serafina d'un ton hésitant, même si elle doutait sérieusement de pouvoir reproduire le chaloupé des hanches de Filomena. Merci, ajouta-t-elle en plaçant dans sa poche les écums que lui avait laissées le duca. Merci pour tout.

La cuisinière balaya ses paroles d'un revers de main.

— Prenez ça, dit-elle en tendant à Serafina son maquillage. Pas encore de merci. Merci quand vous serez arrivée de l'autre côté.

— *Si* je parviens de l'autre côté, précisa la sirène.

Puis elle plongea dans le bassin et disparut sous l'eau.

# DOUZE

— HÉ, sirlette, par ici ma jolie ! lança le cavalier de la mort à Serafina.

Avec quelques compagnons d'armes, il flottait devant un bar du Corrente Largo, l'artère principale de la Lagune. Ils la lorgnaient, les yeux ronds.

Le cœur de Sera s'emballa, mais son visage ne laissa rien paraître. Elle leur tourna le dos et, d'un battement de queue, s'éloigna la poitrine bombée, la tête haute, ses longs cheveux noirs tournoyant derrière elle tels des vers-rubans pris à contre-courant.

*Grands dieux, et s'ils me reconnaissaient ?* songea-t-elle.

Les soldats de Traho étaient partout. Serafina savait qu'il fallait qu'elle reparte de la Lagune au plus vite. Elle remercia Neria qu'il fasse nuit. Grâce à l'obscurité, à son maquillage et à ses vêtements, elle ne ressemblait en rien à la jeune princesse naïve dont elle croisait le regard sur les avis de recherche placardés un peu partout. Sans compter que les soldats avaient bu, ce qui aidait pas mal. Sera repéra quelques bouteilles de posidonia, un vin sucré obtenu à partir d'algues fermentées, ainsi que de la brack, une bière mousseuse brassée à base de pommes d'eau acides.

Les sifflets et les remarques flatteuses se multiplièrent à mesure qu'elle descendait le courant. Elle les ignora avec dédain. Les boutiques étaient ouvertes. À travers les vitrines, elle voyait des vendeuses empaqueter énergiquement les achats de leurs clients. Cafés et restaurants étaient bondés eux aussi. Leurs enseignes – constituées de petites créatures bioluminescentes – illuminaient la nuit. Des étrilleurs – de grosses méduses dotées de longs tentacules – flottaient au-dessus des boîtes de nuit, électrocutant quiconque essayait de se faufiler à l'intérieur sans payer.

Aucun des résidents de la Lagune n'avait été fait prisonnier, semblait-il, et Serafina ne tarda pas à comprendre pourquoi : la Lagune s'était transformée en caserne géante pour une grande partie des troupes de Traho, et la présence des Laguniens était nécessaire pour satisfaire à tous leurs besoins. Voir les envahisseurs de son royaume s'installer dans les eaux miromaraines comme s'ils en étaient les propriétaires la mettait dans une colère noire.

*Reste calme. Tu y es presque !* pensa-t-elle.

Elle passa devant un autre café. Puis deux autres bars. Droit devant elle se dressait la boutique chic d'un caviste, enfouie dans un immense corail jaune. Dix mètres plus loin, le courant présentait une fourche. Elle prévoyait de prendre le flot de gauche, celui qui menait vers le sud. Une fois les foules du Corrente Largo derrière elle, il lui serait possible de nager beaucoup plus vite.

*Garde un rythme lent mais constant, Serafina,* s'exhorta-t-elle. *Un battement de nageoire à la fois. Ne va pas éveiller les soupçons. Tu y es presque.*

Alors qu'elle dépassait le dernier club du courant, un soldat – qui faisait la queue devant l'entrée avec ses amis – la saisit par le poignet. Prise par surprise, Serafina essaya vainement de se libérer.

— Pas si vite, *bella*, lui susurra le soldat. Ça me dirait bien d'entendre une chanson de morgane ce soir.

*De morgane ?* pensa Serafina, horrifiée. Visiblement, elle avait dû y aller un peu trop fort avec le maquillage et le décolleté. Les morganes chantaient en échange d'écums, et ce nigaud à tête de morse croyait qu'elle en était une ! *Qu'est-ce que je fais ?* Il fallait jouer le jeu. Elle n'avait pas le choix. Elle ne pouvait pas se permettre d'attirer l'attention en faisant une scène.

— Qu'avez-vous pêché là, sergent ? lui cria un de ses amis.

Serafina paniqua. S'il l'attirait au milieu de son groupe, elle était morte. Elle pouvait faire illusion face à un ivrogne, mais les autres compagnons du sergent n'étaient peut-être pas tous aussi éméchés. Néanmoins, au lieu de la conduire vers eux, le sergent l'entraîna jusque dans la lumière projetée par un lampadaire. Il y avait une affiche d'elle fixée dessus.

*Oh non*, pensa Serafina. *C'est encore pire.*

— Quel est ton prénom, *cara* ? demanda-t-il.

Son haleine empestait. Sa veste déboutonnée laissait dépasser sa bedaine.

— Lisabetta, répondit Serafina en essayant de l'éloigner du lampadaire.

— Ah, tu es une timide, toi ! Laisse-moi te regarder, répliqua-t-il en l'attirant de nouveau dans la lumière.

Il la déshabilla lentement du regard.

— Oh oui, tu feras l'affaire, poursuivit-il. Si ta voix est moitié aussi jolie que ton visage, tu feras parfaitement l'affaire.

Serafina pria pour qu'il ne remarque pas l'avis de recherche, mais les dieux n'étaient pas à l'écoute. Les yeux du soldat bondirent subitement de son visage à l'affichette avant de se reporter sur elle.

— Tu ressembles un peu à la princesse en fuite, remarqua-t-il en lui soulevant le menton de l'index.

— Ça doit être parce que j'offre toujours une prestation royale à mon auditoire, roucoula-t-elle.

— C'est combien ?

Serafina n'en avait pas la moindre idée.

— Dix trocii.

— C'est un montant scandaleux !

*Oh, dieux merci !* pensa-t-elle. *Il n'a pas assez d'écums sur lui !*

— Une autre fois, peut-être ! lança-t-elle avant d'essayer de s'éloigner.

— Tiens ! grommela le sergent en lui tendant les dix pièces. Mais ça a intérêt à valoir son pesant d'or.

Sans lâcher son poignet, il l'entraîna vers le club.

— Viens. On veut une chanson, mes soldats et moi.

Il fallait que Sera réfléchisse vite, mais elle était trop effrayée pour réfléchir tout court. Il fallait qu'elle s'échappe. Sans cela, elle ne s'en tirerait pas. Les soldats allaient découvrir qu'elle n'était pas une morgane à la seconde où elle ouvrirait la bouche.

La voix de Sera était puissante et belle. Elle conduisait bien la magie, mais la voix des morganes possédait sa propre magie. Leurs timbres, et les sérénades qu'elles chantaient, avaient une beauté si émouvante que ceux qui les écoutaient oubliaient tout : leurs déceptions comme leurs peines, leurs amours perdues comme leurs rêves brisés. Pour certains, la puissance de l'enchantement était telle qu'ils en oubliaient jusqu'à leurs propres noms.

Que feraient-ils s'ils découvraient sa véritable identité ? Ils lui mettraient les fers et la livreraient à Traho...

Le sergent l'entraîna le long d'un couloir faiblement éclairé. Sur les murs, quelques torches à lave émettaient une lueur vacillante. *Je pourrais en attraper une et m'en servir pour le frapper à la tête,* réfléchit-elle. *Mais si je ratais mon coup ? Ou si ça ne suffisait pas à l'assommer ? Il risque de crier et de faire venir encore plus de cavaliers de la mort.* Dans son crâne, sa peur hurlait si fort à présent qu'elle menaçait de la submerger.

Puis elle entendit une autre voix dans sa tête :

*Réfléchis, Serafina, réfléchis ! Gouverner, c'est comme jouer aux échecs. Le danger peut venir de toutes les directions, d'un pion comme d'une reine. Tu dois jouer le plateau entier, pas la pièce isolée.*

Ces propos étaient ceux de sa mère. C'est ce qu'Isabella lui avait dit le matin de son Dokimí.

*Joue le plateau, Sera*, se répéta-t-elle en silence. *Réfléchis*.

Ils approchaient de la porte à deux battants située au fond du couloir. Des éclats de voix et de rire leur parvenaient depuis l'autre côté. Elle essaya de ralentir, de gagner du temps, mais le sergent lui tira violemment le bras. Ce faisant, le sac de la sirène rebondit sur son flanc. Des objets s'entrechoquèrent à l'intérieur.

*Les cadeaux de Vrăja !* La sorcière lui avait donné, ainsi qu'aux quatre autres sirènes, des objets magiques juste avant qu'elles s'échappent de la grotte : des galets de transmerence, des bombes d'encre et des fioles de potion.

Sera savait qu'un galet de transmerence ne lui serait pas d'un grand secours, ici. Les cavaliers de la mort la verraient l'envoûter et ils n'auraient plus qu'à bloquer toutes les issues jusqu'à ce que le sortilège d'invisibilité se dissipe. De même, elle doutait que la bombe d'encre puisse l'aider. Des soldats capables de dompter des dragons ou de lancer des roquettes de lave ne sourcilleraient même pas devant une bombe d'encre.

Ne restait plus que la fiole de potion. *C'est de la potion de Moïse, secrétée par une sole de la mer Rouge. Les requins la détestent. Les cavaliers de la mort aussi, peut-être*, avait précisé Vrăja.

*Pourquoi les requins la détestent-ils ? Que fait-elle ?* se demanda Sera. Elle n'avait pas eu le temps de demander plus de détails. Elle allait devoir la vider à l'intérieur de la boîte de nuit en espérant qu'elle se diffuse assez rapidement dans l'eau pour atteindre les cavaliers de la mort, du premier jusqu'au dernier. Mais elle serait dans l'eau, elle aussi… Comment se protéger elle-même des effets de la potion ?

Le sergent poussa les battants de la porte. Sera n'avait plus le temps de réfléchir. Elle plongea la main dans son sac, en sortit la fiole et la dissimula dans le creux de sa paume.

Une clameur rauque et bruyante accueillit le sergent lorsqu'il pénétra dans la pièce en entraînant la sirène dans son sillage. Les soldats applaudirent à tout rompre. Sera se força à sourire. Le sergent dégagea un espace pour elle près du bar en repoussant tous les tritons à l'autre extrémité de la pièce. Pendant qu'ils s'installaient, Sera cacha ses mains derrière son dos et se débarrassa du bouchon de la fiole. Elle savait qu'il fallait qu'elle fasse vite, avant que le niveau sonore retombe.

— J'ai besoin de votre aide, murmura-t-elle en pesca à un uranoscope qui passait devant elle. Prenez cette fiole et versez son contenu au-dessus de la tête des soldats.

Le poisson prit peur et fila comme une flèche.

— Aidez-moi, *je vous en prie*, implora-t-elle en tortellique une tortue caouanne qui portait une bouteille sur le dos. Je ne suis pas une morgane ! Il faut que je m'échappe d'ici avant qu'ils s'en rendent compte.

Lentement, trop lentement, la tortue répondit :

— Si… je… vous… aide… ils… me… tueront… Je… suis… leur… prisonnier.

Serafina sentit quelque chose lui caresser la main. Elle risqua un coup d'œil derrière elle. C'était une pieuvre.

— J'accepte de vous aider, lui souffla la créature en molluska, à condition que vous nous libériez nous aussi. Ils nous ont arrachées à nos foyers pour que nous leur servions d'esclaves. Je voudrais revoir mes enfants.

— Vous avez ma parole, promit Serafina.

La pieuvre prit la fiole et s'éloigna.

Le sergent s'arrêta de parler et tendit une main en direction de Serafina. Les soldats se mirent à tambouriner sur les tables.

— Une chanson ! Une chanson ! Une chanson !

Un sourire plaqué sur le visage, Sera leva la main pour demander le silence. Du coin de l'œil, elle regarda la pieuvre raser le sol, passer sous quelques tables, puis escalader le mur situé derrière les soldats. La couleur de sa peau lui offrait un camouflage idéal. La créature retourna la fiole, puis survola les cavaliers de la mort en laissant derrière elle une traînée de potion laiteuse.

Sera espérait du fond du cœur qu'aucun d'eux ne lèverait la tête. *Combien de temps faut-il à la potion de Moïse pour agir ?* se demanda-t-elle.

— Qu'est-ce que t'attends, ma beauté ? Chante ! cria quelqu'un.

Sera essaya de dissimuler le sentiment de panique qui montait en elle. Cherchant à gagner du temps, elle inclina la tête puis la releva lentement.

— Avec plaisir, répondit-elle. Mais, avant, j'aimerais vous conter une histoire à propos de la chanson très spéciale que je m'apprête à vous chanter…

— Laisse tomber l'histoire, sirlette ! beugla un autre. Chante !

Soudain, Sera vit l'un des soldats froncer les sourcils. Il donna un coup de coude à son voisin et lui indiqua un avis de recherche fixé au mur. La sirène n'avait pas besoin de vérifier à qui appartenait le visage représenté dessus. Le soldat bondit de sa chaise et la pointa du doigt. L'estomac de Sera se noua sous l'effet de la terreur. C'était fini. Il allait crier son prénom. On allait s'emparer d'elle et la conduire à Traho.

Mais ce n'est pas ce qui arriva.

Au lieu de crier, le soldat bâilla. Ses paupières papillonnèrent un instant avant de se fermer. Il se balança d'avant en arrière, puis tomba à la renverse sur sa chaise.

Un autre soldat s'écroula, puis un autre, jusqu'à ce que presque tous les tritons de la pièce se soient évanouis. Seul le sergent était encore conscient.

— C'est toi… C'estoiqu'asfaitça, l'accusa-t-il, l'élocution pâteuse.

Il avança de quelques battements de queue dans sa direction, puis s'affala par terre.

Tandis qu'elle regardait autour d'elle, incrédule, Sera sentit une forte somnolence l'envahir.

*C'est comme ça que la potion fonctionne !* comprit-elle.

Il ne fallait pas qu'elle en respire davantage, ou elle risquait de s'évanouir elle aussi – ici même, au milieu d'une centaine d'ennemis ! Elle retira vivement l'écharpe de Filomena de ses cheveux et la noua de façon à couvrir son nez et sa bouche.

Au même instant, le barman, qui était descendu à la cave s'approvisionner en vin, revint dans la pièce. Les bouteilles lui échappèrent des mains.

— Fretin de sirle givrée ! Qu'est-ce que vous avez fait ? aboya-t-il en regardant les corps inanimés. Je refuse de passer à la casserole pour ça ! Hors de question !

Il s'empara d'un chiffon sur le comptoir, le noua sur sa bouche et son nez comme Sera l'avait fait, puis s'élança vers la sortie.

En une fraction de seconde, la sirène sortit de son étui le fusil-harpon du sergent endormi.

— Un battement de plus et je tire ! lança-t-elle en visant le barman.

Il se figea sur place, à moins d'un mètre de la porte, et se retourna lentement. Puis ses yeux croisèrent ceux de la Sera et s'écarquillèrent.

— Mais… c'est vous ?! La principessa !

— Éloignez-vous de la porte. Tout de suite !

Le triton ne bougea pas.

Serafina leva le fusil-harpon pour le pointer sur sa tête.

— La prime ne vous servira pas à grand-chose si vous êtes mort, argumenta-t-elle en s'approchant de lui.

C'était du bluff, pur et simple. Elle ignorait comment tirer avec ce truc. Mais le subterfuge fonctionna. Le triton s'éloigna de la sortie.

— Asseyez-vous, ordonna Sera en lui indiquant une chaise. Les bras le long du corps.

Le triton s'exécuta.

Il y avait une guirlande de minuscules loupiottes à lave suspendue au-dessus du comptoir. Sera chanta un sort vortex pour l'enrouler autour du barman et le ligoter à la chaise.

— Je ne peux pas vous laisser me vendre à Traho, lui expliqua-t-elle.

— Je ne ferais jamais ça, Principessa. Je le jure ! protesta-t-il. Je souhaite juste vous aider !

Serafina éclata de rire en se rappelant comment, seulement quelques semaines plus tôt, elle avait fait confiance à un triton nommé Zeno Piscor lorsqu'il lui avait, lui aussi, offert son aide. Elle jeta un regard au sergent qui l'avait entraînée dans le club. Il était toujours inconscient.

— Une prestation royale… dit-elle dans un souffle. C'est ça, oui ! C'est à une quinte flush royale que tu as eu droit, sale sangsue !

Elle posa le fusil-harpon sur le comptoir. C'était trop dangereux de l'emporter avec elle. Si elle se faisait arrêter par un autre cavalier de la mort, il lui serait difficile d'expliquer comment elle se l'était procuré.

Puis elle s'empressa d'ouvrir grand les portes.

— Partez tous ! Sortez d'ici avant que les soldats se réveillent !

L'uranoscope et une demi-douzaine de tortues passèrent devant elle, luttant contre les effets de la potion. Trois pieuvres les suivaient de près.

— Merci, Principessa ! lança celle qui l'avait aidée. Nous n'oublierons pas ce que vous avez fait pour nous !

Sera était sur le point de partir quand elle vit un drapeau suspendu à un mur derrière le comptoir. Ce n'était pas celui de la Miromara.

— À qui est cette bannière ? demanda-t-elle au barman.

— Aux envahisseurs, répondit-il.

— C'est impossible, murmura-t-elle.

Ce drapeau n'était pas celui de l'Ondalina – une orque noir et blanc sur fond rouge –, il était composé d'un simple cercle noir sur fond rouge. Et si Astrid lui avait dit la vérité chez les Iele ? Et si le royaume de l'Arctique n'était *pas* derrière l'invasion de Cerulea ?

*C'est probablement une bannière de régiment*, pensa Sera.

Elle la décrocha du mur et la jeta au sol. Puis, prenant une bouteille de vin sur le comptoir, elle en aspergea le drapeau pour le rendre inutilisable. Enfin, elle tira le rouge à lèvres de Filomena de son sac et griffonna *Merrovingia regere hic* sur le mur. Elle avait choisi de l'écrire en latin, la langue de l'Histoire, car elle était déterminée à y entrer.

— Lorsque ces raclures des bas-fonds reviendront à eux, tu leur traduiras ce message, ordonna-t-elle au barman. Dis-leur ce qui est marqué : ce sont les Merrovingia qui commandent ici !

Puis elle partit. Elle sortit du club et s'élança dans le courant sombre, nageant à toute vitesse vers les eaux dégagées de l'Adriatique, vers Cerulea.

Son foyer.

# TREIZE

IL ÉTAIT PRÈS DE MINUIT lorsque Serafina atteignit les murs de la cité… ou ce qui en restait. Retrouver son chemin ne s'était pas avéré de tout repos, car tous ses points de repère familiers avaient été détruits ou plongés dans l'obscurité et rares étaient les globes de lave qui n'aient été brisés. Elle avait emprunté un courant secondaire, nageant au plus près du sol pour éviter de se faire repérer, et n'avait pas croisé âme qui vive en chemin.

Seuls quelques globes crépitaient encore faiblement au-dessus du portail est. Sera passa sous le porche et se figea sur place. Chancelante, elle avança de quelques battements de queue supplémentaires, puis se laissa lentement couler jusqu'à se retrouver assise dans la vase.

— Non, souffla-t-elle, incapable d'en croire ses yeux. Non !

Sa cité bien-aimée était en ruine.

Serafina avait fui au cours de la première vague d'attaques. Elle n'avait pas vu à l'œuvre toute la puissance de destruction des assaillants. Du bosquet de la Queue du Diable – qui flottait autrefois au-dessus de la ville et la protégeait de l'extérieur – on ne voyait plus que des troncs mutilés là où les branches avaient été tailladées. De gigantesques portions du mur qui encerclait Cerulea s'étaient écroulées. Les anciennes maisons de pierre qui bordaient le Corrente Regina n'étaient plus que des piles de gravats. Les temples dédiés aux dieux et aux déesses de la mer avaient été détruits. Pire que tout, un terrible silence s'était abattu sur la ville. Serafina savait que ce qui faisait le cœur d'une cité, c'étaient ses habitants. Or, ceux de Cerulea avaient disparu.

Des larmes lui montèrent aux yeux, mais elle les refoula. Le chagrin était un luxe qu'elle ne pouvait plus se permettre. Le soleil serait levé dans moins de quelques heures, illuminant les eaux de ses rayons. Elle se rappela la mise en garde du duca, lui conseillant de veiller à ce que personne ne la voie, de trouver un lieu sûr où se cacher. Elle était ici pour découvrir l'emplacement des talismans. C'était ainsi qu'elle vaincrait ses ennemis et qu'elle aiderait son peuple. Sûrement pas en sanglotant, assise dans la vase.

Elle s'engagea dans le Corrente Regina. Il ne restait que quelques globes de lave pour éclairer son chemin. Dans ce clair-obscur vacillant, elle distinguait les fenêtres brisées des magasins pillés et les cadavres des hippokampes abattus lors des combats. Des poissons-chiens rôdaient en meute, se repaissant des dépouilles ou grondant, tapis dans les ténèbres.

Sera traversa une intersection déserte, passa un coude et aperçut le palais royal, dressé au sommet de sa colline. C'était le seul bâtiment encore éclairé. Certains des dégâts causés par les dragons griffes-noires avaient été réparés, mais pas tous. Une grande portion d'un mur extérieur de l'aile est était toujours manquante. Sera se remémora comment les dragons l'avaient pilonné avant de se frayer un chemin à l'intérieur jusqu'à la salle d'apparat de sa mère.

Une multitude de soldats, montés sur des hippokampes, allaient et venaient dans l'aile ouest du palais. *Ils doivent s'en servir comme base*, en déduisit-elle. Ses yeux suivirent les déplacements des cavaliers. Elle se demanda si sa propre monture, Clio, appartenait à l'un d'eux désormais. Et Sylvestre, sa pieuvre… Avait-il survécu à l'attaque ?

En veillant à rester dans l'ombre, elle continua de remonter le courant jusqu'à ce qu'elle atteigne l'Ostrokon. Son grand fronton ouvragé s'était écroulé et de nombreux débris encombraient son entrée. Sera pensa à Fossegrim, le vieux liber magus, le gardien du savoir. En aucun cas il n'aurait autorisé les envahisseurs à s'introduire dans ce lieu de paix et d'éducation. Les cavaliers de la mort l'avaient certainement tué.

Sera regarda de chaque côté du courant, puis le traversa comme une flèche. Elle survola les débris, fila à l'intérieur de l'Ostrokon et plongea derrière un pilier en priant pour que personne ne l'ait repérée. L'essentiel du rez-de-chaussée était intact. Sur le bureau de l'accueil, indemne lui aussi, se trouvait encore une paire de lunettes, comme si son propriétaire ne s'était éloigné qu'un instant. Çà et là, des conques brisées jonchaient le sol.

L'architecture du bâtiment – à l'instar de tous les ostrokons des royaumes mer – s'inspirait d'une coquille de nautile. Il était composé de douze étages en l'honneur des douze pleines lunes de l'année qui influaient sur les marées. À la différence des loges cloisonnées d'un nautile, celles de l'Ostrokon s'ouvraient sur un immense hall central et vertical, et c'était le long de ce vaste couloir que Serafina descendait à présent. Elle savait où elle devait aller : au niveau six, là où était conservée la collection de conques traitant de l'histoire merrovingienne.

À mesure qu'elle descendait, l'eau devenait noire comme de l'encre, aussi récupéra-t-elle une torche fixée à un mur. Le hall en spirale qui lui était pourtant si familier avait quelque chose d'étrange et d'oppressant à présent. Des ouvertures surgissaient à gauche et à droite à la manière de gigantesques bouches béantes. Des bancs de labres orange vif et de blennies à grosses lèvres – habituellement chassés par les ostroki – en franchissaient silencieusement les seuils.

Alors qu'elle passait la courbe menant au niveau cinq, un mouvement furtif la fit sursauter.

— Qui est là ? s'exclama-t-elle en dégainant sa dague.

Il n'y eut pas de réponse.

— Je n'hésiterai pas à m'en servir.

Un grondement sourd se fit entendre. Serafina leva lentement sa torche en la tenant – comme son couteau – brandie devant elle. Elle vit des silhouettes grises à la peau lisse passer à toute vitesse, des yeux noirs, des crocs acérés. C'était une meute de poissons-chiens. Elle ignorait ce qu'ils faisaient là. Ni pourquoi ils se montraient si agressifs. Puis la puanteur lui apporta la réponse. Elle baissa sa torche pour éclairer le sol et aperçut le triton mort qu'ils étaient en train de manger.

— Tout doux, les toutous, dit-elle avec un frisson. Je ne suis pas là pour voler votre dîner, ajouta-t-elle avant de reprendre sa descente.

Finalement, elle atteignit le niveau six. S'engouffrant à l'intérieur, elle nagea jusqu'aux rayons où étaient entreposées les conques du Périple de Merrow. Une fois devant, elle leva sa torche, prête à s'emparer du premier coquillage venu pour l'écouter.

Mais ce n'était pas possible, parce qu'il n'y en avait aucun. Les étagères étaient vides.

Où étaient passées les conques ? Traho les aurait-il emportées ? Mais comment aurait-il eu l'idée de chercher des indices sur les emplacements des talismans dans les conques du Périple de Merrow ? Il ne connaissait pas la vérité à propos de l'Atlantide ! Vrăja ne lui avait pas montré le chant de sang de Merrow. Comment se faisait-il qu'il ait *toujours* un battement d'avance sur elle ?

Serafina était anéantie. Tout reposait sur ces conques, absolument tout ! Que de chemin parcouru pour se retrouver à la case départ !

Un groupe de bars passa devant elle en quête d'un recoin obscur. Sera savait que ces poissons se nourrissaient la nuit. S'ils étaient à la recherche d'eaux plus sombres, cela signifiait que l'aube approchait.

Il était temps pour elle de trouver la planque, avant qu'il soit trop tard. Le cœur lourd, elle remonta jusqu'au rez-de-chaussée sans oublier de replacer la torche à lave à son crochet sur le mur. Elle était sur le point de sortir de l'Ostrokon lorsque de la lumière se mit à danser sur les gravats qui encombraient l'entrée du bâtiment. Des voix se mirent à crier des ordres.

*Oh non !* pensa-t-elle. *Des cavaliers de la mort. C'est une patrouille !*

Ses mains se tendirent aussitôt vers son sac, où elle avait rangé les galets de transmerence de Vrăja, mais il était déjà trop tard. Il lui était impossible de lancer le sortilège sans être entendue. Elle s'accroupit vivement derrière un pilier cassé. C'était une cachette plus que précaire. Si les soldats procédaient à une fouille minutieuse de l'entrée, elle était fichue. Un groupe de six tritons la dépassa et s'engouffra dans le hall de réception. Sera entendit leurs voix et vit la lumière de leurs lanternes à lave s'agiter dans tous les sens à l'intérieur. Ils revinrent quelques minutes plus tard.

— Rien à signaler ? cria une voix.

Elle appartenait à un officier qui se trouvait au niveau de l'entrée. Serafina ne l'avait pas vu. Elle pria pour qu'il ne l'ait pas repérée, lui non plus.

— Rien à signaler au rez-de-chaussée, chef ! lui rapporta l'un des éclaireurs d'une voix forte. Doit-on fouiller les niveaux inférieurs ?

L'officier, plus proche à présent, lui répondit que ça n'en valait pas la peine.

— Je doute que les rebelles soient là-dessous en train d'étudier. Sortez de là ! ordonna-t-il.

Sa voix semblait familière à Serafina. Elle était étouffée par l'épaisseur du pilier mais, malgré tout, elle était certaine de l'avoir déjà entendue.

Lentement, prudemment, Sera déplaça sa tête sur la gauche pour essayer d'identifier le triton qui venait de parler.

— Prochain arrêt : la fabra, annonça-t-il en suivant les soldats à l'extérieur.

Elle pouvait voir son dos à présent. Il portait le même uniforme noir que les autres.

— Chef ! s'exclama l'un des soldats. Le sergent Attamino est dehors. Il vient tout juste d'arriver. Sa patrouille a mis la main sur deux rebelles qui se cachaient près du portail sud.

— Conduisez-les à Traho, ordonna l'officier. Il voudra sûrement les interroger.

Il se retourna et lança un dernier regard vers l'entrée de l'Ostrokon. Serafina put enfin discerner son visage.

Elle serra les poings en le reconnaissant et, le cœur déchiré, dut se mordre les lèvres pour ne pas laisser échapper un cri.

L'officier était Mahdi.

# QUATORZE

SERAFINA BAISSA VIVEMENT LA TÊTE, terrifiée à l'idée d'avoir été repérée. Figée, elle s'attendait déjà à entendre des nageoires brasser l'eau dans sa direction et à voir une lanterne se braquer sur elle.

— Rien à signaler ! On y va ! cria Mahdi.

L'instant d'après, ils étaient partis.

Sera était complètement tétanisée. Elle avait déjà subi tant de chocs et de pertes. Mais *ça*… cela défiait l'entendement. Elle se rappela la mise en garde du duca : *ne vous fiez à personne*. Mais *Mahdi* ? Il l'avait trahie avec Lucia, oui, mais comment pouvait-il trahir les Miromarains ? Et son propre peuple ? Les envahisseurs avaient probablement tué ses parents, et maintenant il était de leur côté ?

Elle essaya de se persuader qu'elle s'était trompée. Que son erreur était due à un effet de lumière. Mais elle l'avait vu très clairement. Il portait l'uniforme de l'ennemi. Elle devait l'accepter : Mahdi était un traître.

Le cœur à vif, elle quitta l'Ostrokon et regagna le courant, s'attendant à chaque tournant à tomber sur une patrouille. La rue Basalte où se trouvait la planque était située à l'extrême nord de la fabra. Lorsqu'elle l'atteignit enfin, encore étourdie par la trahison de Mahdi, elle se demanda si, sous le choc, elle ne s'était pas trompée de maison. Le bâtiment en lui-même – le numéro 16 – ressemblait à une masure. Le plancher des étages supérieurs avait disparu. Ce qui restait de la façade était fissuré et branlant. S'approchant d'une fenêtre brisée, elle jeta un coup d'œil à l'intérieur et vit que la maison était vide. Après un temps d'hésitation, elle frappa à la porte. Rien ne se passa. Elle frappa de nouveau.

— Étoile de mer, murmura-t-elle.

La porte s'ouvrit à la volée. Une main l'empoigna et l'attira à l'intérieur.

— Qui vous a envoyée ? grommela un triton à la forte carrure.

— Le duca di Venezia, répondit Serafina. *Feu* le duca di Venezia.

Le colosse hocha la tête et la relâcha.

— Posez-vous là où vous pourrez. On est au complet, ce soir.

— Combien y a-t-il de personnes ici ? demanda Serafina en le suivant le long d'un couloir étroit.

— Quarante-trois.

— Où sont-ils ? La maison semblait vide.

— On lui a collé un illusio de première catégorie pour berner les patrouilles, expliqua le triton. Ça marche. Pour l'instant.

Le couloir déboucha dans ce qui avait dû être un salon. Cela ressemblait davantage à une salle d'hôpital désormais. Des Mer malades et blessés étaient étendus sur le sol. Les bien-portants tâchaient de les soigner de leur mieux. Personne ne reconnut Serafina. Personne ne lui adressa ne seraitce qu'un regard.

Une minuscule sirène pleurait dans son sommeil. Sera oublia tout de ses propres peines et se pencha instinctivement sur elle. Elle caressa la tête de l'enfant en lui murmurant des paroles apaisantes, et la petite sirle se rendormit profondément. Un autre enfant se plaignit d'avoir froid et Sera lui remonta sa couverture. Puis elle nagea jusqu'à la pièce suivante, l'ancienne salle à manger, elle aussi remplie de personnes accablées. Les chambres situées à l'étage également. Il n'y avait que dans la cuisine qu'on n'avait pas mis de lits, parce qu'elle servait de réfectoire et de salle d'opération de fortune.

*Je suis leur principessa et je n'ai pas la moindre idée de ce que je dois faire pour les aider*, songea-t-elle.

— Que faire ? s'interrogea-t-elle à voix haute.

— Ce que vous pouvez, lui répondit une voix bourrue. Comme nous tous.

Sera se retourna. Une sirène âgée, l'air préoccupée et débordée, lui tendit une tasse de thé.

— Je m'appelle Gia. C'est moi la responsable, ici. Apporte ça à Matteo. Il est dans le salon, près du mur de façade. Cheveux noirs. Yeux bleus. Fièvre.

Serafina prit la tasse. Elle trouva Matteo, le fit s'asseoir et l'aida à boire son thé. Elle le soutint lorsqu'il fut secoué par une quinte de toux, puis le recoucha doucement sur son matelas. Après cela, elle retourna dans la cuisine en quête d'autres missions.

— Va donner ça à Aldo, lui demanda un triton qui servait du ragoût. C'est le gars qui s'occupe de la porte. Il n'a pas mangé de la nuit.

Serafina porta consciencieusement le bol à travers toute la maison jusqu'à la porte d'entrée.

— Merci, dit Aldo quand elle le lui tendit.

Il était sur le point de le prendre quand il y eut un coup à la porte.

— Étoile de mer, chuchota une voix de l'autre côté.

— Gardez-moi ça un moment, vous voulez bien ? demanda Aldo.

Sera acquiesça.

Il regarda à travers un minuscule judas, puis ouvrit la porte. Un triton vêtu de noir, les épaules voûtées, entra. Aldo verrouilla la porte derrière lui et le triton se redressa.

Les yeux de Serafina s'écarquillèrent à sa vue. Le bol lui échappa des mains.

— Raclure des bas-fonds ! hurla-t-elle. Espèce de traître !

En un éclair, la dague jaillit dans sa main. Une fraction de seconde plus tard, l'arme fendit les flots.

Droit sur Mahdi.

# QUINZE

— OUAH, petit gars. Toi, tu sais vraiment t'y prendre avec les dames ! ricana Aldo.

— Ce n'est pas drôle, Al, répliqua Mahdi en tentant de repousser Serafina d'une main.

Son autre bras était immobilisé, la dague de la sirène ayant cloué sa manche à la porte.

— Tu ne voudrais pas plutôt me donner un coup de main ? ajouta-t-il.

— Il a des cavaliers de la mort avec lui ! s'écria Serafina. C'est un traître ! Aldo, aidez-moi !

— Baissez le ton, petite, avant que tous les soldats de Cerulea vous entendent ! répliqua le triton. Ce n'est pas un traître, c'est Mahdi.

Il encercla la taille de Sera d'un bras charnu et l'écarta de son ami.

— Ne me touchez pas ! rugit Sera.

Elle se libéra d'Aldo et recula.

Mahdi retira la dague de sa manche.

— Salut, dit-il. Content de te voir, moi aussi.

— As-tu l'intention de me dénoncer ? siffla Sera. De me livrer à ton maître ? Tu peux berner Aldo, mais je t'ai vu de mes propres yeux… dans l'Ostrokon avec tes soldats…

La colère assombrit les traits de Mahdi.

— Tu plaisantes, j'espère ? Si j'avais voulu te dénoncer, je l'aurais fait à ce moment-là ! Je t'ai vue, moi aussi, tu sais.

— Tu m'as vue ? répéta Serafina avec une pointe d'hésitation.

— Tu te cachais derrière un pilier. Dieux merci, les idiots avec qui j'étais ne t'ont pas repérée. Je ne t'ai pas reconnue au début. C'est un sacré déguisement que tu portes là ! dit-il en indiquant du menton sa tenue de Lagunienne.

L'irritation de Sera monta d'un cran.

— Parlons un peu de *ton* déguisement, Mahdi. Tu as décidé de rejoindre les envahisseurs, je vois. Les mêmes qui ont détruit Cerulea et massacré ses citoyens ? Il faut dire que les dames apprécient les tritons en uniforme. Lucia doit être aux anges !

Aldo, qui était en train de ramasser son bol, regarda Mahdi et cligna des yeux.

— Lucia ? Lucia Volnero ? Vraiment ?

— Aldo… siffla Mahdi, les dents serrées.

Le colosse les regarda tour à tour et, percevant la colère qu'il y avait entre eux deux, s'empressa de trouver une bonne raison pour retourner à la cuisine.

— Serafina, reprit Mahdi dès qu'il fut sorti, tu n'as pas encore compris ?

Il était sur le point d'en dire plus, lorsque le gémissement d'un enfant monta des profondeurs de la maison et l'interrompit. Il se passa les doigts dans les cheveux.

— Cet endroit est plein à craquer, ce soir. Et il n'y a probablement pas assez à manger. Il n'y a *jamais* assez à manger. Tu es venue seule ? Où est Neela ?

— Ça ne te regarde pas, répliqua Sera d'un ton sec.

— Tu ne me fais toujours pas confiance.

Serafina renifla avec dédain.

— On dirait que c'est toi qui n'as pas encore compris !

Mahdi s'approcha d'elle d'un battement de nageoire.

— Tu n'as donc aucune foi en moi ? Quel genre de triton penses-tu que je suis ? demanda-t-il, furieux.

Il empoigna les pans de sa veste et la déboutonna d'un seul geste. Son torse était nu en dessous.

— Ce genre de choses marche peut-être avec Lucia, mais ça n'a pas beaucoup d'effet sur moi ! cracha Serafina.

Il lui tendit sa dague.

— Prends-la. Vas-y, Serafina… Prends-la !

Voyant qu'elle restait immobile, il lui prit la main, posa le couteau dans sa paume et pressa la lame contre son cœur. La pointe lui perça la peau. Un petit filet de sang s'échappa de sa poitrine en fines volutes.

— Qu'est-ce que tu fais ? Arrête ça, Mahdi !

Elle essaya de retirer sa main, mais il la tenait fermement.

— Vas-y. Sers-t'en ! répéta-t-il. Élimine-moi. Saisis ta chance de tuer l'ennemi ! Si c'est vraiment ce que tu penses de moi…

— Lâche ma main ! Lâche-moi ! protesta Serafina.

Mahdi la libéra. Elle jeta la dague par terre.

— Je ne sais pas qui tu es ! cria-t-elle avec colère. Je ne le sais plus ! Tout ce que je sais, c'est que je t'ai vu avec des cavaliers de la mort. En train de traquer le peuple mer. *Mon* peuple ! Alors dis-moi, Mahdi, *qui* es-tu ?

— Serafina, tu n'as… commença-t-il à dire.

— Tu ne vas quand même pas le nier ? Je t'ai *vu* !

— Non, Sera. Ce n'est pas *moi* que tu as vu. Ce que tu as vu était un mensonge. Comme cet uniforme. Comme ma boucle d'oreille. Comme la Lagune et Lucia.

Il prit de nouveau la main de Serafina dans la sienne, mais avec douceur cette fois. Il tira un objet de sa poche et le glissa à son doigt. C'était le petit anneau en coquillage, celui qu'il avait fait pour elle deux ans plus tôt.

— Tu restes mon premier et unique choix. Tu le seras toujours. Même si je ne suis plus le tien.

Serafina fixa la bague, médusée.

— Où l'as-tu trouvée ? demanda-t-elle.

— Je l'ai ramassée après que tu l'as eu jetée.

— Mais c'est impossible. Tu n'étais pas là ! Je m'en suis débarrassée lorsque j'étais avec les Praedatori. Je… Je ne comprends pas !

Et soudain tout devint clair.

Agrippant les revers de sa veste, elle lui dégagea les épaules d'un geste brusque. Il portait un pansement juste au-dessous de la clavicule droite, là où le harpon du cavalier de la mort l'avait transpercé.

Lorsqu'il était dans le palazzo du duca.

Lorsqu'il se battait pour la protéger.

Lorsqu'il était Blu.

# SEIZE

MAHDI PRIT LE VISAGE DE SERA dans le creux de sa main.

— Ne me touche pas, Mahdi. Je suis en colère. Non, je suis folle de rage ! Après ce qui s'est passé chez le duca, j'ai cru que tu étais *mort* ! s'exclama-t-elle en repoussant sa main. C'est ce que tu m'as laissée croire !

— Ou bien c'est ce que tu avais envie de croire, sourit Mahdi.

Sera l'ignora.

— Depuis quand es-tu chez les Praedatori ? Et cet uniforme de cavalier de la mort, qu'est-ce que ça signifie ?

Mahdi resta silencieux.

— Tu dois me le dire ! Ma vie est en danger, Mahdi. Il faut que je sache ce qui se passe.

— Je suis membre des Praedatori depuis un an. Je fais semblant d'être un cavalier de la mort depuis quelques semaines.

— Pourquoi ne m'as-tu rien dit chez le duca ? demanda Serafina. Pourquoi ne m'as-tu pas avoué que c'était toi ?

Elle se sentait prise de vertiges. Quelques instants plus tôt, elle croyait encore que son promis l'avait abandonnée. Et qu'un hors-la-loi avait sacrifiée sa vie pour elle. Maintenant, ces deux tritons ne faisaient plus qu'un et il se tenait juste devant elle.

— Je ne pouvais rien dire, Sera. J'ai prêté serment. J'ai pris l'engagement de ne pas…

— Ça m'est égal ! protesta-t-elle en fouettant l'eau de sa queue. Tu as pris un autre engagement. Envers moi. Ou tu étais sur le point de le faire.

— Je voulais seulement te protéger. Il est dangereux de savoir certaines choses. En savoir trop est passible de mort ces temps-ci.

— C'est encore plus dangereux de ne pas savoir. Je viens de te sauter dessus avec un couteau, Mahdi ! Je… J'aurais pu…

La voix de Serafina se brisa.

— Ce n'est rien. Je vais bien.

— Yazeed fait partie des Praedatori, lui aussi ? Est-il vivant ?

Mahdi ne répondit rien.

— Je vais prendre ça pour un oui. Dis-lui qu'il doit prévenir la Matali. Neela est folle d'inquiétude.

— Je ne peux pas. Yaz est porté disparu depuis sa dernière mission. Il menait des opérations de guérilla à l'extérieur de Cerulea. Sa base a été attaquée il y a une semaine. Personne ne l'a revu depuis.

Serafina resta silencieuse, et Mahdi tenta à nouveau de s'expliquer :

— Je voulais te le dire. Pendant tout ce temps où j'étais avec toi, je mourais d'envie de le faire. Mais je ne pouvais pas, serment ou pas. Si tu avais su que c'était moi, tu aurais pu prendre des décisions motivées par ma sécurité, sans penser à la tienne. Je ne voulais pas que ça se produise. Je voulais que tu puisses t'enfuir et me laisser sans un regard en arrière si nécessaire. Et puis j'étais inquiet pour ma couverture. Imagine que tu aies été capturée ? Tu aurais pu être forcée de révéler la vérité à Traho.

— *Jamais*. Je n'aurais jamais rien dit à ce résidu de marée basse.

— Traho sait se montrer très persuasif.

— Qu'il me torture, ça m'est égal. Je ne t'aurais *jamais* trahi.

— Et si ce n'était pas toi qu'il torturait ? Imagine que ce soit Neela ? Que ce soient ses doigts à elle qu'il coupe en te forçant à regarder ? Pourrais-tu toujours tenir ta langue ? Il y a quatre jours, il a coupé le doigt d'une enfant – d'une *enfant*, Sera – pour que sa mère avoue où se cachait son père. Je l'ai vu faire. Et j'étais totalement impuissant ! Impossible d'intervenir sans me démasquer. J'aurais peut-être pu la sauver, mais, en faisant cela, j'en aurais sacrifié des milliers d'autres. Je la vois toujours… cette petite sirle. Je la vois la nuit quand j'essaie de dormir. Je l'*entends* toujours.

Mahdi appuya sa tête contre le mur et ferma les yeux.

— Oh, Mahdi, murmura-t-elle.

Son cœur saignait pour lui.

Il l'observa et, touchant une mèche de ses cheveux, en suivit la courbe depuis sa tempe jusqu'à sa joue.

— Ça te va bien, sourit-il. Tout comme ta tenue.

Serafina regarda ses habits. Les illusio lancés chez le duca avaient fini par cesser de faire effet. Elle avait retrouvé ses cheveux courts et ses vêtements de forban.

— Merci. C'est l'œuvre de Neela. On avait besoin de déguisements, et elle nous a confectionné ça.

— J'étais si inquiet pour toi, Sera ! Une fois tous les assaillants du palazzo chassés, on s'est lancés à votre recherche. Tous les Praedatori. Tous ceux qui avaient survécu, en tout cas. Mais on n'a jamais pu vous retrouver. Comment avez-vous fait pour vous échapper ?

— À travers un miroir.

— Sérieusement ?

— Oui.

— Mais seuls les plus grands mages en sont capables ! Comment as-tu…

— Attends, Mahdi, c'est moi qui pose les questions pour l'instant, d'accord ?

Sera préférait rester prudente. Les mauvaises expériences des dernières semaines lui avaient appris à ne pas accorder sa confiance avant que ça soit vraiment mérité. Qui était le vrai Mahdi ? Était-il le triçon timide et sérieux dont elle était tombée amoureuse deux ans plus tôt ? Le fêtard qu'elle avait retrouvé en train de cuver dans les ruines de la reggia ? Ou le guerrier altruiste au visage grave avec lequel elle parlait en ce moment ?

— Pourquoi as-tu rejoint les Praedatori ? demanda-t-elle.

Elle voulait connaître l'histoire en entier, qu'il lui raconte tout depuis le début.

— Serafina, je ne peux pas rompre…

— Ton serment ? Désolée, mais ce n'est plus un secret, maintenant. Et d'ailleurs, en toute rigueur, non : tu ne l'as pas rompu. Tu ne m'as rien dit. J'ai deviné.

Mahdi prit une profonde inspiration.

— Tout a commencé peu après mon retour de Miromara. Nos fiançailles venaient d'être décidées. Je t'envoyais régulièrement des conques au début, tu te souviens ?

— Si je m'en souviens ? Elles étaient ma raison de vivre !

— Si j'ai arrêté de t'en envoyer, ce n'était pas parce que je n'en avais plus envie. Mon messager, Kamau, a été capturé. Ainsi que deux de mes meilleurs amis, Ravi et Jai.

— Qu'est-ce que tu entends par *capturé* ?

— Alors qu'ils rentraient tous les trois de Miromara, ils se sont arrêtés pour la nuit dans un village à vingt lieues environ de Matali City. Le village a été attaqué. C'est Khelefu, le grand vizir, qui est venu me l'annoncer, le sac de Kamau à la main. On l'avait retrouvé dans l'auberge où ils séjournaient. Il y avait une conque pour moi de ta part, un collier qu'il avait acheté pour sa petite amie et une conque d'étude. Kamau révisait comme un fou pour se préparer à l'examen d'entrée de notre collège militaire. Ravi et Jai, eux, revenaient d'une année à l'étranger à l'université de Tsarno…

Mahdi secoua la tête, envahi par l'émotion.

— Yaz et moi avons grandi avec ces gars. C'étaient plus que des amis ; c'étaient nos frères ! On a demandé à Khelefu si des mesures avaient été prises. Il a répondu qu'on avait rempli les formulaires appropriés, qu'un bataillon de soldats avait été envoyé au village, mais qu'on n'avait rien trouvé. D'autres bourgs avaient déjà été attaqués. Personne ne savait qui était derrière tout ça. Je l'ai supplié d'envoyer plus de soldats. Pour élargir la zone de recherche. Il m'a dit que ce serait tout à fait inhabituel et que cela exigerait des formulaires supplémentaires.

Serafina savait que Mahdi ne supportait plus les lourdeurs de la bureaucratie archaïque mataline.

— Je ne pouvais pas me contenter de rester assis là pendant que mon peuple se faisait capturer ! poursuivit-il. J'ai prié notre chef d'état-major de nous autoriser, Yaz et moi, à accompagner les soldats, mais il a dit que c'était trop dangereux. Alors nous sommes allés voir le chef des services secrets. Il nous a demandé comment on envisageait de l'aider… comme agents d'infiltration ? L'idée l'a fait bien rire. Le royaume entier connaissait notre visage. Ça m'a rendu furieux. Vraiment furieux. J'avais perdu trois amis et je ne pouvais absolument rien faire ! Yaz éprouvait la même chose. En fait, ce qu'on a fait, c'était son idée.

Serafina haussa un sourcil.

— Ce que vous avez fait ? demanda-t-elle.

— On s'est faufilés dans les écuries avec quatre autres de nos amis, on a pris des hippokampes et on s'est fait la malle. On est partis à la recherche de Kamau, Ravi et Jai. Ça a duré deux jours. Personne ne savait où on était. Ça a provoqué une sacrée effervescence.

— J'imagine ! dit Serafina. Tu es l'héritier du trône ! À quoi pensais-tu ?

— À rien. Je ne réfléchissais pas beaucoup à ce moment-là, et ça a continué un long moment.

— Qu'est-ce que tu veux dire ?

Mahdi leva les yeux au plafond.

— J'étais au courant des attaques. Cela faisait déjà plus d'un an qu'on en recensait en Matali. J'avais entendu les comptes-rendus. Mais je n'avais encore jamais vu de villages pillés. C'était horrible, Sera. La pire chose que j'aie jamais vue. Certains des villageois avaient dû essayer de se défendre. Il y avait des traces de sang sur les murs et sur le sol des maisons. Ils avaient griffonné des petits mots et les avaient laissés derrière eux. *S'il vous plaît, prévenez ma femme… Je vous en prie, aidez-nous… Ils ont pris mes enfants…*

Serafina posa la tête contre l'épaule de Mahdi. Elle resta silencieuse. Face à une douleur profonde, elle avait appris qu'il ne fallait pas parler. Qu'il fallait seulement écouter.

— J'ai perdu la tête, poursuivit Mahdi. Complètement. La disparition de mes amis et des villageois capturés me hantait. J'aurais tant voulu te parler ! Tu me manquais énormément, mais je ne pouvais pas te faire parvenir de conque, pas sans Kamau. Il était le seul en qui j'avais suffisamment confiance pour le charger de quelque chose d'aussi personnel. Moi, le premier en ligne pour le trône, le second triton le plus puissant du royaume, j'étais dans l'incapacité d'aider quiconque ! Alors, je suis un peu parti en vrille…

Sa veste était toujours entrouverte. Du bout des doigts, il effleura son torse juste au-dessus de son cœur et en tira un chant de sang.

Serafina regarda la volute écarlate tourbillonner dans l'eau et former des images. Quelques secondes plus tard, elle se redressa vivement, bouche bée. Elle n'arrivait pas à croire ce qu'elle avait sous les yeux.

Mahdi et Yaz étaient dans un bar animé en train de jouer à un jeu de drupes. Tour à tour, les joueurs essayaient de lancer une pièce d'argent dans une chope de brack. Le premier qui y parvenait tendait la chope au joueur de son choix pour qu'il en boive le contenu. Les deux jeunes tritons avaient visiblement dû en vider un certain nombre, car ils se retrouvèrent peu après sur la scène du bar, à lever la nageoire au milieu d'une rangée de show-sirles. Quelques heures plus tard, ils ressortaient d'un salon de piercing, un anneau d'or à l'oreille.

Serafina vit d'autres souvenirs : de courses d'hippokampes à bride abattue, de parties de « Plouf le surfeur », consistant à faire tomber les goggs de leur planche, de bancs animés et de mises énormes pariées au cours de matchs de caballabong. Il y avait des souvenirs de raie-partys endiablées qui duraient toute la nuit et s'achevaient au petit matin, Yaz cuvant, inconscient, au sommet d'une tourelle et Mahdi, cramponné d'une main à un pinacle, beuglant « Serafina ! SERAFINA ! » avant de se faire embarquer par la garde impériale.

— Ouh là, dit Serafina lorsque le chant de sang se dissipa dans l'eau.

— Ouais… grimaça Mahdi. Comme tu dis. Ça a duré environ un an, et puis une nuit – ou un matin plutôt –, alors qu'on se réveillait tous les deux sur le sol d'une boîte de nuit, on a vu un homme debout devant nous. Le duca. En pantalon, chaussures de cuir et veste en tweed.

— Sous l'eau ? Comment a-t-il…

— Je n'en sais rien. Il y a beaucoup de choses qu'il faisait que je n'ai jamais pu m'expliquer.

— Tu crois qu'il a – qu'il *avait* – des pouvoirs magiques ? demanda Serafina.

Mahdi réfléchit un instant, puis répondit :

— Il avait de l'amour, Sera. Énormément d'amour. Pour les océans et pour toutes les créatures marines. Je pense que c'était ça, sa magie.

Serafina acquiesça.

— Il se tenait là, appuyé sur sa canne, à nous dévisager, poursuivit Mahdi. Puis il nous a dit que notre comportement était lamentable. « Est-ce ainsi que vous honorez la mémoire de vos amis ? Ou de ces villageois ? » nous a-t-il lancé. On lui a demandé qui il était et comment il était au courant pour les villageois. Il nous a parlé du duchi di Venezia, des Praedatori et des Guerriers de l'Onde. On lui a expliqué qu'on s'était adressés au chef d'état-major ainsi qu'aux services secrets. On lui a raconté qu'on avait même essayé de retrouver nous-mêmes les villageois.

Mahdi secoua de nouveau la tête, l'air gêné.

— Ça me semble aussi nase aujourd'hui qu'à l'époque. Le duca nous a répondu qu'on devait faire plus qu'essayer, qu'on devait réussir. Et que c'était ce qui se passerait si l'on rejoignait les Praedatori. Alors c'est ce qu'on a fait. On a prêté serment, puis on a promis qu'on allait changer de comportement, mais il ne le souhaitait pas. Il voulait qu'on continue de faire exactement ce qu'on faisait : sortir en boîte, côtoyer des joueurs de caballabong, des morganes, des clubbeurs et toute la fange qui traîne avec eux.

— Pourquoi ?

— Pour observer, écouter et recueillir des informations. Si un fangieux se mettait soudain à claquer des écums à tout-va, on pouvait être sûrs qu'il avait vendu un banc d'espadons ou livré un requin aux chasseurs d'ailerons. On prévenait alors le duca, et il faisait suivre le gars par d'autres Praeds qui attendaient de le prendre la main dans le sac pour le remettre aux autorités. C'est ce qu'on faisait dans la Lagune la nuit qui a précédé l'attaque de Cerulea. On traînait dans ce club dans l'espoir d'entrer en contact avec certaines des raclures qui aident les chasseurs de phoques. J'aurais tellement voulu t'en parler, Sera. Tellement. Je ne pouvais pas te dire la vérité, mais j'aurais voulu au moins te dire que ce n'était pas moi que tu voyais. Enfin, pas *vraiment* moi. Et puis, eh bien… le monde s'est écroulé et je n'ai jamais eu l'opportunité de le faire.

Sera le dévisagea attentivement. Son cœur lui confirma que le triton qu'elle avait devant elle était le vrai Mahdi. Elle se demanda si elle aurait un jour la chance de connaître ce Mahdi-là, s'ils pourraient redevenir aussi proches qu'ils l'avaient été autrefois et rattraper tout ce temps perdu.

— J'avais entendu tellement de choses sur toi ! Ce matin-là, dans mon antichambre, Lucia racontait à quel point elle avait passé un moment inoubliable dans la Lagune. Et ensuite, quand je t'ai vu avec son foulard autour du front…

— … tu as pensé qu'il y avait quelque chose entre nous.

Serafina hocha la tête.

— Ce n'est pas Lucia que je veux.

— Mais elle, c'est toi qu'elle veut.

— Ouais, je le sais. Elle me l'a dit.

Les nageoires de Serafina frémirent.

— *Quoi ?* Quand ?

— En prison. Juste avant mon exécution. C'est à Lucia Volnero que je dois d'être encore en vie.

# DIX-SEPT

— SERA, écoute-moi ! Laisse-moi t'expliquer cette fois, d'accord ?

— D'accord, Mahdi, acquiesça Serafina en s'efforçant de garder son calme. Je t'écoute.

— Quand l'invasion de Cerulea a commencé, Yaz et moi avons utilisé des perles de transmerence pour nous battre sans être vus. Ça n'a pas servi à grand-chose. Je veux dire : deux triçons contre l'ensemble des troupes de Traho, on ne faisait pas le poids. Puis on a entendu dire que Neela et toi aviez été capturées, alors on est partis à votre recherche, puis on vous a conduites chez le duca. Après sa mort et ta disparition, Verde a ordonné à Yaz de rester dans l'ombre pour diriger des opérations de guérilla, et il m'a demandé de me laisser capturer.

— Sérieusement ?

— Oui. Il pensait que je ferais un prisonnier politique de valeur. Il imaginait que je serais bien traité et que je pourrais glaner des informations sur les envahisseurs. C'est donc ce que j'ai fait. Mais le plan a échoué. Je n'avais absolument aucune valeur aux yeux de Traho. Pour lui, je n'étais qu'un imbécile. Difficile de lui en vouloir : j'avais travaillé dur pour donner cette impression au monde entier. Il m'a jeté en prison et condamné à être fusillé. Comme il… comme il a fait fusiller mes parents.

La mâchoire de Mahdi se crispa. Poursuivre était au-dessus de ses forces.

Serafina avait mal pour lui. Elle posa le front contre le sien et l'étreignit. Elle savait ce qu'il éprouvait, elle ne connaissait que trop bien sa douleur.

Lorsqu'il le put, il reprit le cours de son récit :

— Lucia a découvert ce qui était en train de se passer et m'a fait libérer. J'ignore totalement comment. Ce que je sais, en revanche, c'est que les Volnero et leurs amis sont bien vus de Traho. Il a épargné leurs maisons dans le quartier de la Toise Dorée et ils peuvent aller et venir à leur guise. Lucia m'a fait conduire devant Traho. J'ai saisi l'occasion pour gagner ses faveurs, me rapprocher de lui. Je lui ai proposé un marché : j'acceptais de lui offrir la Matali sans effusion de sang s'il me laissait en être l'empereur à titre « honorifique ». Je lui ai expliqué que je me fichais pas mal du royaume tant que j'avais suffisamment d'écums pour continuer à faire la fête. Il a accepté de mettre mon plan à l'essai. Il appréciait d'épargner le temps et l'argent qu'aurait exigés une attaque.

Serafina pâlit.

— Grands dieux, Mahdi… Il va prendre le pouvoir en Matali ? *Quand ?*

— Je ne sais pas. Il n'est pas prêt. Il me teste encore pour l'instant. Il veut voir s'il peut ou non me faire une totale confiance. Il m'a laissé le commandement de deux patrouilles pour commencer. J'ai dû bien m'en sortir, parce que mes effectifs sont passés à vingt juste avant qu'il quitte la Miromara pour se lancer à votre poursuite. Maintenant, je suis chargé de ratisser la cité. Je sors trois, voire quatre fois par jour. Il est sur les nerfs, j'ai l'impression.

— Pourquoi ?

— Des rumeurs font état d'un groupe de résistance ceruléen.

Le cœur de Serafina se gonfla d'espoir.

— Vraiment, Mahdi ? Qui le dirige ?

— On ne sait pas.

— Je... Je pensais peut-être que ça pourrait être ma mère ou mon frère, soupira-t-elle, déçue.

Mahdi la regarda sans rien dire.

Alors Serafina comprit. Elle baissa la tête. Toutes ces semaines, elle avait refusé de le croire. Toutes ces semaines, elle s'était cramponnée à l'espoir que sa mère ait survécu.

— Tous les deux ? demanda-t-elle doucement. C'est sûr ?

— On sait qu'Isabella est morte. On suppose que Des l'est également. Personne n'a eu aucun signe de lui. Tu sais comment il est. C'est un cœur farouche. Lui vivant, personne n'aurait pu l'empêcher de revenir à Cerulea. Il aurait affronté Traho à lui tout seul. Je suis désolé, Sera.

Serafina hocha la tête. Elle sentit ses yeux lui piquer, mais réprima ses larmes d'un battement de cils.

— Je n'aurai pas eu l'occasion de leur dire au revoir, regretta-t-elle. Ni à mon père, ni à Des, ni à ma mère. Elle est morte en se battant, Mahdi. Tu le savais ? Elle est morte en me protégeant. J'aimerais tant la remercier. J'aimerais pouvoir lui dire combien je l'aimais…

De ses lèvres s'échappa un sourd gémissement de chagrin. Mahdi l'attira contre lui et l'enveloppa de ses bras. Les poings serrés, elle lui martela la poitrine. Il encaissa les coups sans cesser de la tenir et la berça sans rien dire : aucun mot n'aurait pu apaiser une peine aussi intense.

Au bout de quelque temps, il desserra son étreinte.

— Il y a de bonnes nouvelles, lui annonça-t-il. À propos de ton oncle. Il aurait été vu et certains racontent qu'il…

— … se dirige vers le nord. Chez les Kobold.

— Tu en as entendu parler. La nouvelle commence à se répandre, ça ne me surprend pas. On en parle beaucoup ici… dans le quartier de la Toise Dorée… aux réceptions données chez les di Remora et les Volnero. La noblesse pense qu'il va revenir.

— Tu vas chez les Volnero ? demanda Serafina.

Mahdi hocha la tête. La sirène détourna les yeux.

— Regarde-moi, Sera, lui dit-il en tournant son visage vers lui. Voici la vérité : j'ai embrassé Lucia cette nuit-là dans la Lagune, OK ? Ça ne voulait rien dire à mes yeux. Il m'arrive encore de l'embrasser…

Sera tressaillit.

— … et ça ne veut toujours rien dire. Ça fait partie de mon travail. Verde souhaite que je courtise Lucia parce que sa mère et elle sont proches de Traho. Je vais continuer de lui faire les yeux doux jusqu'à ce que je découvre si c'est bien Kolfinn qui tire les ficelles.

— Tu en doutes ?

— On n'a pas encore été capables d'établir de lien clair entre Traho et Kolfinn. Les cavaliers de la mort… Ce ne sont pas des Ondaliniens. Ce sont tous des mercenaires, payés pour faire le boulot.

— Alors, ce n'est pas Kolfinn.

— Je n'ai pas dit ça. Peut-être que Kolfinn est juste assez doué pour ne laisser aucune preuve dans son sillage. Comme ça, il peut s'emparer des royaumes tout en affirmant au Conseil des Six qu'il n'y est pour rien.

Serafina hocha la tête.

— C'est pour ça que je dois fréquenter Lucia. J'espère voir ou entendre quelque chose qui pourrait nous aider à arrêter Kolfinn. Est-ce que tu comprends ? Tu peux me pardonner ?

Serafina aurait voulu lui répondre que non, puis elle repensa au sergent ivre dans la Lagune et au jeu dangereux auquel elle s'était livrée avec lui. Elle avait fait ce qu'il fallait pour s'échapper. Pour survivre un jour de plus. Pour continuer de lutter pour son peuple. Et elle savait qu'elle serait prête à le refaire si nécessaire.

— Oui, je le peux.

Mahdi effleura sa joue du dos de la main.

— Ce n'est pas Lucia que je veux. C'est *toi*. Je te l'ai dit il y a deux ans et je te le redis maintenant. J'ai perdu mes parents. Je pourrais perdre la Matali. Je ne peux pas te perdre, toi aussi. Il faut que tu me croies, Sera. Dis-moi que tu me crois.

Serafina le regarda, cherchant la vérité dans ses magnifiques yeux sombres. Ce qu'elle y vit lui donna la force d'y croire.

— Je te crois, Mahdi.

Elle se retrouva dans ses bras et il posa les lèvres sur les siennes, comme pour lui redire en silence à qui il appartenait. À elle. Pour toujours. Et, l'espace d'un instant, il n'y eut plus de planque, plus de danger, plus de chagrin. Plus rien n'existait pour elle que la chaleur de ses lèvres et les battements de son cœur.

Mahdi mit fin au baiser.

— Je dois y aller. J'ai pris un gros risque en venant ici. Mais il fallait que je sache si tu étais là.

Serafina, qui s'était cramponnée à sa veste, la relâcha à contrecœur.

— Je déteste te voir avec ce truc sur toi, dit-elle.

— Moi aussi. Parfois, quand je me réveille le matin, je ne sais plus où je me trouve. Ni qui je suis. Cet uniforme, tout ce que je dis, tout ce que je fais… Ce ne sont que des mensonges. Une seule chose est vraie et réelle : mes sentiments pour toi.

Il l'embrassa de nouveau.

— Reste ici, Sera. Tu y es en sécurité. S'il te plaît. Plus de sortie à l'Ostrokon. Promets-moi.

— Je ne peux pas, Mahdi. Je dois y retourner. Il y a des conques là-bas que je dois récupérer.

— C'est trop dangereux. Les patrouilles de Traho…

— … ne suffiront pas à m'arrêter. Traho a été dans mon sillage jusqu'en Eaudouce, mais j'ai toujours réussi à garder un battement d'avance sur lui. Je ne le laisserai pas m'attraper, lui assura Sera, les nageoires frémissantes. J'ai une mission à remplir ici, Mahdi. Tout comme toi.

— En *Eaudouce* ? répéta-t-il, perplexe. Sera, où étais-tu passée pendant tout ce temps ? Que faisais-tu ?

Elle était sur le point de répondre lorsqu'un grondement puissant l'en empêcha. Il fut suivi par un bruit de bois fracassé. La porte d'entrée trembla. Des cris et des ordres leur parvinrent depuis l'extérieur de la maison.

Mahdi jura. Une seconde plus tard, Aldo dévalait le couloir en trombe. Il ramassa une grosse planche posée contre le mur et la glissa entre deux crochets de chaque côté de la porte.

— Ça nous donne une minute de plus, grommela-t-il.

— C'était quoi, ce bruit ? Que se passe-t-il ? demanda Serafina, effrayée.

— Les cavaliers de la mort, répondit Aldo, le visage grave. Fichez le camp d'ici !

# DIX-HUIT

*Je t'offre un sortilège dont les quelques vers*
*Te consolideront en long, en large et en travers.*

*Mon chant comblera tes fissures, tes trouées,*
*donnant à ton bois la résistance de l'acier.*

*Garde-nous du mal, garde-nous de la mort,*
*Veille à ce que nos ennemis restent dehors.*

*Pour nous mettre à l'abri, nous devons partir.*
*Laisse-nous, porte, le temps nécessaire pour fuir…*

Aldo lançait un sort robus. Les yeux clos, le visage dégoulinant de sueur, il poussait de toute la force de sa voix contre la porte de la planque.

Mais les cavaliers de la mort en faisaient autant de l'autre côté.

À l'intérieur régnaient la terreur et le chaos. Tout le monde se ruait vers le sous-sol, où – Sera l'apprit – une porte donnait accès à un réseau de tunnels menant à une autre planque, rue du Marché.

— Sors d'ici, Mahdi ! siffla une voix.

C'était Gia.

— Tu es le seul lien que nous ayons jusqu'à Traho, poursuivit-elle. Si tu es pris, nous n'aurons plus aucune information sur les patrouilles !

— Mais toi et Aldo ? hurla Mahdi pour se faire entendre par-delà les cris de terreur et les coups de boutoir. Que ferez-vous quand ils réussiront à enfoncer la porte ?

— Ne t'inquiète pas pour nous, répondit Gia. On réussira à atteindre les tunnels.

Mais Sera lut la peur dans son regard. *Elle essaie de se montrer convaincante pour que Mahdi accepte de partir*, pensa-t-elle. *Mais elle sait que la situation est sans espoir pour eux.*

Malgré le robus d'Aldo, la porte – en bois d'épave – commençait à se fendre sous les assauts des cavaliers de la mort.

— Traho ne leur mettra pas la main dessus. Hors de question ! affirma Sera à voix haute.

Mais comment l'empêcher ? Elle tenta de réfléchir, mais ses oreilles résonnaient des cris de la foule et des hurlements de sa propre peur.

*Je dois les aider*, pensa-t-elle. *Il doit bien y avoir un moyen.*

Alors cela recommença – le même phénomène qui s'était produit dans les grottes des Iele lorsque Abbadon avait essayé de traverser le feu d'eau. Une lucidité froide et cristalline descendit sur elle, fit taire le chaos dans sa tête, aiguisa son esprit et la rendit capable de jouer le plateau entier, pas la pièce isolée.

— Oubliez les tunnels. Tenez ! dit-elle à Gia en tirant de son sac deux des trois précieux morceaux de quartz que

Vrăja lui avait donnés. Des galets de transmerence pour Aldo et vous. Enchantez-les. Maintenant. Retenez les cavaliers de la mort aussi longtemps que vous le pourrez. Et, quand ils enfonceront la porte, grimpez à l'étage et sortez par une fenêtre.

Gia acquiesça, les yeux brillant d'un courage renouvelé.

— Promis. Merci, ma jolie. Maintenant, *filez* !

Alors que Sera et Mahdi fonçaient à travers la maison pour gagner le sous-sol, ils entendirent de faibles sanglots apeurés. Ils s'arrêtèrent, firent demi-tour et nagèrent dans leur direction. Dans ce qui était autrefois le salon, deux petites sirles âgées d'à peine un an étaient assises dans un lit d'enfant, en larmes.

Dans la panique qui s'était emparée de tous et leur précipitation à fuir, on avait oublié les orphelins. Deux triçons étaient assis sur leur lit, les yeux écarquillés. Un autre était encore allongé, les yeux fermés. C'était Matteo, celui qui avait de la fièvre.

— Matteo ? Tu m'entends ? demanda Sera en le secouant doucement pour le réveiller.

Le triçon ouvrit les yeux. Il avait le regard vitreux.

— On ne peut pas les laisser ici, affirma Mahdi en jetant un regard anxieux en direction du couloir.

— Viens, Matteo, n'aie pas peur, le cajola Sera. On doit y aller. Mets tes bras autour de mon cou.

Le triçon s'exécuta et Sera le souleva de sa couche. Mahdi extirpa les deux sirles de leur lit d'enfant et en prit une dans chaque bras. Il fit se lever les deux autres triçons – Franco et Giancarlo – et leur dit de le suivre car ils allaient partir à l'aventure. Puis il fonça en direction du sous-sol.

Sera était juste derrière lui. Aldo et Gia continuaient de chanvoûter, mais leurs voix étaient éraillées maintenant et les martèlements sur la porte devenaient assourdissants.

— Et les chambres à l'étage ? Imagine qu'il reste des gens là-haut ! s'exclama Sera lorsqu'ils atteignirent la porte du sous-sol.

— On n'a pas le temps de vérifier, répliqua Mahdi. Il faut qu'on conduise ces petits à l'abri.

Les derniers occupants de la planque s'engouffraient dans les tunnels. Mahdi fit passer Sera et les enfants devant lui, puis ferma la porte du sous-sol. Son bois, fragile et rongé par les vers, ne valait pas le coup d'être enchanté. La porte du tunnel, elle, était en fer. Dès lors, tout sortilège pour la renforcer ou la camoufler serait inutile puisque le fer repoussait la magie, mais au moins était-elle équipée d'un verrou solide. Dès que tout le monde fut dans le passage, Mahdi referma la lourde porte derrière lui et tira le loquet.

— Ça devrait les retenir un moment, dit-il à Sera, puis il se tourna vers les enfants. Allez, les gars, on va faire la course ! Le premier arrivé à la fourche a gagné. À vos marques, prêts, feu, partez !

Franco et Giancarlo dévalèrent le tunnel. Sera les suivit avec Matteo. Mahdi fermait la marche, les deux minuscules sirles dans les bras. Leur groupe n'avait pas de torche à lave, mais ils parvenaient à suivre la lueur de celles qu'ils apercevaient au loin devant eux.

Ils nagèrent pendant un quart d'heure environ à travers un tunnel sombre et étroit, tapissé d'étoiles et d'araignées de mer. Ils prirent à droite aux deux fourches qui suivirent, puis le tunnel vira à gauche et ils se retrouvèrent dans une zone recouverte de graffitis. Dissimulée au milieu d'un gigantesque portrait de pirate, une porte s'ouvrit pour eux.

— Frappe quatre fois sur la poitrine du capitaine Kidd, expliqua Mahdi. Le mot de passe, c'est oursin. Juste au cas où tu devrais revenir ici seule.

Un triton appelé Marco s'empressa de les faire entrer.

— Vous êtes les derniers ? demanda-t-il.

Mahdi hocha la tête et Marco verrouilla la porte derrière eux. Sera vit qu'ils se trouvaient dans un autre sous-sol.

— J'ai un enfant malade ici, avertit-elle, le souffle court.

Porter Matteo à travers les tunnels l'avait épuisée.

Un autre triton lui prit l'enfant pour le conduire à l'infirmerie. Marco indiqua à Mahdi et à Sera où trouver des lits pour les autres petits. Pendant qu'ils les couchaient, le triçon appelé Franco les interrogea :

— Où est Cira ?

L'estomac de Sera se noua. Elle pria pour que Cira soit un jouet.

— Qui est Cira ? demanda Mahdi.

— C'est mon amie. Sa maman ne va pas bien. Elle va avoir un bébé. Ils dorment à l'étage.

— J'y retourne, lâcha Sera.

— Hors de question. C'est du suicide. Les cavaliers de la mort sont dans la maison maintenant, répliqua Mahdi.

— On aurait dû vérifier l'étage.

— Imagine qu'on l'ait fait et que les cavaliers aient réussi à entrer pendant qu'on était là-haut ? Comment les gosses seraient sortis ?

— Toute personne retrouvée dans cette maison sera interrogée par Traho.

— Comme toi, si ses soldats te capturent.

— Une *enfant*, Mahdi. Une sirène enceinte et une petite sirle !

Sa voix monta d'un cran. Tendue par la peur. Et la colère.

— Si tu y retournes et que tu es prise, Traho te forcera à dire où sont *cette* maison et *ces* gens.

— Ils sont à moi, Mahdi. Il s'agit de *mon* peuple ! hurla-t-elle. Il ne les aura pas !

— Sera…

Mais elle avait déjà filé vers le sous-sol.

— Laissez-moi sortir. Je retourne à la rue Basalte. On en a laissé deux derrière, expliqua-t-elle à Marco.

— C'est une très mauvaise idée, répliqua le triton.

— Laissez-moi sortir, *immédiatement* ! ordonna Sera.

Marco la dévisagea longuement.

— Cette porte est équipée d'un judas, dit-il finalement. Si j'entends, vois ou renifle le moindre soldat derrière vous, je ne l'ouvre pas. C'est à vos risques et périls, sirlette.

Sera acquiesça. Elle décrocha une lanterne éclairée par des méduses lune. Marco ouvrit la porte et elle franchit le seuil d'un battement de queue.

Mahdi était juste derrière elle.

# DIX-NEUF

SERA SE TENDIT, parée à lancer un frag ou à propulser un vortex.

— Prête à y aller ? murmura Mahdi.

Elle hocha la tête. Ils étaient de retour à la rue Basalte, dans le tunnel, sans la moindre idée de ce qui pouvait les attendre de l'autre côté de la porte de fer.

Mahdi appuya son oreille dessus. Il écouta pendant quelques secondes, puis tira lentement le loquet du verrou. Il prit une profonde inspiration et ouvrit la porte.

Le sous-sol était vide.

Sera posa la lanterne et entra prudemment à l'intérieur. Elle traversa le sous-sol et s'élança vers le rez-de-chaussée, mais un bruit l'arrêta net. C'était celui de meubles que l'on renverse et qui se fracassent.

Mahdi la rattrapa. Silencieusement, il articula :

— Cavaliers de la mort. En haut.

Sera jeta un coup d'œil à la porte branlante qui menait à l'étage. Elle était entrouverte. Pourtant Mahdi l'avait fermée derrière lui quand ils s'étaient enfuis, elle l'aurait juré. Après lui avoir touché la main, elle pointa la porte du doigt. Il hocha la tête. Il avait compris ce qu'elle essayait de lui dire : *Il y a quelqu'un d'autre ici en bas.*

Sera tourna lentement sur elle-même, s'apprêtant à voir Traho tapi dans le noir, le sourire aux lèvres et un fusil-harpon à la main. Mais il n'était pas là.

Un nouveau fracas venant du dessus la figea sur place.

Mahdi, les yeux fixés sur la porte, lui fit signe de retourner avec lui dans le tunnel, mais elle secoua la tête.

— Elles sont *ici*. Cira et sa mère. J'en suis sûre ! murmura-t-elle. Ce sont elles qui ont laissé la porte entrouverte.

Mahdi leva un doigt pour lui indiquer qu'elle disposait d'une minute.

Elle inspecta le sous-sol à la manière d'un tourbillon, fouillant chaque recoin : derrière la chaudière à lave, derrière de vieux meubles empilés… Mahdi en fit autant, tout en gardant un œil sur la porte. Au bout d'une minute, il lui fit signe qu'il était temps de partir.

Sera acquiesça, l'air abattu. Cira et sa mère avaient sans doute été capturées par Traho. Ils avaient pris inutilement des risques pour revenir. Elle repartit en direction du tunnel.

Au même instant, un mouvement attira son attention. Contre le mur, il y avait un vieux canapé à la structure de corail et aux coussins en soie de mer moisis depuis longtemps. Enfin non, il n'était pas vraiment *contre* le mur. Le bout d'une petite queue verte dépassait par-dessous. Sera saisit le bras de Mahdi et la lui indiqua du doigt.

Ils s'approchèrent d'un battement de nageoire. Cachée dans l'espace situé entre le canapé et le mur se trouvait une sirène au ventre rond, une petite sirle tremblante dans les bras. Les yeux de la mère s'écarquillèrent d'effroi en voyant l'uniforme de cavalier de la mort de Mahdi. Elle resserra son étreinte sur sa fille et se recroquevilla contre le mur.

— Tout va bien, chuchota Sera. Il n'est pas l'un des leurs. Ce n'est qu'un déguisement. Venez avec nous. Nous allons vous faire sortir d'ici.

Hésitante, la mère regarda Sera et Mahdi tour à tour. Au même instant, un nouveau vacarme se fit entendre au-dessus de leurs têtes.

— S'il vous plaît, dit Sera. Nous n'avons pas beaucoup de temps.

Mais la mère, paralysée par la peur, refusait de bouger.

— Fouillez-moi le sous-sol ! ordonna une voix.

Sera la reconnut. Elle l'entendait dans ses cauchemars.

— Traho, souffla-elle. On *doit* y aller !

— Cira, dit Mahdi à la petite sirle, tes amis t'attendent. Franco et Giancarlo. C'est eux qui m'ont dit que tu étais ici. Ils sont à l'abri et ils voudraient que tu le sois, toi aussi.

La jeune sirène adressa un sourire courageux à Mahdi et lui prit la main.

— Allez, viens, maman. Tout va bien.

Mahdi s'empressa de conduire mère et fille dans le tunnel. Dans son sillage, Sera était sur le point de fermer la porte derrière elle lorsque quatre cavaliers de la mort débarquèrent dans le sous-sol.

— Vous, là-bas ! Arrêtez ! cria l'un d'eux.

— Prévenez le capitaine Traho ! aboya un deuxième en tendant la main vers le fusil-harpon fixé à sa taille.

Les autres se ruèrent vers Sera. Ils portaient tous les deux des torches à lave.

Sera comprit aussitôt que leur survie se jouerait dans les prochaines secondes. Un canta mirus ne suffirait pas, cette fois-ci ; c'est d'un canta malus qu'elle allait avoir besoin. Elle n'hésita pas un instant. Sa voix plongea pour adopter une tonalité grave et sombre tandis qu'elle se concentrait sur les globes de verre pleins de lave au sommet des torches.

*Lave qui réchauffe, lave qui éclaire,*
*Cache-nous à la vue de nos adversaires.*

*Bouillonne, saute, siffle et brûle.*
*Fais en sorte que ces soldats reculent.*

*Lave mortelle, toi capable du pire…*
*Du verre des gobelins, hâte-toi de jaillir !*

Mahdi saisit Sera à la seconde où la dernière note du chanvoûtement quittait ses lèvres. Il l'entraîna dans le tunnel et ferma vivement la porte. Sa vivacité d'esprit leur sauva la vie.

L'explosion fut instantanée. La secousse fut si puissante que le sol trembla. Sera vit un éclair aveuglant de lumière blanche passer sous la porte ; elle entendit l'impact des débris projetés contre le métal, ainsi que le bouillonnement et le sifflement de la lave.

Puis elle n'entendit plus rien du tout.

— Ils sont… ?

— Ouais, lui confirma Mahdi. Personne ne survivrait à une explosion pareille. Je doute que la maison y ait résisté. Grands dieux, Sera, c'était quoi, ça ?

— Un chant obscur. C'est légal si c'est utilisé contre un ennemi en temps de guerre. Je n'avais pas le choix, Mahdi. C'était eux ou nous.

— Je sais ça. Je parlais de toi. Quand as-tu appris à lancer un frag aussi puissant ? Je connais des soldats d'élite qui en seraient incapables.

*Le serment de sang*, pensa Sera. *Il m'a transmis le don de Neela pour la lumière et celui de Becca pour le feu.* Elle était sur le point de lui expliquer la raison de ses nouveaux pouvoirs, ou en tout cas d'essayer, quand des cris leur parvinrent de l'autre côté de la porte.

— D'autres cavaliers de la mort ! s'exclama Mahdi, la voix tendue. Traho devait avoir des troupes supplémentaires à l'extérieur de la planque. Allez, tout le monde, il est temps de filer !

— Merci, dit la mère de Cira tandis qu'ils s'enfonçaient dans le tunnel. Merci d'être revenus pour nous.

Dans la lueur émise par la lanterne de Sera, son visage paraissait pâle. Elle avait les traits tirés et le souffle court.

— Je m'appelle Kallista, au fait.

— Est-ce que vous allez bien ?

— Le travail a commencé.

— Ah, ouh là. Euh, OK ! dit Mahdi en passant les doigts dans ses cheveux.

— Il y a une infirmerie dans l'autre planque. Ce n'est pas loin d'ici. À une demi-lieue environ, l'informa Sera. Vous croyez que vous y arriverez ?

Kallista gloussa faiblement.

— Parce que j'ai le choix ?

— Sera, prends un de ses bras, suggéra Mahdi. Je prends l'autre. Cira, tu ne nous lâches pas d'une nageoire.

Sera avait espéré qu'ils iraient plus vite que l'autre fois, maintenant qu'ils connaissaient le chemin, mais ce ne fut pas le cas. Les tunnels étaient trop étroits pour leur permettre de nager tous les trois de front. Mahdi et elle devaient régulièrement se mettre de profil, ce qui les ralentissait. C'est avec soulagement qu'elle distingua au loin la première fourche.

Avant de l'atteindre, néanmoins, Mahdi s'arrêta brutalement.

— Attendez une minute.

— Qu'est-ce qu'il y a ? demanda Sera.

C'est alors qu'elle les entendit : des éclats de voix. Ils se rapprochaient à toute vitesse.

— Ils ont réussi à passer, commenta Mahdi. On va se séparer à la fourche. Vous trois, allez à droite et nagez aussi vite que vous le pourrez jusqu'à la planque. Je vais prendre à gauche et essayer de faire diversion.

— Mahdi, non ! protesta Serafina.

— Partez ! siffla-t-il.

Il récupéra une méduse lune dans la lanterne de Sera pour éclairer son chemin, ramassa une pierre sur le sol, puis fonça dans le tunnel opposé. Une seconde plus tard, Sera entendit un crissement : il frottait la pierre contre la paroi du tunnel.

— Allez ! dit Sera à Kallista et à Cira. Il faut qu'on mette le turbo maintenant.

La mise en garde de Marco l'avertissant qu'il ne la laisserait pas rentrer si des soldats étaient dans son sillage résonnait dans sa tête.

Elles s'engouffrèrent dans le tunnel de droite et le remontèrent aussi vite que possible. Quelques minutes plus tard, Sera repéra la seconde intersection. Lorsqu'elles l'atteignirent, des voix s'élevèrent de nouveau derrière elles.

Le plan de Mahdi n'avait pas fonctionné. Les cavaliers de la mort ne l'avaient pas suivi, lui ; ils les avaient suivies, elles.

Sera prit Cira par les épaules. L'enfant ne devait pas avoir plus de huit ans.

— Cira, écoute-moi. C'est toi qui vas devoir accompagner ta maman jusqu'à la planque, d'accord ? Tu peux le faire. Je sais que tu peux le faire.

Elle lui expliqua la procédure à suivre, puis piocha une nouvelle méduse dans sa lanterne et la mit dans les mains de Cira.

— Filez ! siffla-t-elle.

Cira et sa mère disparurent et Sera plongea dans l'autre tunnel.

— À l'aide ! hurla-t-elle. On n'arrive pas à trouver la planque ! Je vous en supplie ! Il y a quelqu'un ?

Cette fois, le plan fonctionna. Les cavaliers de la mort la prirent en chasse, elle, sans s'occuper de Cira et de Kallista.

— Je l'ai ! entendit-elle l'un d'eux crier.

Une lance argentée frappa la paroi du tunnel, ratant sa queue d'un cheveu. Les cavaliers de la mort étaient rapides, mais Sera – puissante et légère après toutes ces semaines passées dans les courants – l'était encore plus. Quelques minutes plus tard, elle vit le bout du tunnel. Dehors, le soleil transperçait l'eau de ses rayons obliques. Elle accéléra une dernière fois, émergea comme une flèche dans les eaux libres et lumineuses et se retrouva de l'autre côté du courant menant à l'Ostrokon. Elle fusa à travers son entrée en ruine, puis s'enfonça dans ses profondeurs obscures. Le cœur battant, la poitrine haletante, elle se rendit dans une salle d'écoute et alla se cacher sous une table.

Quelques minutes passèrent. Puis une poignée d'autres. Lorsqu'une demi-heure se fut écoulée, Sera s'accorda finalement le droit de croire qu'elle avait pu semer ses poursuivants. Ses muscles étaient secoués de tremblements. Des crampes douloureuses lui nouaient la nageoire. Elle s'allongea et ferma les yeux.

— Je vous en prie, chuchota-t-elle. Faites que Cira et Kallista aient pu atteindre la planque. Faites que Mahdi aille bien.

Elle revit la confiance qui brillait dans les yeux de la petite sirle. Et le soulagement dans ceux de sa mère désespérée. Et si les cavaliers de la mort s'étaient séparés pour fouiller les deux branches du tunnel ? Et si Kallista et Cira étaient en train de les conduire tout droit à la planque de la rue du Marché ? Avait-elle mis en danger des tas de gens juste pour en sauver deux ?

*Un bon souverain ne sacrifie jamais le plus grand nombre au seul bénéfice de quelques-uns*, lui avait affirmé un jour son oncle.

Elle avait bien essayé d'argumenter. *Mais, mon oncle, même s'ils sont moins nombreux, ils n'en sont pas moins…*

*Importants*, avait-elle voulu dire. *Des personnes de valeur, aimées.*

Mais Vallerio l'avait interrompu. *Moins nombreux veut dire moins nombreux*, *Serafina*. *Et, en temps de guerre, les chiffres importent plus que tout.*

C'était quelque chose qu'elle était incapable de comprendre. Ni alors, ni maintenant. Kallista était importante. Et le petit bébé en elle également. La jeune Cira était importante.

Tous comptaient, le plus grand nombre comme chaque individu.

Elle avait fait le bon choix. Elle avait fait ce qu'il fallait.

Tandis que le sommeil l'enveloppait progressivement, Serafina se raccrocha à cette conviction.

Et fit de son mieux pour y croire.

# VINGT

— ET VOILÀ, PRIYĀ ! dit Suma en aidant Neela à enfiler une robe en soie de mer. Une petite friction, ça fait toujours un bien fou.

Neela ne répondit pas. Elle se contenta d'aller s'asseoir près d'une fenêtre et de regarder à travers. C'est là qu'elle avait passé la majeure partie de son temps ces trois derniers jours.

Elle venait de frictionner son corps avec du sable blanc, puis avait enduit ses cheveux d'huile de noix flottantes et les avait brossés jusqu'à ce qu'ils luisent. Sur un plateau, Suma avait apporté ses plats préférés pour le dîner ainsi qu'une assiette de bonbons pour le dessert. Ensuite, elle pourrait s'allonger sur son lit douillet et dormir. Elle était à l'abri. Elle était au chaud et bien nourrie.

Elle était furieuse.

— Avez-vous besoin de quoi que ce soit d'autre ? demanda Suma.

Neela secoua la tête.

— Me permettez-vous de vous prendre ces vilaines frusques noires ?

— Je ne te le permets pas.

— Vous savez ce qu'a dit le medica magus, Princesse, lui rappela Suma. Plus tôt vous admettrez que vous avez besoin d'aide, plus tôt il pourra vous aider. Promettez de bien vous tenir, débarrassez-vous de ces horreurs et Kiraat vous permettra de quitter votre chambre. Donnez-les-moi. Je vais les mettre dans l'incinérateur. La lave leur réglera leur sort en moins de deux.

— Laisse-les, Suma. Et laisse-moi aussi.

— Et les miroirs ? Que fait-on pour les miroirs ? demanda Suma.

Neela avait recouvert les miroirs de la pièce, tous sans exception, à l'aide de saris.

— N'y touche pas non plus.

Suma hocha tristement la tête de droite à gauche et se tamponna les yeux.

— Couvrir vos miroirs ! Oh, Princesse, c'est encore pire que tout ce qu'on avait imaginé. Vous avez bel et bien perdu la tête ! En vous voyant recommencer à manger des bing-bangs, j'avais cru que vous faisiez des progrès, mais je me trompais !

Larmoyante, elle souhaita une bonne nuit à Neela et la quitta.

Neela dépiauta machinalement un bonbon et le mangea. Elle s'était remise à en manger, poussée par l'ennui et le stress. Elle jeta un œil aux vêtements incriminés : sa jupe et son haut en dentelle noirs, sa veste et sa besace, étendus sur un fauteuil. Kiraat lui avait demandé de les jeter, mais elle avait refusé. Il l'avait déclarée gravement dérangée et avait conseillé qu'elle soit confinée dans sa chambre pour éviter qu'elle ne cause du tort – à elle-même ou à n'importe qui d'autre. Kiraat et ses parents pensaient ainsi la protéger. Ils pensaient l'aider à retrouver peu à peu ses esprits, mais ils ne faisaient que la tuer à petit feu.

Comment leur expliquer ce que ces habits de forban signifiaient à ses yeux ? Lorsque son regard se posait dessus, ce n'étaient pas les accrocs ou les effiloches qu'elle voyait, mais Sera et Ling partageant un bol de ragoût dans la cuisine de Lena, peu après que Ling eut échappé de justesse à Alfred Treebot. Elle voyait Becca et Ava dans l'Olt, chassant les Roussalka. Elle voyait Astrid, armée d'une simple épée, combattre farouchement Abbadon dans l'Incantarium.

Et elle se voyait elle-même, bien plus courageuse et vaillante qu'elle n'aurait jamais pensé l'être.

Et maintenant, ils voulaient qu'elle revienne en arrière. Qu'elle se remette au rose, à ces sourires de façade qui font mal aux joues, à ces discussions futiles sur les marées, à ne jamais rien faire d'important, à ne jamais rien dire d'honnête. Qu'elle reprenne sa place dans ce concours de beauté perpétuel.

Neela avait essayé de sortir. Elle avait essayé de crocheter la serrure de sa porte, tout comme elle l'avait fait pour les colliers de fer que Thalassa, Sera et elle portaient lorsqu'elles étaient prisonnières de Traho. Mais cette serrure, enchantée, ne pouvait être ouverte que par la clé en possession de Suma. On avait rendu la chambre de Neela hermétique aux sortilèges. Elle ne pouvait ni ouvrir les fenêtres, ni les briser, ni lancer le moindre vortex ou le plus faible des frag. Sa tentative de convoca visant à informer les autres de sa situation avait échoué, elle aussi. Elle avait pensé à s'échapper à travers l'un de ses miroirs, mais la peur de tomber sur Riorim l'en avait dissuadée. C'était d'ailleurs pour l'empêcher de l'espionner qu'elle avait recouvert tous ses miroirs.

Voilà pourquoi Neela restait assise à la fenêtre, ses yeux vides observant les drapeaux de la Matali ondoyer dans le courant. Elle dépiauta un autre bonbon en se demandant qui allait céder en premier. Kiraat ? Ses parents ?

Ou elle.

# VINGT ET UN

SERAFINA SE RÉVEILLA en étouffant un cri. L'espace d'un instant, elle fut prise de panique. Elle ne savait plus où elle était. Puis la mémoire lui revint : l'Ostrokon. Elle s'était cachée sous une table et s'était évanouie d'épuisement. Elle roula sur le dos et ouvrit les yeux. Depuis combien de temps était-elle ici ? Elle avait l'impression d'avoir dormi au moins trois jours. Son corps était engourdi par la dureté du sol. Son esprit aussi, assailli par tant de questions encore, de celles qui restaient sans réponse.

Elle pensa à Mahdi, Cira et Kallista. Avaient-ils réussi à s'échapper ? Elle parviendrait peut-être à retourner sur ses pas jusqu'à la planque de la rue du Marché pour prendre de leurs nouvelles.

Elle se rappela le chant obscur, ce sortilège meurtrier qu'elle avait lancé contre les cavaliers de la mort. Elle n'avait pas eu d'autre choix et se savait prête à recommencer si nécessaire.

Les Praedatori avaient tué un de ses geôliers lorsqu'ils l'avaient libérée du camp de Traho, et Sera en avait été traumatisée. Elle avait éprouvé de la compassion pour lui. Beaucoup de cavaliers de la mort avaient été tués dans la planque de la rue Basalte. Par sa faute, cette fois-ci. Mais elle ne ressentait aucune peine pour eux. Elle ne ressentait rien.

*Je change*, pensa-t-elle, *et pas seulement en bien.*

Accrochées sous la table, des berniques brillaient d'un éclat blanc dans l'obscurité. Elle frotta la paume de sa main contre leurs arêtes acérées. Elle voulait avoir mal, savoir si elle pouvait encore ressentir *quelque chose*.

Des voix dérivaient dans son esprit, la sienne et celle de sa mère.

*Maman, tu ne pourrais pas agir en mère pour une fois et oublier que tu es la regina ?* lui avait lancé Sera le matin de son Dokimí.

Isabella avait souri tristement. *Non, Sera*, avait-elle répondu. *Je ne peux pas.*

Serafina lui en avait tellement voulu ! Mais, maintenant, elle comprenait que l'amour d'Isabella pour son peuple était si ardent qu'elle avait renoncé à beaucoup de choses pour lui, y compris à passer du temps avec sa famille. Elle comprenait désormais pourquoi Mahdi aimait les océans au point de risquer sa vie pour les défendre.

Sera commençait à voir que l'amour ne se nourrissait pas que de beaux discours ou de promesses faciles. L'amour était dur. Il vous mettait à l'épreuve et vous transformait. Il remplissait votre cœur et l'endurcissait aussi, parfois. L'amour demandait des sacrifices. Elle en avait fait beaucoup ces dernières semaines et savait qu'il lui en serait demandé encore davantage.

Étendue sur le dos, sa main toujours appuyée contre les berniques, elle entendit son estomac gargouiller. Le son émis sembla démesurément bruyant dans la grande pièce vide. Sera avait faim et ignorait totalement comment y remédier. Ces derniers jours, elle n'avait guère mangé plus qu'une poignée d'olives des récifs et de baies d'anguille.

*Je vais mourir de faim sous cette table*, se dit-elle. *Dans plusieurs années, quelqu'un trouvera mon squelette ici même. On aura beaucoup de peine pour moi.*

*Non, pas du tout*, dit une voix. *Je pense plutôt qu'on se moquera de toi !*

— Ling ! s'exclama Sera à voix haute.

*Ravale tes larmes, à défaut d'un repas, ça sera toujours ça dans ton estomac !*

— Ah-ah. Très drôle. Où es-tu ?

*Près de l'Abysse. Je me suis dit que j'allais lancer un convoca, juste histoire de prendre des nouvelles et voir comment tu t'en sors. C'est pas le top, on dirait.*

— Ça, c'est l'euphémisme du siècle. J'ai été pourchassée par des soldats de Traho ce matin. Enfin, je crois que c'était ce matin, mais c'était peut-être hier… Bref, j'ai aussi découvert que les conques dont on a besoin ont disparu, que Cerulea est en ruine et que mon peuple – enfin, le peu qui en reste – souffre atrocement. Et qu'est-ce que je fais ? Je reste allongée sous une table.

*Et sinon, des* bonnes *nouvelles ?*

— À vrai dire, oui. Il semblerait que j'aime toujours le triçon dont j'étais amoureuse bien que je sois tombée amoureuse d'un autre.

*Quoi ?*

Sera lui expliqua. Elle raconta à Ling tout ce qui s'était passé depuis la dernière fois qu'elles s'étaient vues.

*Pfiou, Sera. On ne s'ennuie pas en Miromara ! Enfin, plus sérieusement, le passage avec Traho m'a semblé plutôt flippant. Tu te sens comment ?*

— Je vais bien. Mais, t'as raison, c'était flippant. Et les autres ? Tu as des nouvelles ?

*Becca a déjà franchi la dorsale médio-atlantique. Ava a atteint la plaine abyssale de Ceara. Elles vont bien. Et Bébé aussi, tu seras heureuse de l'apprendre.*

— Comment pourrait-il aller mal ? Ce monstre-en-laisse mord tous ceux qui osent le regarder. Et pour Neela ?

Le ton de la voix de Ling se fit plus inquiet. *Je n'arrive pas à l'atteindre, Sera. J'ai eu beau essayer à plusieurs reprises, elle n'a jamais répondu à mes convoca. Tu as des nouvelles, toi ?*

— Non, mais je n'ai pas essayé de la contacter. Je n'ai pas lancé de convoca depuis mon échec dans la grotte. Je tenterai à nouveau ma chance une fois sortie de l'Ostrokon. On ne peut pas jeter de sort, ici. C'est à cause de l'acoustique : tous les chanvoûtements tombent à plat. C'est une volonté de Fossegrim, notre liber magus. Il disait toujours que le savoir est une magie en soi.

De nouveaux gargouillis s'élevèrent de l'estomac de Serafina.

*On dirait le cri d'un morse à l'agonie ! Écoute, peut-être que tu ne peux pas renverser Traho à la minute, mais tu peux toujours te lever et chercher quelque chose à manger, histoire de nous épargner ces borborygmes dégoûtants !*

— Comment ? Je suis dans un ostrokon !

*Il n'y a pas de Croc'Flots à l'intérieur ? Ceux du Qin en ont.*

— Si ! Il y en a un petit au niveau quatre ! J'avais complètement oublié ! Ling, tu es un génie !

*Je sais… suis… prudente, Sera…*

— Je ne t'entends plus bien, Ling !

*… te capte… plus tard…*

— C'est ça, ma belle. À plus tard, murmura Sera tandis que le convoca se dissipait.

Maintenant que Ling était partie, la pièce paraissait deux fois plus grande, deux fois plus sombre, et Sera se sentait plus seule que jamais. Avec un soupir, elle sortit de sous la table d'un battement de nageoire.

Les Croc'Flots étaient de petits snacks ambulants qui vendaient de quoi boire et grignoter. Serafina se ravitaillait à celui de l'Ostrokon chaque fois qu'elle restait tard pour étudier, discrètement surveillée par ses gardes royaux. Elle nagea jusqu'à l'un des murs de la salle d'écoute et décrocha une torche. La lave avait besoin d'être remplacée. Passablement refroidie, elle n'émettait plus qu'une faible lueur orangée mais lui permettait néanmoins de voir devant elle. À l'entrée du niveau, elle passa une tête par l'ouverture et observa prudemment le hall en spirale au-dessus d'elle. Il était vide et triste. Plus aucun étudiant ne le parcourait désormais, plus de professeurs en robe noire, plus d'ostroki portant des corbeilles remplies de conques et rabrouant ceux qui faisaient trop de bruit.



Elle remonta lentement le long du couloir, s'arrêtant régulièrement pour tendre l'oreille. Elle approchait du niveau quatre lorsqu'elle sentit des vibrations dans l'eau. Dissimulant le globe de lave sous sa jupe pour en étouffer la lueur, elle plongea par une porte vide. Quelques secondes plus tard, un petit banc de blennies passa devant elle. Sera laissa retomber ses épaules, soulagée.

Le Croc'Flots était coincé entre les collections de géologie et de biologie. Quand Sera arriva devant lui, elle vit qu'il était plongé dans l'ombre et aussi désert que le reste de l'Ostrokon. Elle nagea jusqu'au comptoir dans l'espoir d'y trouver un paquet de chips aux moules ou des boules d'escargomme, mais il n'y avait rien à récupérer. Pas même un ver de sable salé.

— Formidable, grommela-t-elle tout haut.

Maintenant, il allait falloir se risquer à sortir. Elle essaya de se rappeler s'il y avait des cafés dans le voisinage. En s'introduisant dans l'un d'eux, elle pourrait peut-être trouver des prunes des grèves, des choux à la palourde… *N'importe quoi.*

C'est alors que le filet lui tomba sur la tête.

Serafina poussa un cri et lâcha sa torche. Son globe se brisa sur le sol. La lave s'écoula lentement sur la pierre, sifflante et bouillonnante, et libéra un panache de fumée à travers les flots.

— Lâchez-moi ! hurla-t-elle tandis que le filet finissait de l'envelopper.

Elle lutta et essaya de s'enfuir, mais elle ne parvint qu'à s'entortiller davantage, tant et si bien qu'elle fut bientôt presque incapable de bouger.

Un visage blême caché derrière une paire de lunettes s'approcha d'elle. Il appartenait à un jeune triton.

— C'est l'une des nôtres, Magistro, pas un cavalier de la mort, dit-il. Enfin, je pense. En tout cas, elle ne porte pas d'uniforme.

Serafina le reconnut : c'était un ostroko qui travaillait dans la section littérature. Un autre visage apparut : celui d'un triton plus âgé, chaussé lui aussi de lunettes. Il avait une barbe et de longs cheveux gris. Ses nageoires, larges et majestueuses, étaient noires. Il tenait une lance. Pointée sur elle.

— Magistro Fossegrim ? s'écria-t-elle. C'est moi, Serafina !

Un troisième visage se pencha sur elle. Celui d'une enfant. Elle semblait avoir douze ans environ. Serafina l'avait déjà vue quelque part. Si seulement elle pouvait reprendre ses esprits, elle se souviendrait où.

— C'est bien elle, Magistro ! affirma la jeune sirène. Elle s'est coupé les cheveux !

— Grands dieux ! Qu'avons-nous fait ? Libérez-la ! ordonna Fossegrim.

Le filet fut retiré. Serafina, qui avait coulé à pic jusqu'au sol, leva les yeux vers ses ravisseurs : Fossegrim, le jeune triçon, deux autres tritons, deux sirènes adultes et la petite sirle.

— Cosima ! s'exclama-t-elle lorsque le prénom de l'enfant lui revint enfin. La petite sœur de donna Elettra ! Je me rappelle t'avoir vue à la cour.

— Coco, Votre Grâce, répliqua la sirle en inclinant vivement la tête. Je déteste le prénom de Cosima.

— Coco, Fossegrim, que faites-vous ici ? les questionna Serafina.

— C'est notre quartier général, Votre Altesse. Je suis désolé pour cet accueil grossier. Nous ne voulions que nous défendre, répondit le mage.

— Je ne comprends pas, dit Serafina. Le quartier général de *qui* ?

Fossegrim se redressa de toute sa taille, désigna ses compagnons d'un revers de la main et déclara solennellement :

— La résistance des Nageoires Noires.

# VINGT-DEUX

— S'IL VOUS PLAÎT, Principessa, resservez-vous en escargots ! Vous prendrez bien quelques vers de plus ? proposa Fossegrim.

— Merci, Magistro, c'était délicieux, mais je suis repue !

C'était un mensonge. Serafina avait encore faim. Mais Fossegrim et les autres aussi, elle le voyait bien. Ils étaient maigres et flottaient dans leurs vêtements.

Elle était assise en compagnie du liber magus dans le soubassement de l'Ostrokon. Il était près de dix heures du soir, maintenant. Les autres étaient partis effectuer leur ronde. Sera avait dormi presque une journée complète.

Ils s'étaient tous présentés au niveau quatre – après que Sera se fut relevée. Elle connaissait déjà Fossegrim et Coco. Le jeune triçon aux lunettes s'appelait Niccolo, les autres, Calvino, Domenico, Alessandra et Sophia.

Une poignée d'ostroki et une enfant. C'était ça, la résistance.

— Cerulea a beaucoup de chance de vous avoir pour défenseurs ! avait souri Serafina.

*Cerulea est totalement fichue*, avait-elle pensé.

Mais c'était avant qu'ils la fassent descendre par une trappe dissimulée dans le plancher du sous-sol. Là, elle avait découvert une pièce plutôt spacieuse contenant des lits de camp, un petit poêle à lave, du matériel médical et des réserves de nourriture. Les murs étaient tapissés de cartes de la ville.

— La salle d'opérations, avait déclaré Fossegrim avec fierté. D'ici, on a réussi à couper certaines lignes du réseau de lave desservant le palais, à déverser un flot de magma qui a dévasté les cuisines et à introduire des crabes dans la réserve à provisions.

— Comment avez-vous su faire tout ça ? les avait interrogés Serafina, stupéfaite. Est-ce que les acqua guerrieri vous ont donné un coup de main ?

Elle regrettait de les avoir sous-estimés. Ces ostroki étaient aussi impressionnants que les Praedatori.

— Les conques ! avait claironné Coco.

— Nous avons écouté des récits de maréchaux datant de la guerre de Cent Ans, de généraux de la dynastie Yǒnggăn du Qin, de guérilleros des marécages de l'Atlantica et d'un grand nombre de commandants merrovingiens. Il n'est *rien* que Quintus Ligarius ne puisse t'enseigner sur le sabotage ! s'était exclamé Niccolo avec entrain.

— Nous sommes comme une grosse épine dans la nageoire de Traho, déclarait maintenant Fossegrim en débarrassant la table de ce qui restait de vers et d'escargots. Nous allons le mettre en déroute et rendre Cerulea aux Merrovingia !

— Magistro, je crains que les combats ne s'étendent bien au-delà des murs de Cerulea, précisa Serafina d'une voix douce. Je connais un moyen de prendre l'avantage, mais j'ai besoin de votre aide.

— Tout ce que vous voudrez, Principessa, répliqua-t-il. Vous n'avez qu'un mot à dire.

— Je suis venue ici, hier soir, pour écouter les conques du Périple de Merrow, mais elles avaient disparu.

— Oui, Traho les a emportées. J'ignore pourquoi.

— Moi je sais pourquoi, mais je ne peux pas vous le dire sans faire peser un danger encore plus grand sur vous. Y a-t-il ici d'autres conques traitant du même sujet ?

— Quel sujet ? demanda Coco.

Elle revenait tout juste de sa ronde, un sac plein de concombres de mer dans les bras. Un petit requin-taureau gris, aux mouvements vifs et aux yeux cuivrés, la suivait de près.

— Où as-tu trouvé ça ? Je t'ai interdit de quitter l'Ostrokon, jeune sirle ! C'est bien trop dangereux ! la rabroua Fossegrim.

Coco l'ignora.

— Quelle information cherchez-vous, Principessa ? répéta-t-elle.

— Des conques sur le Périple de Merrow, répondit Serafina pour se montrer polie.

Elle doutait fort que la petite sirle ait seulement entendu parler de ce Périple. Sera, elle, avait étudié l'histoire atlante post-chute et savait que, dix ans après la destruction de l'Atlantide, Merrow – la première regina de Miromara – avait effectué un long voyage à travers les océans du monde. L'histoire officielle affirmait qu'elle était partie en quête de nouvelles zones sûres où son peuple pourrait s'installer, car il prospérait et commençait à manquer d'espace. Sera était persuadée, cependant, qu'il existait une raison officieuse à ce voyage : cacher les six talismans.

— Essayez Baltazaar, premier ministre des finances depuis le début du règne de Merrow jusqu'à l'année 62, suggéra Coco d'un ton détaché. C'est une excellente source d'informations, mais presque personne n'a entendu parler de lui. Je pense que c'est dû au fait que ses conques ne sont pas classées au niveau cinq dans les rayons de l'histoire merrovingienne primitive, mais au niveau trois, avec les archives gouvernementales, dans la section Dépenses de l'anno Merrow 10, l'année où elle a effectué son Périple.

La mâchoire de Serafina faillit se décrocher.

— *Quoi ?*

— Bal-ta-zaar, répéta lentement Coco, comme si elle s'adressait à une simple d'esprit. Premier ministre…

— Oui, oui, je t'ai entendue. Mais comment sais-tu tout ça ?

— J'ai écouté beaucoup de conques depuis mon arrivée ici. On ne peut pas sortir pendant la journée, et il n'y a pas grand-chose d'autre à faire. J'aime écouter des conques. J'aime l'Ostrokon, aussi. Beaucoup plus que je n'aimais la cour. Désolée.

Serafina sourit.

— Ne sois pas désolée. Je suis comme toi.

— Donc, comme je le disais, reprit Coco, Baltazaar était une sorte de comptable pour Merrow. Il l'a accompagnée au cours de son Périple et a conque-signé *chaque* détail. Ça m'a pris deux jours de parcourir seulement cinq de ces conques.

Il est d'un rasoir ! Il énumère tout ce qu'ils ont emporté dans leurs bagages. Tout ce qu'ils ont utilisé. Tout ce qu'ils ont porté. Tout ce qu'ils ont dit. Tout ce qu'ils ont fait. Tout ce qu'ils ont vu. Tous les lieux visités…

— Tous les lieux visités ? l'interrompit Serafina.

— Oui.

— Peux-tu me montrer où sont ces conques ? demanda Sera en essayant de contenir son excitation.

— Bien sûr. Suivez-moi !

— Un moment, je vous prie, intervint Fossegrim. Les cavaliers de la mort ratissent régulièrement l'Ostrokon. Coco, tu devras faire le guet pendant que la principessa étudie les conques. On ne peut prendre aucun risque. Soyez de retour ici pour minuit.

Coco acquiesça d'un salut.

Mais Serafina n'était pas d'accord :

— Ce n'est pas possible, Magistro. Je dois parcourir ces conques au plus vite. J'y passerai la nuit, la journée et la nuit suivante s'il le faut.

Fossegrim secoua la tête.

— Trop dangereux. Pour vous comme pour nous.

— Je n'ai pas le choix. Il y a des informations cruciales que je dois trouver avant Traho.

Fossegrim réfléchit un instant.

— Emportez deux corbeilles avec vous, proposa-t-il finalement. Remplissez-les d'autant de conques que vous pourrez en porter et revenez ici. Ça ne sera pas aussi discret, mais ce sera beaucoup plus sûr.

Coco prit deux corbeilles posées sur le sol, puis s'éleva vers la trappe. Serafina récupéra deux torches à lave et la suivit, espérant de tout cœur que le premier ministre Baltazaar allait lui dire ce qu'elle avait besoin de savoir.

# VINGT-TROIS

— IL SOUFFRE. Beaucoup, murmura Coco tandis que Serafina et elle grimpaient en direction du niveau trois.

Les deux sirènes portaient une corbeille dans une main et une torche à lave dans l'autre.

— Qui ça ?

— Fossegrim. Il dort à peine et ne mange pas grand-chose. Il s'en veut pour tout ce qui s'est passé. Pour la destruction de l'Ostrokon. Pour le vol des conques. Niccolo a beau lui répéter qu'il n'aurait rien pu faire de plus, il refuse de l'entendre.

— Pauvre Fossegrim, se désola Serafina. Ma grand-mère m'a raconté un jour à quel point il se montrait protecteur vis-à-vis de l'Ostrokon et de ses collections, même lorsqu'il n'était encore qu'un jeune ostroko. Elle m'a dit que c'était clair depuis le début qu'il deviendrait un jour liber magus.

Fossegrim avait décrit l'attaque de l'Ostrokon à Sera après l'avoir conduite dans le bunker. Plusieurs ostroki avait été tués en essayant de repousser Traho.

— Je parie que Fossegrim ne vous a pas raconté la bravoure dont lui-même a fait preuve. Ou ce qu'ils lui ont fait, dit Coco. Les soldats de Traho l'ont frappé avec une violence telle qu'il a fini par perdre connaissance. Puis ils l'ont laissé pour mort. Heureusement, Niccolo et les autres se cachaient au milieu des rayonnages. Ils ont attendu que Traho s'en aille, puis ont traîné Fossegrim jusqu'au soubassement. Ils lui ont sauvé la vie. On est tous restés là-dessous depuis, à se former sur le tas à l'art de la contre-attaque. On a pris pour nom les Queues Noires en l'honneur de Fossegrim. On a enchanté nos queues pour les assortir à la sienne. Dehors, bien sûr. Vous savez ce qu'il pense de l'utilisation de la magie dans l'Ostrokon.

Elle leva sa nageoire caudale, d'un noir profond et luisant.

— On s'en sort plutôt bien, ajouta-t-elle en souriant fièrement. Couper l'approvisionnement en lave a *vraiment* fichu le bazar dans le palais. Récupérer de quoi manger, c'est ce qu'il y a de plus compliqué pour nous. Je suis la plus douée pour ça. Je trouve beaucoup de trucs dans les maisons détruites.

Son sourire s'effaça.

— Je trouve les propriétaires parfois, aussi. Mais je commence à m'habituer à voir des cadavres.

— Pourquoi es-tu dans l'Ostrokon, Coco ? Où est ta famille ? demanda Serafina.

— Disparue.

Serafina décela un tremblement dans la voix de la petite sirle. Elle lui jeta un regard, juste à temps pour la voir essuyer vivement ses yeux.

— Que s'est-il passé ?

Coco secoua la tête. Le requin-taureau resté jusqu'à présent dans leur sillage se mit à dessiner des cercles autour d'elle, l'air inquiet.

— Raconte-moi, s'il te plaît, l'encouragea Serafina en entourant ses épaules d'un bras.

— Ils sont venus dans le palais. Les cavaliers de la mort. Ils rassemblaient tout le monde. Mes parents les ont entendus approcher et ont essayé de nous protéger. Ma mère a enchanté une perle de transmerence pour moi et m'a dit de me coller au plafond. Elle en enchantait une autre pour Ellie quand les cavaliers de la mort ont défoncé la porte. Ellie a hurlé. Ma mère aussi. Mon père a essayé de les repousser, mais ils l'ont roué de coups. J'ai tout vu. Et puis ils les ont emportés.

En parlant, Coco fixait les eaux sombres devant elle, mais Serafina savait qu'elle ne regardait rien de précis à proximité. Elle revoyait sa famille se faire brutaliser.

— J'avais si peur ! continua Coco. Dès que les soldats sont partis, j'ai nagé hors du palais. Je suis allée directement à l'Ostrokon, parce que c'était l'endroit qui me paraissait le plus sûr. Je me suis cachée au niveau quatre pendant des jours. J'ai mangé ce qu'il y avait dans le Croc'Flots. C'est Alessandra et Domenico qui m'ont trouvée.

— Je suis désolée, Coco, chuchota Serafina, le cœur serré par le récit de l'enfant.

Coco hocha la tête.

— Allez, faut qu'on avance, dit-elle en repartant d'un battement de nageoire.

*Elle ne veut pas que je la voie pleurer*, pensa Serafina. Un sentiment de colère lui brûlait le cœur en continu ces derniers jours, mais, de temps en temps – comme à cet instant précis –, il s'intensifiait. Elle ajouta mentalement ce qui était arrivé à Fossegrim et à Coco au compteur de Traho. Elle en parlerait à son oncle quand il rentrerait au pays avec ses armées de gobelins. Traho paierait pour ses crimes. Vallerio y veillerait.

— Nous y sommes ! Niveau trois, annonça Coco quelques minutes plus tard en éclairant de son globe les lettres inscrites au-dessus de l'entrée. On va avoir besoin d'une sentinelle, ajouta-t-elle. Abby, garde un œil pour nous tout là-haut, tu veux bien ?

Le petit requin-taureau acquiesça d'un signe de tête.

— Il n'y a pas meilleur guetteur qu'Abelard. Il perçoit n'importe quel mouvement bien avant moi. Si les cavaliers de la mort pointent le bout de leur nez, il descendra nous prévenir en moins de deux.

Abelard s'élança vers les hauteurs, suivi du regard par Sera.

— Tu n'as pas vu Sylvestre, par hasard ? demanda-t-elle avec mélancolie.

— Pas depuis l'attaque, répondit Coco. Je me faufile dans le palais aussi souvent que je le peux pour trouver des médicaments, de la nourriture, des armes… tout ce qui pourrait être utile à la résistance. Il n'est pas là-bas.

Sera hocha tristement la tête. Sylvestre lui manquait et elle espérait qu'il ait réussi, d'une manière ou d'une autre, à échapper aux cavaliers de la mort, mais elle réalisa qu'elle ne saurait sans doute jamais ce qui lui était arrivé.

— Viens, Coco. On a beaucoup à faire.

Les deux sirènes entrèrent dans la salle d'écoute. L'intérieur de la pièce était plongé dans une obscurité abyssale. Tous les globes de lave avaient fini par s'éteindre.

— Les archives du gouvernement sont d'abord triées par année, puis par sujet… *Aïe !* glapit Coco en se cognant la queue contre une chaise renversée. On n'y voit rien, ici !

Elle brandit sa torche devant elle et nagea vers le fond de la pièce.

— Cent trente-six… non, ce n'est pas ce qu'on cherche, marmonna-t-elle en scrutant les étagères.

Elle se déplaça vers la droite, suivie de près par Serafina.

— Là, on a quatre-vingt-dix-huit… soixante-sept… vingt-neuf… Nous y voilà… Anno Merrow 10.

Coco fit courir son index le long des étagères.

— K… L… C'est le P qui nous intéresse… Ah, c'est là… Parlement (comptes-rendus de séances)… Prison (budget et dépenses)… Police (finances)… Périple de Merrow ! s'exclama-t-elle en approchant sa torche au-dessus du rayon. On dirait qu'il y a une vingtaine de conques en tout. On devrait pouvoir…

Elle fut interrompue par le retour soudain d'Abelard. Il lui mordilla l'épaule.

— Des cavaliers de la mort ?

Abelard fit oui de la tête.

— Vite, Principessa ! siffla Coco en commençant à vider l'étagère dans sa corbeille.

Serafina l'imita aussitôt.

Forcées de porter leurs lourdes corbeilles à deux mains, les sirènes posèrent leurs torches par-dessus, puis sortirent de la salle d'écoute aussi vite qu'elles le purent.

Une fois dans le hall central, elles entendirent des voix. Sera en déduisit que les cavaliers de la mort n'étaient qu'à un niveau au-dessus d'elles. Elle percevait d'ici les puissantes vibrations créées dans leur sillage.

*Vas-y !* articula silencieusement Serafina. Elle espérait que Coco et elle parviendraient assez loin dans les profondeurs du couloir avant que l'éclat de leurs torches les trahisse.

Coco vacilla en avant, gênée par le poids de son panier. Ce mouvement brusque déséquilibra la torche et son globe de verre sphérique. Elle se mit à rouler d'un bord à l'autre. Coco essaya de la stabiliser en bougeant la corbeille, mais cela ne fit qu'empirer les choses.

Serafina étouffa un cri. Si la torche basculait et heurtait le sol, il était à peu près sûr que les cavaliers de la mort l'entendraient.

— Abby ! souffla Coco.

Abelard la contourna au moment même où la torche tombait. Il fonça vers elle et réussit à rattraper le globe sur le bout de son nez à quelques centimètres seulement du sol. Il reposa la torche dans le panier, exécuta un rapide demi-tour et plongea dans les profondeurs du hall. Serafina et Coco le suivirent toutes nageoires déployées.

— Attendez une minute… Vous avez senti quelque chose ? demanda une voix.

Elle appartenait à un cavalier de la mort.

— Non, tu as senti un truc ?

— Il m'a semblé. Mais je me trompe peut-être.

Il y eut une pause, puis :

— Dis à Fabio de faire descendre les requins-limiers. Mieux vaut être trop prudent.

— Fa-bi-o !

## CHAPITRE VINGT-TROIS

— Quoi ?

— Lâche les limiers !

— Je suis obligé ? Je veux sortir d'ici, moi. Je déteste cet endroit.

— Pas le choix. Si l'Ostrokon explose demain et qu'on ne l'a pas ratissé comme il faut, je donne pas cher de nos queues !

— Fonce, Coco ! *Nage !* murmura Serafina, paniquée.

Elles atteignirent finalement le sous-sol. Abelard avait déjà alerté Fossegrim en tapant de son nez contre la trappe.

— Venez ! leur lança à mi-voix le mage en maintenant la porte ouverte. Vite !

Tandis que Serafina passait devant lui, il ouvrit une cage en roseau remplie de poissons.

— Filez ! leur ordonna-t-il en pesca. Vers la surface !

Les poissons – une quarantaine environ – s'éloignèrent à la hâte.

Il regarda vers l'autre bout du sous-sol.

— Cachez-nous. Vite ! ajouta-t-il en raie-lecte.

Lorsqu'il eut fermé la trappe, deux raies s'élevèrent du sol. Elles poussèrent un panier rempli de conques brisées sur la porte, puis disparurent à nouveau dans la pénombre.

À peine quelques secondes plus tard, Sera, Fossegrim et les autres entendirent les abois des requins-limiers et les cavaliers de la mort qui leur criaient dessus. Personne ne bougea, osant à peine respirer.

— C'était rien du tout, espèce de fretin ! hurla l'un des cavaliers de la mort. C'était juste un gros tas de blennies !

J'arriverai *jamais* à récupérer les limiers, maintenant. Ils risquent de pourchasser ces poissons jusqu'à Tsarno !

Les voix des soldats faiblirent progressivement. Fossegrim patienta. Une minute passa, puis deux. On n'entendait plus aucun bruit. Il posa la tête contre la trappe et soupira de soulagement avant de se tourner vers Serafina.

— J'espère que ces conques valent le coup, grommela-t-il.

Tremblante, Sera répondit :

— Alors nous sommes deux…

# VINGT-QUATRE

SERAFINA S'ÉTIRA. Elle bâilla et pencha la tête d'un côté puis de l'autre en faisant craquer les os de son cou.

— Vous devriez prendre un peu de repos, dit Niccolo.

D'un signe de tête, il désigna les conques qu'elle avait éparpillées sur la table.

— Comment ça se passe ? ajouta-t-il.

— Pas terrible, répondit Serafina.

Elle commençait à désespérer de Baltazaar. Il ne lui restait plus que deux conques, mais elle n'avait toujours aucune idée des endroits où Merrow avait caché les talismans.

Elle s'y était mise dès que les cavaliers de la mort avaient quitté l'Ostrokon. Elle avait travaillé tout le long de ce qui restait de la nuit et le jour suivant, s'arrêtant uniquement le temps d'un somme de quelques heures. Cette journée s'achevait à présent et sa seconde nuit dans le bunker débutait.

Pendant ce temps, Niccolo et les autres – qui avaient dormi tout le jour – commençaient à s'affairer. Ils avaient creusé un tunnel sous le palais et placé un gros tas d'explosifs sous l'ancienne caserne des Janiçari, qui abritait désormais certaines troupes de Traho. Ils planifiaient de les déclencher dans quelques jours pour faire voler la caserne en éclats.

Serafina prit une autre conque, craquelée et jaunie par le passage du temps. Seule la personne qui écoutait le coquillage pouvait entendre les sons qui en sortaient, et c'était très bien ainsi. Savoir quoi que ce soit sur les talismans s'avérait dangereux, et elle ne voulait pas faire courir de risques supplémentaires à Fossegrim et aux autres.

Lorsqu'elle posa le coquillage contre son oreille, la voix de Baltazaar, qu'elle ne connaissait désormais que trop bien, commença à parler.

La nuit précédente, lorsqu'elle avait écouté la première conque, il lui avait semblé incroyable d'entendre le timbre fragile d'un triton mort depuis si longtemps traverser plusieurs millénaires pour venir jusqu'à elle. Elle avait eu quelques difficultés au début pour le comprendre car il parlait une forme primitive de merlangue, mais, à mesure qu'elle l'écoutait, ses tournures désuètes lui paraissaient de plus en plus familières. Elle l'entendit raconter comment Merrow était partie en périple à la recherche de nouvelles eaux accueillantes pour les Mer. La regina et ses ministres avaient étudié de près toutes les possibilités, expliquait-il : forêts de varech, hauts-fonds riches en planctons, plaines abyssales, monts sous-marins et crevasses. Et tous les écueils, aussi.

*Elle était très courageuse*, racontait Baltazaar, *et examinait tous les dangers sans se préoccuper de sa propre sécurité, notant la taille, le lieu et la description de chacun d'eux, de façon à pouvoir alerter son peuple à leur sujet.*

Coco avait raison : Baltazaar était rasoir. Il continuait comme ça pendant des heures, à lister de manière exhaustive chaque tente, bol, tasse, lance, crayon, cuillère et selle emporté pour l'expédition. Chaque pomme d'eau, ver plat et baie d'anguille avalé. Chaque rocher, récif et grotte croisé. Au bout d'une heure seulement, Serafina avait envie de frapper la conque contre la table. Au bout de deux, c'était sa tête qu'elle voulait frapper contre la table.

Elle avait persévéré, toutefois, notant sur un morceau de parchemin en varech chaque danger mentionné par Baltazaar : les MorteEaux du Qin, où des cheminées hydrothermales crachaient du soufre et de la fumée ; certains lacs d'Eaudouce, dont l'eau était si chaude que tout ce qui tombait dedans était ébouillanté ; les territoires des gobelins kobold ; et les grottes des Näkki, des métamorphes sanguinaires de l'Atlantique Nord.

Niccolo et ses camarades résistants saluèrent Fossegrim et Sera avant de sortir remplir leurs missions nocturnes. Le mage leur recommanda gravement de se montrer prudents. Sera leur rendit leur salut, puis se remit à compléter sa liste de dangers, ajoutant les EisGeists de l'océan Arctique, les Grindylows de la Manche, les Portes de l'Enfer du fleuve Congo. Trois heures plus tard, elle saisissait la dernière conque de Baltazaar. Elle avait noté plus d'une centaine de lieux dangereux.

*C'est totalement sans espoir,* songea-t-elle en regardant la liste. *Mille ans ne nous suffiraient même pas pour fouiller tous ces endroits. Que de temps perdu !* Elle se demanda ce que Traho avait appris grâce aux conques qu'il avait prises. Peut-être avait-il déjà un talisman dans les mains en ce moment même ?

Elle poussa un soupir et observa le tout dernier coquillage. *De l'acquisition et de la maintenance des hippokampes* était écrit dessus. *Avec une attention spéciale portée aux dépenses de fourrage et de médicaments.*

*C'est mort,* songea Serafina. *Je n'y arriverai pas. Je refuse de perdre une minute de plus avec ces trucs*. Elle s'apprêtait à reposer la conque dans la corbeille, mais quelque chose l'arrêta dans son geste. *Puisque je me suis lancée là-dedans, autant que j'aille jusqu'au bout*, pensa-t-elle. Sa mère avait toujours insisté sur ce point, que ce soit pour répéter un chanvoûtement jusqu'à ce qu'il soit parfait, retravailler une thèse jusqu'à l'excellence ou brosser elle-même Clio après une longue randonnée plutôt que de laisser un palefrenier s'en charger.

Sera porta la conque à son oreille, s'attendant à entendre Baltazaar palabrer d'une voix monocorde à propos du prix élevé de chaque brin de paille de mer. Mais, au lieu de cela, il se mit à parler d'un ton sec et dépité :

— J'ai assisté à la réunion du Conseil privé de la regina dans sa tente ce matin, afin d'aborder le sujet de ses chevauchées nocturnes, de la destruction trop fréquente – au cours desdites chevauchées – de montures de qualité et du coût élevé qu'entraîne l'achat de nouvelles bêtes en eaux étrangères. Puisqu'il n'y a pas de Mer là où nous allons, nous devons les acheter aux marchands kobold ou näkki. Ils savent que nous n'avons pas d'alternative et augmentent leurs prix en conséquence. J'ai souligné que ces chevauchées étaient dangereuses non seulement pour nos bêtes, mais pour la regina elle-même. À plusieurs reprises, nous avons dû recourir aux services de guérisseurs locaux pour elle ainsi que pour ses montures. Je n'ai pas réussi à l'en dissuader, malheureusement. Elle affirme qu'elle a besoin de solitude en fin de journée pour mettre de l'ordre dans ses pensées. Ces sorties constituent un passe-temps des plus imprudents et je le note ici de sorte que, à notre retour, les coûts d'un tel gaspillage des deniers du royaume soient imputés aux éléments responsables et non à ceux qui se sont montrés irréprochables.

Serafina se redressa sur sa chaise, intriguée. Un bon cavalier ne blesse pas sa monture, sans parler de la *détruire* ! De plus, si on pouvait reprocher des choses à Merrow, l'imprudence n'en faisait pas partie. Qu'allait-elle faire pendant ces promenades ? Combien de montures avaient péri ? Sera continua d'écouter, notant la liste des pertes sous la dictée de Baltazaar.

*Étalon blanc acheté pour remplacer bête disparue dans le maelström au large des côtes de Lochlanach, 500 trocii.*

— Lochlanach… un des anciens noms mer du Groenland, commenta Serafina.

Elle se rappela que Vrăja avait précisé qu'Orfeo venait du Groenland. Elle sentit un picotement dans les nageoires.

*Hongre pinto pour remplacer bête dévorée par un dragon dans sa zone de reproduction, 400 trocii. Frais de soins pour les blessures de la regina, 30 trocii.*

Il n'y avait qu'un seul endroit où les dragons vivaient et se reproduisaient : l'océan Indien.

— Navi venait d'Inde.

*Jument grise pour remplacer bête emportée par Williwaw, l'esprit du vent, dans les eaux d'Hornos, 350 trocii.*

Hornos était le nom que les premiers Mer donnaient au cap Horn, sur le littoral de l'Atlantica : la terre d'origine de Pyrrha.

*Étalon bai pour remplacer bête engloutie par Okwa Naholo dans les marécages du fleuve Mechasipi, 600 trocii.*

— Le Mississippi. Un royaume d'Eaudouce, dit Serafina. Nyx vivait sur ses berges.

*Jument rouanne pour remplacer bête morte sur les versants de la Grande Abysse, 400 trocii.*

C'était au Qin, au large des côtes où Sycorax était née.

*Hongre tacheté pour remplacer bête échouée sur les plages de l'Iberia, 700 trocii. Frais de soins pour les blessures de la regina produites par un harpon terragogg, 40 trocii.*

Il s'agissait sans doute des côtes espagnoles baignées par la Méditerranée, le royaume de Merrow. Iberia était un ancien nom donné à l'Espagne.

Lorsque Baltazaar commença à se plaindre du prix des selles, Serafina reposa la conque sur la table. Merrow avait chevauché dans des zones si dangereuses que cela avait coûté la vie à six de ses hippokampes. Dans chacun des six royaumes aquatiques.

— Pour chacun des six talismans, ajouta Sera à voix haute.

Son pouls s'accéléra. Elle était certaine qu'une logique avait dicté l'apparente imprudence de Merrow. Elle avait été très proche des cinq autres mages – même d'Orfeo, avant qu'il devienne maléfique – et les avait tous perdus pendant la destruction de l'Atlantide. On n'avait jamais retrouvé leurs corps. Elle n'avait pas pu pleurer sur leurs dépouilles. Aucun éloge funèbre n'avait été chanté. Était-il possible qu'elle ait choisi de cacher leurs talismans dans les eaux baignant leurs terres natales, comme pour s'assurer que leurs âmes reposent en paix ? s'interrogea Sera.

Dans ce cas, c'était la perle noire d'Orfeo qui se trouvait dans le maelström au large du Groenland. La pierre de lune de Navi était dans une zone de reproduction des dragons en Matali. Et le talisman de Merrow, la Pierre de Neria, gisait quelque part à proximité des côtes d'Espagne. Donna Thalia n'avait pas eu le temps d'indiquer à Sera et à Ling ce qu'étaient les trois autres talismans, mais Sera était prête à parier que celui de Nyx – quel qu'il soit – était dans les marécages du Mississippi, celui de Pyrrha au cap Horn et celui de Sycorax dans la Grande Abysse.

Sera était très excitée à l'idée d'avoir découvert tant de choses, mais déçue de ne pas avoir encore toutes les réponses nécessaires. Il semblait logique qu'elle commence par chercher le talisman de son propre ancêtre, comme il était dissimulé dans les eaux de son propre royaume… mais par où commencer ? Baltazaar n'avait mentionné aucun danger spécifique en rapport avec la Pierre de Neria. Il avait simplement précisé que Merrow avait été blessée par un pêcheur le long des plages espagnoles, et que son hippokampe s'était échoué. Mais la côté d'Espagne mesurait plusieurs centaines de kilomètres. Il était impossible d'en fouiller chaque centimètre !

Serafina laissa échapper un grognement de frustration. L'information dont elle avait désespérément besoin était juste sous ses yeux, dans ses notes. C'était obligé. Pourquoi ne le voyait-elle pas ?

Elle prit son stylo et dessina un gros diamant sur son parchemin. Elle le représenta comme donna Thalia le lui avait décrit : en forme de larme.

— Allez, Merrow, aide-moi sur ce coup, murmura-t-elle. *S'il te plaît*. Où est la Pierre de Neria ?

La trappe du bunker s'ouvrit brutalement. Niccolo et Domenico entrèrent, l'air agité. Serafina comprit rapidement pourquoi. Ils avaient trouvé un bébé. Un petit triçon de deux ou trois mois, pas plus. Il hurlait. Niccolo le tenait dans ses bras et Domenico se lança dans une logorrhée bafouillante :

— On l'a trouvé dans la fabra. On l'a entendu pleurer. Je n'arrive pas à croire que les cavaliers de la mort ne l'aient pas repéré avant nous. Il était caché sous du corail. On ne sait pas comment il a atterri là. C'est un *bébé*, Magistro ! Qu'est-ce qu'on va en *faire* ?

Avant que Fossegrim puisse répondre, Alessandra nagea jusqu'à Niccolo, lui prit le bébé des mains et essaya de le calmer.

— *Oh, povero piccolo infante !* roucoula-t-elle.

Elle était de la Lagune et se laissait souvent aller à parler italien.

— *Dolce bambino ! Poveretto ! Dolce infante !*

*Infante*.

— Grands dieux, souffla Serafina. Je sais où est le talisman !

# VINGT-CINQ

SERAFINA BONDIT DE SA CHAISE si brusquement qu'elle la renversa.

— Magistro ! cria-t-elle.

— Dieux de la mer, mon enfant, qu'y a-t-il ? demanda Fossegrim, alarmé.

— Où puis-je trouver des conques sur les naufrages en Miromara ?

— Au niveau huit, répondit-il. Pourquoi ?

Serafina prit son sac, le mit en bandoulière et se dirigea vers la porte.

— Principessa, attendez ! Où allez-vous ? C'est bien trop dangereux dehors ! protesta Fossegrim.

— Je dois y aller, Magistro. Je reviendrai dès que possible. Dans quelques jours si tout se passe bien. Dites au revoir aux autres de ma part. Puis-je vous emprunter une boussole ? demanda-t-elle en se servant sur une étagère.

— Oui, bien sûr. Mais pourquoi ? demanda Fossegrim.

— Je vous le dirai quand je reviendrai ! répondit Serafina.

Elle serra le vieux triton dans ses bras, s'empara d'un globe de lave et sortit du bunker d'un battement de nageoire. Quelques minutes plus tard, elle était au niveau huit.

*Infante.*

Le mot avait fait remonter un souvenir à la surface : l'image d'une peinture, suspendue au mur de la bibliothèque du duca avant d'être volée par Alfred Treebot. C'était le portrait d'une des ancêtres du duca, Maria Teresa, une infante d'Espagne. Autour de son cou était accroché un magnifique diamant bleu, un bijou transmis de reine en reine depuis des générations. Était-ce pour ça que Merrow s'était rendue sur les côtes espagnoles ? Pour donner son propre talisman à un être humain ?

Plus Serafina y pensait, plus cela semblait logique. Merrow avait choisi les terragoggs parce qu'il n'y avait rien de plus dangereux. Cet humain devait être un ancêtre de l'infante, ce qui expliquait pourquoi elle s'était retrouvée en possession du diamant. Et Alfred Treebot avait volé le portrait de Maria Teresa pour le montrer à Traho, afin qu'il puisse voir exactement à quoi ressemblait le talisman qu'il cherchait.

La seule chose qui échappait à Sera, c'était la façon dont Traho avait fait le rapprochement sans avoir assisté au chant de sang de Merrow dans la grotte des Iele ou sans avoir été aidé par Thalia. Une fois encore, il gardait un battement d'avance sur elle.

Sera trouva la section des naufrages sans difficulté. D'après ce que le duca lui avait dit, l'infante avait pris la mer en 1582 pour rejoindre la France à bord du *Déméter*. Grâce à ces données, elle ne tarda pas à mettre la main sur une conque contenant des informations sur le navire, y compris sur le lieu de son naufrage : vingt-cinq lieues plein sud à partir de la ville française des Saintes-Maries-de-la-Mer. Le pirate qui l'avait attaqué venait de Cathay. Il s'agissait du Baron Vert Lom Fet-Dee. Des sources contemporaines pensaient que Fet-Dee n'avait pas pu s'emparer du diamant, mais personne ne savait ce qui était advenu du bijou. On ne l'avait plus jamais revu.

— Peut-être parce qu'avec un peu de chance il est encore autour du cou de l'infante, réfléchit Serafina à voix haute en remettant la conque en place.

Elle jeta son sac sur son épaule. Elle avait trouvé ce dont elle avait besoin. L'aube ne serait pas là avant plusieurs heures. Elle allait quitter Cerulea à la faveur de l'obscurité. Plus tard, elle contacterait Neela, Ava, Ling et Becca pour partager avec elles ses découvertes.

— Où allez-vous ? Je peux venir avec vous ? demanda une voix.

Serafina faillit sauter au plafond. Elle fit volte-face, la main tendue vers son couteau, mais ce n'était que Coco. Et Abelard.

— Ne refais jamais ça ! Tu m'as fichu une peur bleue !

Les yeux de Coco se posèrent sur le sac que Serafina portait en bandoulière.

— Vous allez quelque part, n'est-ce pas ? Emmenez-moi avec vous !

— Non, c'est bien trop dangereux. Et puis, qui prendrait soin de Fossegrim ?

La petite sirle se jeta au cou de Sera.

— Promettez-moi que vous reviendrez. Promettez-le-moi ! exigea-t-elle avec vigueur.

— Je te le promets, dit Serafina en la serrant fort contre elle. Je dois y aller maintenant, Coco. Retourne vite à l'abri dans le bunker.

Serafina la salua, puis s'éloigna d'un coup de nageoire. Le temps ne jouait pas en sa faveur. Traho savait lui aussi que le diamant bleu de l'infante et la Pierre de Neria n'étaient qu'une seule et même chose. Et puis, il avait le portrait. Il saurait reconnaître le diamant. Sans compter qu'il était sans doute au courant pour le *Déméter* et que l'infante avait péri dans le naufrage.

Serafina ne pouvait espérer qu'une chose : qu'il ignore que l'épave reposait à vingt-cinq lieues au sud des Saintes-Maries-de-la-Mer.

# VINGT-SIX

NEELA BÂILLA. Une journée de plus venait de s'écouler. Les eaux s'assombrissaient derrière sa fenêtre. Elle avait perdu le compte des jours qu'elle avait passés confinée dans sa chambre. Cinq ? Six ? Bah, quelle importance ? Plus rien n'en avait vraiment à ses yeux.

Il y avait des zée-zées et des bing-bangs à portée de main. Des sacs entiers. Leurs emballages jonchaient le sol. Il y avait des kanjaywoohoos. Et du rose, beaucoup de rose. Des saris roses. Des bracelets joncs roses. Des foulards roses. Était-ce si mal de porter du rose ? Peut-être qu'elle ferait mieux de faire ce qu'ils voulaient. Peut-être qu'il valait mieux laisser tomber, lui susurrait une petite voix à l'oreille. Avant que l'ennui la rende folle pour de bon.

— Hors de question, affirma-t-elle tout haut, comme pour répliquer à la petite voix. Je ne céderai pas.

Céder était impossible. Pas parce qu'elle devrait leur remettre sa tenue de forban, même si elle lui manquerait beaucoup, mais parce que Kiraat voulait qu'elle promette de bien se tenir. Cela signifiait qu'il lui serait interdit de parler d'Abbadon ou de partir à la recherche de Sera à la première occasion.

Neela se leva de sa chaise. Elle s'apprêtait à se servir une nouvelle tasse de thé quand elle entendit quelque chose tapoter à sa fenêtre. Surprise par le bruit, Ooda enfla subitement. Neela nagea jusqu'à la fenêtre et vit qu'un pélican faisait les cent brasses de l'autre côté. Il tapota de nouveau à la vitre.

— Je ne peux pas ouvrir ! s'exclama-t-elle. Je suis désolée !

Kiraat avait enchanté ses fenêtres pour qu'elle ne puisse pas s'enfuir, mais en avait laissé une entrouverte, juste assez pour laisser entrer un peu d'eau fraîche. Ou pour glisser une conque.

Sous les yeux de Neela, le pélican introduisit un coquillage blanc dans l'ouverture.

— Merci ! dit-elle en le prenant.

Elle dépiauta quelques zée-zées et les poussa à travers l'ouverture. Les pélicans, elle le savait, en étaient friands. Il les fit tomber dans la poche de son bec, puis repartit en direction de la surface. Tout excitée, Neela porta la conque à son oreille. Elle reconnut aussitôt la voix qui en sortit.

— *Salut, Neels !* claironna Serafina. *J'ai réussi à rentrer chez moi. J'espère que tu y es arrivée, toi aussi. Est-ce que tout va bien ? Ling et moi, on a essayé de te joindre par convoca, mais on n'a jamais réussi à t'atteindre, alors je t'ai envoyé cette conque. C'était un peu risqué, je sais, mais j'ai donné pour instruction au pélican de casser le coquillage au cas où un cavalier de la mort le prendrait en chasse. Je ne peux pas tout t'expliquer maintenant, mais je crois que ma théorie sur Merrow était la bonne : elle a caché les talismans pendant son Périple ! Qui plus est, je pense qu'elle les a tous dissimulés, sauf un, dans les eaux bordant les terres natales de chaque mage. Une vitrina nous a informées, Ling et moi, que le talisman de Navi était une pierre de lune en forme d'œuf. Je pense qu'elle se trouve quelque part dans la zone de reproduction des dragons en Matali. Si tu décides d'aller à sa recherche, ne t'y aventure pas seule. Tu auras besoin de soldats armés ou tu risques de te faire dévorer vivante ! Je m'apprête à partir en quête de la Pierre de Neria. Souhaite-moi bonne chance. C'est dur ici, à Cerulea. On est vraiment dans la vase jusqu'au cou. Et je ne sais pas trop comment gérer tout ça, tu vois ce que je veux dire ? Tu me manques. Beaucoup. Mais je t'ai auprès de moi, en quelque sorte. Grâce au serment de sang. Je sais lancer de sacrés frag maintenant, et je peux parler aux murènes et aux poissons d'argent ! Je pense que le serment nous a donné à chacune un peu de la magie des autres.*

Il y eut une courte pause, puis :

— *Mahdi est vivant. Il va bien. C'est tout ce que je peux te dire pour l'instant. On fait de notre mieux pour savoir ce qu'il en est de Yaz. Ne perds pas espoir. On va le retrouver. J'en suis persuadée. Je t'aime, Neels. Brise le coquillage quand tu auras fini de l'écouter, d'accord ?*

Neela éclata d'un rire sonore. Elle était si heureuse de savoir que Sera et Mahdi allaient bien ! Elle aurait aimé que son amie puisse lui donner d'aussi bonnes nouvelles de son frère, mais elle restait confiante. Yazeed étant Yazeed, on finirait sans doute par le retrouver dans un club quelque part.

Elle réfléchit aux autres infos données par Sera, à savoir que le talisman de Navi était une pierre de lune et qu'il se trouvait dans une zone de reproduction des dragons… Mais laquelle ? La Matali en comptait des dizaines !

Les dragons étaient la principale source de richesse de l'empire. Ses eaux tempérées offraient des conditions propices à la reproduction de nombreuses espèces, parmi lesquelles les queues-bleues du Bengale – gentils, calmes, particulièrement adaptés pour tirer chariots et calèches –, les griffes-noires du Lakshadwa – gigantesques, puissants, utilisés par l'armée – et les pur-sang arabes royaux : des créatures si éblouissantes et si chères que seuls les Mer les plus fortunés avaient les moyens d'en posséder. Il y en avait beaucoup d'autres, tous élevés pour l'exportation. Tous, exception faite des sabregueules, sauvages et sanguinaires. Dans les siècles passés, on avait bien tenté de les domestiquer, mais cela s'était toujours mal terminé. Les sabregueules jouaient néanmoins un rôle important. Ils se reproduisaient dans le bassin de Madagascar, en Matali occidentale, près de la Kandina. Dès lors, toute tentative d'envahir la Matali par le bassin était vouée à l'échec, car aucun assaillant ne serait parvenu à leur échapper. Cette place essentielle des sabregueules dans la défense du royaume expliquait pourquoi l'un d'eux figurait sur le drapeau matalin.

Neela nageait de long en large maintenant, essayant de deviner la zone de reproduction que Merrow avait pu choisir. Celle des sabregueules semblait toute désignée, mais les autres espèces pouvaient se montrer hargneuses, elles aussi. Elle s'arrêta devant une fenêtre et regarda dehors en se mordant les lèvres. Le soleil était presque couché à présent. La lumière dardée par ses derniers rayons faiblissait peu à peu, et un puissant courant d'ouest était en train de se lever. Il maltraitait les drapeaux de la Matali qui claquaient avec force. Neela regarda le symbole national : la reine sabregueule, un œuf un peu « spécial » entre les griffes, le seul des œufs de cette espèce qui ne soit pas de couleur marronnasse. Alors qu'elle continuait d'observer les drapeaux, la queue de Neela tressaillit et sa peau se mit à luire d'un bleu vif. Quelque chose venait de lui passer par la tête.

— Ooda ! s'exclama-t-elle tout haut. La pierre de lune de Navi est en forme d'œuf, elle aussi ! C'est ce que Sera a dit. Peut-être que ce n'est *pas* un œuf que la reine sabregueule tient dans ses pattes… peut-être que c'est la pierre de lune ! Et si Merrow l'avait donnée à la reine dragon de l'époque… Parce qu'il n'y a rien de plus redoutable qu'un sabregueule, pas vrai ? Et la reine l'a transmise à la reine qui a pris sa suite. Celui qui a conçu le premier drapeau de la Matali avait dû voir la dragonne avec ! Il ne savait même pas que c'était une pierre de lune… Comment aurait-il pu le deviner ? Il a probablement pensé que ce n'était qu'un œuf. Elle est *là-bas*, Ooda ! La pierre de lune est avec les sabregueules. J'en suis sûre !

*Tu auras besoin de soldats…* avait dit Serafina.

*Oui,* songea Neela, *des milliers de soldats. Armés de lances, de boucliers et de lance-roquettes de lave.*

— Comment je vais faire ça ? C'est impossible ! gémit-elle. Même avec des soldats, je pourrais tout aussi bien m'accrocher un panneau autour du cou avec écrit « bon appétit » dessus !

Elle se tut un instant, réfléchit, puis ajouta :

— Peut-être que Kora pourra m'aider. Tu te souviens d'elle, Ooda ?

Le poisson secoua vivement la tête.

— Bien sûr que tu t'en souviens. C'est juste que tu n'as pas envie d'y aller.

Neela avait rencontré Kora au cours des nombreux voyages qu'elle avait effectués avec la famille royale dans les eaux occidentales. Kora – âgée de dix-neuf ans à présent – dirigeait une partie non négligeable de la Matali en tant que vassale de l'empereur. Quand les adolescents kandiniens arrivaient à maturité – à l'âge de seize ans –, ils devaient prouver leur valeur en traversant à la nage la zone de reproduction des sabregueules. Ceux qui parvenaient de l'autre côté étaient accueillis comme membres adultes de la communauté. Ceux qui n'y arrivaient pas étaient pleurés.

— S'il y a quelqu'un qui connaît l'aire de reproduction des sabregueules et sait comment en sortir indemne, c'est bien Kora, ajouta Neela. Je pars pour la Kandina dès que possible. Il doit bien y avoir un moyen de sortir d'ici. C'est forcé.

Ooda, l'air inquiet, se remit à enfler. Bientôt, elle était montée si haut qu'elle alla rebondir contre le plafond. Neela s'agaça. Elle n'avait pas de temps à perdre avec les bouffonneries du petit poisson ! Elle était confrontée à des problèmes bien plus importants.

— Ooda, arrête ! ordonna-t-elle. Redescends tout de suite ! Ne me force pas à grimper te chercher ! Oh, Ooda ! Tu es vraiment…

Neela se figea. Elle dévisagea le poisson-globe, puis ajouta :

— … géniale !

Elle nagea jusqu'au plafond, embrassa son amie sur les lèvres et la ramena en bas.

— Je crois que je viens juste de trouver le moyen de m'échapper, Ooda ! Et je vais avoir besoin de ton aide…

# VINGT-SEPT

LE LENDEMAIN MATIN À L'AUBE, Neela entendit la clé tourner dans la serrure. Elle avait à peine fermé l'œil de la nuit.

— La voilà, Ooda. Tiens-toi prête ! murmura-t-elle.

Le poisson fila se cacher sous le lit.

Suma entra dans la pièce, un plateau dans les mains. Elle le posa sur une table, puis retourna à la porte pour la verrouiller. La clé était attachée à un ruban doré. Suma la laissa tomber dans une des poches latérales de la longue veste ondoyante qu'elle portait.

— Comment allez-vous, Princesse chérie ? demanda-t-elle. Avez-vous bien dormi ?

Neela s'étira et cligna des yeux, l'air ensommeillé.

— Oui, merci, mais je me sens encore fatiguée. Je crois que je couve quelque chose. Tu ne trouves pas que je suis chaude ?

Suma se pressa au chevet de Neela. Pendant qu'elle lui tâtait le front, Ooda sortit de sous le lit. L'extrémité du ruban doré dépassait de la poche de la gouvernante. Le poisson le saisit entre ses lèvres et tira lentement dessus tout en reculant.

— Dieux de la mer, mon enfant ! s'exclama Suma. Vous êtes brûlante !

Elle s'assit sur le lit, et le ruban échappa à Ooda.

*Oh non !* pensa Neela.

— Mes joues sont chaudes, elles aussi, ajouta-t-elle à la hâte. Tu ne trouves pas ?

Lorsque Suma se pencha pour en toucher une, Ooda farfouilla pour trouver la clé. Elle avait glissé au fond de la poche de la gouvernante, et le petit poisson dut plonger à l'intérieur pour la récupérer.

— Touche l'autre aussi, Suma, suggéra Neela pour gagner du temps.

Ooda réussit finalement à saisir le ruban et tira dessus de toutes ses forces jusqu'à ce que la clé sorte de la poche. Elle se sentit si fière qu'elle se mit à s'élever derrière Suma, radieuse, la clé pendouillant de sa bouche.

— Il faut qu'on, euh, fasse *descendre* la fièvre, balbutia Neela en décochant un regard noir à Ooda.

Le poisson fila à nouveau sous le lit, emportant la clé dans son sillage.

— Pourrais-tu aller chercher la bouteille d'élixir d'ortie dans ma grotta ? demanda Neela. Elle est sur l'une des étagères de mon armoire à pharmacie.

— Bien sûr, Princesse, dit Suma en s'éloignant à la hâte.

La bouteille n'était pas dans la pharmacie. Neela l'avait cachée dans son placard.

Elle bondit hors de son lit, retira le globe de lave de sous son oreiller et le remit à sa place sur son manche accroché au mur. Il avait chauffé son oreiller et sa tête, en tout cas suffisamment pour tromper Suma. Puis elle arracha sa chemise de nuit. En dessous, elle portait sa tenue de forban. Sa besace était prête, cachée sous son lit. Lorsqu'elle tendit la main pour l'attraper, Ooda émergea avec la clé.

— Brave fille ! murmura-t-elle en prenant la clé. Allons-y !

Elle souleva le rabat de sa besace et le petit poisson plongea à l'intérieur.

— Je ne vois pas la bouteille d'élixir ! cria Suma depuis la grotta.

— Continue de chercher. Je suis sûre qu'elle est là ! répondit Neela.

Les mains tremblantes, elle tira un des galets de transmerence de Vrăja de sa poche et l'enchanta. Elle devint invisible presque instantanément. Déverrouillant la porte, elle se glissa à l'extérieur et referma à clé derrière elle. Heureusement, il n'y avait pas de garde dans le couloir pour voir la porte s'ouvrir et se refermer.

Nageant au ras du plafond, comme Ooda l'avait fait la nuit précédente, Neela se déplaça rapidement à travers le palais. Les choses auraient été beaucoup plus simples si elle avait pu sortir par une fenêtre, mais toutes celles qu'elle croisait avaient leurs volets fermés en prévision de la guerre. Elle continua d'avancer, remonta de longs couloirs, traversa des salles de réception et survola les têtes des courtisans.

— On y est presque, souffla-t-elle à Ooda lorsqu'une double porte à ogive ouverte sur l'extérieur apparut dans sa ligne de mire.

## CHAPITRE VINGT-SEPT

Mais, soudain, une voix forte et pressante se propagea à travers les flots.

— Fermez les portes ! Ordre de l'empereur ! La princesse Neela s'est évadée de sa chambre !

— Fretin de mer ! jura Neela.

Elle était encore à six bons mètres de la sortie. La fermeture des gigantesques portes nécessitait l'intervention de quatre gardes, et ces derniers s'y attelèrent à la hâte. Il restait une ouverture de quatre-vingts centimètres environ entre les deux portes, mais sa taille ne cessait de diminuer à chaque seconde. Dans une formidable accélération, Neela se jeta droit dessus. Les mains jointes au-dessus de la tête, elle se tourna sur le côté et franchit le seuil comme une flèche. Les portes se refermèrent derrière elle dans un grand fracas.

Elle ne prit pas le temps de se retourner tandis qu'elle fonçait à travers la Cour de l'empereur en direction des eaux libres. Elle regrettait d'avoir dû enfermer Suma, et aussi l'inquiétude qu'elle allait causer à ses parents, mais ils ne comprenaient pas ce qui était en train de se passer. Avec un peu de chance, ils finiraient par découvrir que tout ce qu'elle avait dit était vrai et ils seraient alors capables de lui pardonner.

Tandis que Neela nageait, elle entendit la voix de l'adjoint en second résonner dans sa tête. Celle de Khelefu, aussi. De Suma. Et de ses parents. Ils disaient tous pareil : *C'est ainsi qu'on doit faire les choses ! C'est ainsi qu'on a toujours fait les choses !*

Neela savait que, si elle voulait trouver le talisman de Navi et vaincre le monstre, elle allait devoir contourner la façon dont *on avait toujours fait les choses*.

Elle allait devoir trouver une nouvelle façon de faire.

Sa façon.

# VINGT-HUIT

— ET COMMENT AVEZ-VOUS TROUVÉ votre séjour en notre compagnie, mademoiselle Singh ?

— Imbattable. Puis-je avoir la note ? Je suis, comment dire, super-pressée, vous voyez ? dit Neela en faisant éclater sa bulle d'escargomme.

— Tout de suite, acquiesça le réceptionniste. Je vais faire le total. Voyons : une chambre pour une nuit, deux repas pris dans votre chambre…

Tandis qu'il poursuivait son calcul, Neela jeta un coup d'œil nerveux à la plaque de mica brillante recouvrant le mur derrière lui. Dans son reflet, elle pouvait voir un groupe de gardes matalins. Ils étaient encore à l'extérieur dans le courant. Combien de temps restait-il avant qu'ils entrent dans l'hôtel ?

— Nous y voilà ! Cela fait six trocii, cinq drupes.

Neela le paya. À cet instant, les gardes entrèrent. L'un d'eux tenait un morceau de parchemin. Un avis de recherche avec son portrait, devina-t-elle. Il était trop tard pour nager à l'étage ou enchanter un galet de transmerence. Elle allait devoir se frayer un chemin au milieu d'eux pour sortir d'ici.

Priant pour que le sort illusio qu'elle avait lancé tienne, elle fit demi-tour et nagea de manière décontractée en direction de la porte. Elle avait transformé sa besace en un sac à main tape-à-l'œil, teint à nouveau en blond ses cheveux noirs, en rose sa peau bleue, et couvert ses ongles d'un vernis argenté et pailleté. Sa tenue de forban noire avait à présent l'apparence d'un long maillot de caballabong bleu électrique taille « boyfriend » avec FONCE GOA ! écrit devant et un grand 2 dans le dos. Son nez était chaussé d'une paire d'énormes lunettes rondes, et de grands anneaux dorés pendaient à ses oreilles. Les gardes cherchaient une princesse déguisée en forban. Ils ne prêteraient pas attention à une supportrice de caballabong.

Lorsque les gardes approchèrent, elle fit semblant de parler dans une petite conque à message.

— Nan mais, quoi, c'est grave affligeant ! glapit-elle. Est-ce que ce truc pourrait fonctionner au moins une fois dans sa misérable petite vie ? Allô ? *Al-lô ?* OK, je crois que ça enregistre, maintenant. Salut, ma belle ! J'espère que tu peux m'entendre. Retrouve-moi dans une heure au Lamantin Malin pour boire un thé aux perles, d'accord ? Si tu y arrives la première, prends-moi une pomme d'eau. À zéro pour cent. À tout'. Mouah !

Elle sortit de l'hôtel sans se presser, comme si elle avait toute la journée devant elle. Mais, dès qu'elle eut tourné au coin du pâté de maisons, elle cracha sa boule d'escargomme et dévala le courant à la manière d'un marlin. Vingt minutes plus tard, elle était sortie de la ville et avait rejoint les eaux libres.

— Ouah, c'était chaud, soupira-t-elle en s'arrêtant pour ouvrir sa besace et laisser sortir Ooda. Flippant. Nous ne sommes qu'à une demi-journée de Nzuri Bonde. Je propose qu'on emprunte le courant de retour tout du long. C'est un peu moins rapide mais plus sûr, je pense. On va devoir mettre la gomme. Tu es prête ?

Ooda hocha la tête et elles se mirent en route. Neela et sa fidèle amie avaient déjà passé quatre jours dans les courants, dormant la nuit à l'hôtel, payant avec l'argent qu'elle avait emporté. Pour l'instant, elle avait échappé à trois patrouilles de gardes du palais, toutes envoyées – elle en était sûre – par ses parents pour la ramener à la maison.

Il était difficile de toujours conserver un battement d'avance sur les gardes, mais, étonnamment, Neela avait su faire preuve de réactivité comme jamais auparavant. Elle pouvait voir ce qui allait se passer, comme c'était le cas pour Ava, et parvenait ensuite à gérer la situation, comme savait le faire Sera. Elle repensa à ce que son amie lui avait dit dans la conque à propos du serment de sang. Sera était certaine que le lien créé leur avait donné à toutes une partie des pouvoirs magiques des unes et des autres.

*Elle doit avoir raison,* pensa Neela. *C'est la seule façon d'expliquer comment je me suis débrouillée pour passer entre les mailles du filet jusqu'à maintenant.*

Elle ne pouvait pas se permettre de se faire prendre. Il fallait qu'elle trouve le talisman de Navi. Encore quelques lieues de nage forcée et elle serait à Nzuri Bonde, le village royal de Kandina, et ce serait autant de gagné vers la pierre de lune.

Ou du moins le pensait-elle.

Huit heures plus tard, le courant de retour qu'elles avaient emprunté avait faibli jusqu'à disparaître, et elles se retrouvèrent, Ooda et elle, totalement perdues au milieu d'une vaste étendue plane et grise à la végétation rase. Il n'y avait pas le moindre panneau indicateur autour d'elles, à l'exception de quelques pancartes mettant en garde contre les dragons.

Neela savait que la zone de reproduction des sabregueules se trouvait près de Nzuri Bonde, et elle était certaine qu'elles ne devaient plus être loin de ce village, mais là-haut, bien au-dessus de la surface, les rayons du soleil commençaient déjà à s'allonger ; il ferait nuit dans quelques heures à peine. Les dragons chassaient la nuit. Si Ooda et elle ne trouvaient pas le village au plus vite, il faudrait qu'elles dorment ici – égarées, seules et très exposées.

Neela consulta une carte qu'elle avait achetée. Ce faisant, elle se rendit compte que ses mains luisaient. Le doux éclat bleu pâle qui irradiait souvent d'elle s'était intensifié.

— Bizarre…

Neela ne s'illuminait qu'en cas d'émotions fortes ou lorsque d'autres bioluminescents étaient à proximité. Les bios pouvaient sentir la présence de leurs semblables et, quand c'était le cas, leurs photocytes entraient en action, ce qui avait pour effet de les faire rayonner.

Elle reporta son attention sur la carte. Elle était sûre qu'elle indiquait la route à suivre d'ici à Nzuri Bonde, mais elle ne savait pas où cet « ici » se trouvait exactement et lire une carte n'avait jamais été son fort, de toute façon. Elle n'en avait jamais eu besoin auparavant. Il y avait toujours eu des officiels pour le faire à sa place. Elle tourna la carte dans un sens puis dans l'autre, et décida finalement de se diriger vers ce qui, selon elle, devait être l'ouest.

Elles nagèrent encore une quinzaine de minutes sans croiser quelque signe que ce soit du village. Alors que l'angoisse commençait à la gagner, Ooda la mordilla et pointa sa nageoire vers quelque chose droit devant elles. En frottant son bras endolori, Neela se rendit compte que sa peau était devenue aussi sombre que du cobalt.

— Qu'est-ce qui m'arrive ?

Ooda la mordit à nouveau.

— Hé ! Ça suffit ! rouspéta Neela. Qu'est-ce qui t'arrive à toi aussi ?

Elle regarda devant elle, plissant les yeux pour mieux percer les eaux crépusculaires. Et c'est alors qu'elle le vit : un gros nuage de vase qui s'élevait au loin.

— Bien joué ! la félicita Neela. Allons-y !

Elle savait qu'un nuage de cette taille était un signe de vie. Beaucoup de choses pouvaient soulever toute cette vase : des joueurs de caballabong, une usine, des fermiers en pleins labours. Peut-être était-ce un ranch de vaches marines ? À cette heure de la journée, les éleveurs devaient être en train de rassembler leur bétail pour la traite avant de le préparer pour la nuit.

Elle accéléra, soulagée d'avoir trouvé des Mer et, avec un peu de chance, un endroit où elles pourraient s'abriter pour dormir. Mais, lorsqu'elle se fut rapprochée, elle ralentit puis s'arrêta.

Ce n'était ni un ranch de vaches marines ni une partie de caballabong qui soulevait la vase.

C'était une énorme prison.

Pleine de Mer.

# VINGT-NEUF

— GRANDS DIEUX ! murmura Neela, sidérée.

Elle se rapprocha de quelques battements de nageoire, s'accroupit derrière un rocher et jeta un coup d'œil par-dessus. Ce n'était pas la première fois qu'elle voyait une prison – chaque royaume en possédait – mais elle n'en avait jamais vu de semblable.

Il y avait tant de tritons et de sirènes à l'intérieur ! Ils étaient des milliers ! Leur peau avait le teint plus sombre des Mer de l'ouest de la Matali, et ils étaient occupés à creuser. Neela les voyait distinctement. Elle voyait *tout* distinctement, parce que la clôture entourant la prison était constituée de dizaines de gorgones, des méduses bioluminescentes colossales quasi translucides. Il y en avait des centaines, chacune mesurant environ sept mètres de long et trois de large. Elles flottaient en cercle serré, leurs tentacules mortels formant les barreaux de la prison.

— Voilà pourquoi je brille ! comprit-elle.

D'autres gorgones, certaines plus grandes encore, flottaient au-dessus, à l'affût du moindre mouvement.

— Des tours de guet vivantes, commenta Neela dans un souffle.

Alors qu'elle observait les prisonniers, l'une d'eux – une sirène âgée – s'arrêta pour prendre appui sur sa pelle, visiblement exténuée. Aussitôt, un cavalier de la mort se jeta sur elle. Il lui cria dessus et la frappa avec une trique. Elle poussa un cri, puis se remit tout de suite au travail. Non loin, un triton vêtu de haillons, aussi épais qu'un roseau, s'écroula. D'autres cavaliers de la mort le traînèrent à l'écart.

Ce que Neela vit ensuite était bien pire encore : des *enfants*. Des centaines d'enfants. Elle ne pouvait pas voir ce qu'ils faisaient de là où elle était, mais ils ne creusaient pas. Bouleversée, elle ouvrit son sac, en tira un des deux galets de transmerence restants et l'enchanta. Il fallait qu'elle voie ça de plus près.

— Reste ici, Ooda, chuchota-t-elle dès qu'elle fut invisible.

Attentive à rester hors de portée des tentacules, elle nagea jusqu'à la clôture. Les gorgones étaient les méduses les plus dangereuses du monde. La douleur de leurs piqûres était si atroce qu'elle pouvait paralyser le cœur d'une sirène en quelques minutes. Les gorgones ne pouvaient pas la voir, mais restaient capables de sentir ses mouvements dans l'eau et n'hésiteraient pas à s'en prendre à elle au cas où elle s'approcherait de trop près.

Depuis ce nouveau point d'observation, Neela bénéficiait d'une vue dégagée sur un groupe d'enfants. Ils secouaient de grands tamis rectangulaires pleins de boue à l'intérieur desquels des crabes et des homards s'affairaient, fouillant parmi les galets et les coquillages. La boue était acheminée jusqu'à l'aire de travail des enfants dans des chariots tirés par des hippokampes chétifs à l'air apeuré. Les enfants aussi étaient maigres et effrayés. Beaucoup d'entre eux pleuraient.

Neela nagea tout le long du périmètre de la prison et vit la même détresse partout où elle posait les yeux. Des baraquements se trouvaient à l'autre extrémité du site. Ce n'était guère plus que des abris de fortune. Derrière eux, deux gardes discutaient près de la clôture. Elle pouvait entendre ce qu'ils disaient :

— On a fouillé chaque foutu centimètre de boue de ce trou maudit des dieux ! Traho dit qu'il s'agit d'une ancienne zone de reproduction et que ça pourrait être là, mais à mon avis il se trompe.

— On a reçu l'ordre de déplacer la prison de cinq lieues en direction du nord si on ne trouve rien d'ici à lunedi, précisa le second garde.

— Tant qu'on s'éloigne des grottes des dragons, moi, ça me va. On n'est qu'à trois lieues à l'est de leur repaire, en ce moment, dit-il en tendant le pouce vers sa droite. C'est un sacré miracle qu'ils ne nous aient pas encore trouvés.

— Traho est venu hier. Tu l'as vu ?

Le premier garde secoua la tête.

— Il était pas content, poursuivit le second garde. Il veut la pierre de lune et il la veut *maintenant*. Il dit qu'il faut que les prisonniers travaillent plus dur. Réduire les rations. Les châtier plus sévèrement et…

Le garde s'interrompit et leva les yeux. Une ombre gigantesque passa au-dessus de lui.

— C'est lui, annonça le garde. Treebot. Avec de nouveaux prisonniers.

— On ferait mieux de se bouger, suggéra le second garde. Ils vont avoir besoin de nous pour parquer tout ce monde à l'intérieur.

Neela suivit leurs regards. Pendant un moment, elle ne vit rien d'autre que la silhouette à contre-jour de la coque d'un énorme bateau. Tandis qu'elle continuait de regarder, cependant, elle vit des choses en tomber et couler à pic. Cela ressemblait à de gros cubes noirs. En s'approchant, Neela vit qu'il s'agissait de cages remplies de Mer.

Les méduses flottant au-dessus de la prison se séparèrent, et les cages atterrirent brutalement à l'intérieur. Les gardes les déverrouillèrent et, tout en criant sur les prisonniers et en les fouettant à coups de trique, les menèrent jusqu'à une zone centrale de rassemblement. Tandis qu'ils regroupaient les prisonniers, les gardes leur arrachèrent tous les effets personnels qui pouvaient leur rester – bandeaux, ceintures ou bracelets en perles tissées – et les jetèrent à travers les tentacules des gorgones. Un bracelet atterrit près de Neela. Elle attendit que les gardes aient le dos tourné puis le ramassa et le mit dans sa poche. Les prisonniers, décharnés et l'air malade, étaient effrayés. Lorsqu'ils furent tous réunis, on leur annonça qu'ils étaient là pour creuser à la recherche d'un objet de valeur, une grosse pierre de lune, et que quiconque la trouverait serait libéré. Tous reçurent des pelles : du plus jeune au plus vieux, du plus faible au plus fort. Un homme protesta, affirmant que sa femme était trop malade pour creuser. Il fut aussitôt roué de coups.

Neela recula en chancelant de la clôture, écœurée, et vit que sa queue commençait à luire. Les galets de transmerence n'étaient pas aussi puissants que les perles. Le sortilège était en train de se dissiper. Elle retourna vivement derrière le rocher où l'attendait Ooda et s'assit par terre, le temps de se remettre de ses émotions.

— Sera s'est trompée, Ooda, lâcha-t-elle, la voix tremblante. Treebot récupère bien les gens capturés lors des attaques de villages dans son bateau, mais il ne les emmène pas en Ondalina. Il les conduit dans des camps de travail. Ils doivent creuser à la recherche des talismans. Je dois prévenir les autres, mais il faut d'abord qu'on file d'ici avant de finir comme eux, à l'intérieur de la prison ou de la gueule d'un dragon.

Neela appuya son dos contre le rocher et ferma les yeux. Elle ne savait pas quoi faire, et il n'y avait personne ici pour le lui dire. Pas de Sera. Pas de Ling. Pas d'adjoint en second armé de formulaires. Pas de grand vizir. Pas de Suma pour tout arranger avec une tasse de thé et une assiette de bing-bangs. Il allait falloir qu'elle se débrouille seule. Mais comment ?

Rouvrant les yeux, elle souleva le rabat de sa besace et fit ce qu'elle faisait toujours lorsqu'elle éprouvait de la colère ou de la peur : chercher un bonbon.

*Je dois bien en avoir un là-dedans !* pensa-t-elle avec désespoir. C'était une envie irrépressible et terrible. Elle poussa de côté son maquillage, sa brosse à cheveux, sa bourse d'écums… et aperçut un petit papier d'emballage d'un vert chatoyant.

— Un zée-zée ! Oh, les dieux soient loués !

Il était un peu aplati par son séjour au fond du sac, mais n'en restait pas moins un zée-zée. Les bonbons avaient le don de tout arranger. Ils arrangeaient *toujours* tout. Elle dépiauta le bonbon luisant avec des mains tremblantes, le fourra dans sa bouche et attendit qu'il l'aide à se sentir plus calme, plus heureuse… mais il était si sucré qu'il lui donna au contraire des haut-le-cœur.

Elle le recracha.

Au même instant, elle entendit une voix résonner dans sa tête :

*Tenez, voilà pour vous : un kanjaywoohoo. Avalez-le, ma chère. Tout comme vous avalez vos peurs et vos frustrations. Elles vous laissent comme un goût amer en bouche, n'est-ce pas ?*

C'était la voix de Riorim. Il avait raison. C'est ce qu'elle avait toujours fait : avaler ses peurs, avec l'aide d'une petite sucrerie pour en adoucir le goût.

Elle observa de nouveau la prison, et les gens à l'intérieur. Elle comprit qu'il ne fallait pas s'attendre à ce que les choses s'arrangent. Pas avec un bing-bang, en tout cas. Pour que la situation s'améliore, il allait falloir qu'elle se retrousse les manches.

Elle se leva, frotta la vase de son séant et jeta sa besace sur son épaule.

— Grâce à ces raclures de gardes, on sait au moins vers où aller, maintenant, dit-elle à Ooda en se rappelant comment l'un d'eux avait tendu le pouce vers sa droite. Avec un peu de chance, on sera à Nzuri Bonde demain matin.

# TRENTE

— H*I-YAAAAAH !*

Suraigu et terrifiant, le cri transperça les eaux.

— C'est Kora, dit Neela. Je reconnaîtrais sa voix n'importe où. Allez, Ooda. On est presque arrivées.

Le jour pointait. Depuis qu'elles avaient quitté le camp de prisonniers, Neela et Ooda avaient nagé sans s'arrêter. La sirène était à la peine. Elle avait une envie irrésistible de prendre un peu de repos ainsi qu'un bon repas, mais la voix de Kora lui redonna de l'énergie.

Les rayons feutrés du soleil matinal illuminaient les eaux de Nzuri Bonde. En s'approchant, elles aperçurent des maisons basses nichées au sein d'une végétation luxuriante. Elles étaient bâties en pierres cimentées par un mortier de coquillages pilés et de limon. Le cadre des portes et des fenêtres était décoré de dessins géométriques associant le rouge, le blanc et le jaune. D'une simplicité austère, ces habitations s'intégraient harmonieusement dans leur environnement sauvage et isolé de tout. Des remises construites à partir de carcasses de baleine récupérées au fond de la mer abritaient des dugongs attendant placidement qu'on les emmène paître.

Neela pensa aux tours et aux dômes brillants de Matali City qu'on pouvait apercevoir de loin, bien avant d'atteindre la cité. Nzuri Bonde, c'était exactement l'inverse. C'est tout juste si on ne la repérait pas qu'une fois à l'intérieur.

Il y avait une vaste arène à mer ouverte en périphérie du village. C'est là que se trouvait Kora, occupée à s'entraîner avec les Askari, sa garde personnelle. Ces derniers vivaient à l'écart des autres dans leur propre campement : le ngome ya jeshi. Ils étaient en train de s'exercer au haraka, un art martial exigeant une vitesse d'exécution fulgurante. Ils se servaient de grandes perches en bambou pour frapper l'adversaire au torse ou faucher ses appuis. S'approchant de l'arène, Neela observa les combattants. Les Askari étaient minces, rapides et redoutables, mais aucun ne l'était plus que leur chef.

Le teint sombre et le port altier, Kora avait les pommettes hautes, la bouche sensuelle et des yeux noisette constellés de petites taches dorées. Sa queue puissante était rayée de blanc et de brun, comme celle d'une rascasse. Ses nageoires pectorales se déployaient sur les côtés lorsqu'elle était irritée, et se hérissaient alors en un éventail frangé de longues pointes dures. Elle était coiffée d'un turban en soie de mer rouge et portait un plastron couvert de perles et de coquilles de porcelaine. Son bracelet de corail blanc arborait une encoche pour chaque dragon des mers qu'elle avait tué.

— *Mgeni anakuja !* cria l'un des Askari, le bras tendu.

Ils cessèrent tous leurs exercices et regardèrent dans la direction indiquée. Vers Neela. Effrayée à leur vue, Ooda plongea dans le sac de sa maîtresse.

Ne possédant que quelques rudiments de kandinien, Neela fut étonnée de comprendre ce que le garde venait de dire. Il avait simplement prévenu sa chef de l'arrivée d'une inconnue. *Le serment de sang*, songea-t-elle.

Kora fit volte-face. Dans un premier temps, ses yeux se plissèrent, puis ils s'écarquillèrent quand elle la reconnut.

— *Salamu kubwa, Malkia !* lança Neela en inclinant la tête. *Salutations, grande reine !*

— Princesse Neela ? Est-ce possible ? répondit Kora, en merlangue cette fois.

Elle nagea jusqu'à la nouvelle venue. Un grand sourire illuminait son visage. Elle saisit Neela par les épaules et l'embrassa sur les joues.

— C'est moi ou tu as changé de style ? Je ne savais pas que tu étais fan de l'équipe de Goa !

Neela portait toujours sa tenue de caballabong.

— Euh, pas vraiment. Les apparences sont trompeuses. J'ai dû…

*Nager toute la nuit*, allait-elle ajouter, mais Kora ne la laissa pas finir. Malicieuse, elle tira doucement sur l'un des grands anneaux dorés de Neela.

— Tu es la seule sirène que je connaisse qui soit capable de se lancer dans un voyage aussi dangereux parée de tous ses accessoires ! Si j'avais su que tu venais, je serais allée chez la manucure !

Kora s'intéressait assez peu à la mode, et elle aimait taquiner Neela sur sa passion pour les vêtements et les bijoux. D'habitude, la princesse se prêtait au jeu avec bonne humeur, mais ce ne fut pas le cas cette fois-ci :

— Kora, ce n'est pas une visite de courtoisie. Je suis ici parce que j'ai besoin de ton aide.

— Quel genre d'aide ?

Une vague de lassitude submergea Neela. Elle ignorait par où commencer.

— Euh, eh bien, en gros, il faut qu'on sauve le monde, lâcha-t-elle.

— Et tous ces accessoires, j'imagine que c'est vital pour mener à bien ta mission, c'est ça ? rétorqua Kora.

Les Askari éclatèrent d'un rire tonitruant.

Neela lui décocha un regard noir.

— Savoir choisir les bons accessoires, c'est *toujours* vital, répliqua-t-elle d'un ton exaspéré.

Elle avait besoin de l'aide de Kora, pas de ses sarcasmes.

La reine passa un bras autour de son cou et, l'attirant à elle, colla le front contre le sien dans un geste d'affection typiquement kandinien.

— Tu te souviens de ta dernière visite en Kandina ? Avec toute la famille royale mataline ? La suite s'étalait sur deux lieues derrière vous ! Où sont tes malles ? Et tes domestiques ?

— Oh, Kora, il n'est plus question de domestiques. C'est ce que je m'efforce de te faire comprendre. Cette visite n'a rien à voir avec la précédente. Rien du tout. On a un problème, un gros problème…

La voix de Neela s'enroua sur le dernier mot. Elle était tellement révoltée par ce qu'elle avait vu au camp de prisonniers, si épuisée par toutes ces heures passées à nager, qu'elle se sentait sur le point de défaillir.

Kora réagit aussitôt. Elle la mena dans une partie ombragée de l'arène, la fit asseoir sur un siège rembourré et ordonna qu'on apporte à boire et à manger. Les Askari suivirent le mouvement et s'assirent en cercle autour de leur reine et de son invitée.

— Et maintenant, raconte-moi, l'encouragea Kora.

Neela coula un regard en direction des gardes. La reine devina ses pensées.

— Je leur confierais ma vie, ajouta-t-elle. Nous ne pouvons pas t'aider si tu n'as pas confiance en nous. En nous tous.

Neela accepta d'un hochement de tête. Puis elle leur raconta tout : le rêve, l'attaque de Cerulea, le duca, les cavaliers de la mort, les Iele, les Six Souverains Originels, le monstre, les talismans, et comment elle avait dû s'échapper de son propre palais.

— Il faut que vous m'aidiez à retrouver la pierre de lune. Sera et moi, on pense qu'elle se trouve en possession de la reine dragonne. Et ce n'est pas tout…

Elle prit une profonde inspiration, rassemblant ses forces pour leur parler du camp de prisonniers, mais remarqua subitement qu'un grand silence était tombé sur les Askari. Ils échangèrent des regards, puis leur attention se reporta sur elle. Neela reconnut l'expression qu'affichaient leurs visages. Elle l'avait vue tout dernièrement, sur ceux de son père et de sa mère.

— Attendez, ne dites rien, fit-elle. Vous me croyez folle, c'est ça ?

Son regard glissa des gardes vers Kora.

— Neela, commença cette dernière, tu débarques ici dans une tenue très étrange et tu nous racontes cette histoire ahurissante…

— Tout est vrai. Chaque mot de cette histoire est vrai !

— Quelle preuve as-tu ? demanda la reine.

Neela se souvint alors du bracelet en perles tissées. Il était toujours dans sa poche.

— Vous voulez une preuve ? Très bien. Un ou plusieurs de vos villages ont-ils subi une attaque ? Des gens ont-ils été enlevés ?

Kora la dévisagea quelques secondes avant de répondre.

— Oui, dit-elle enfin. Jua Maji a été attaqué. À l'heure où nous parlons, mon kiongozi – mon général – est aux frontières sud du royaume à la recherche des villageois. Pourquoi cette question ? Comment es-tu au courant ?

— Votre général ne les trouvera pas. Ils sont à l'ouest, pas au sud. Je les ai vus. C'est un gogg qui les a enlevés. Ils ont été réduits en esclavage.

— Neela, ce que tu dis n'a pas de sens. Peut-être devrais-tu manger quelque chose. Le repas vient d'arriver.

Kora fit signe aux serviteurs de déposer les plats près d'elle.

On leur présenta des pichets de lait de dugong épicé, des bols d'œufs de serpent de mer dans une sauce d'anémone bleue, des assiettes de ragoût de méduse aux poivrons des brisants, et un gâteau d'éponges agrémenté de vers confits et pralinés. Neela ignora tous ces mets.

— Kora, les villageois enlevés sont enfermés dans un camp de prisonniers, reprit-elle. On les oblige à rechercher une pierre de lune, le talisman que je viens d'évoquer. Je les ai vus de mes propres yeux. Ils sont condamnés à creuser jusqu'à ce que mort s'ensuive !

Elle sortit le bracelet de sa poche et le tendit à la reine.

— La voilà, votre preuve.

Kora écarquilla les yeux. Elle prit le bracelet.

— Ce motif… c'est un kengee, un rayon de soleil. Chaque village a son propre motif. Le kengee est celui de Jua Maji.

Elle bondit de son siège. Les nageoires frémissantes, elle ramassa un bâton de combat et l'abattit sur une table, qu'elle mit en pièces.

— Nous devons les sortir de là ! s'écria-t-elle. Maintenant ! Le kiongozi n'est pas là, alors nous nous en chargerons nous-mêmes : les Askari et moi !

Neela avait oublié de quoi était capable son amie lorsqu'on l'énervait. Il serait difficile de la raisonner maintenant.

— Holà, Kora, attends une seconde. Tu ne pourras pas les libérer. Il y a des gorgones et des gardes. Armés. Si redoutables que vous soyez, les Askari et toi, vous n'êtes pas de taille. Cette prison est une véritable forteresse.

— Aucune forteresse n'est imprenable, rétorqua la reine avec hargne. Tout dépend de la stratégie.

— Tu vas te faire tuer ! objecta Neela, et sa voix se brisa d'épuisement.

Inquiète, Kora ordonna à ses serviteurs de l'emmener se reposer dans des quartiers confortables. Neela les suivit, peinant à chaque battement de queue, Ooda dans son sillage. Arrivée au bord de l'arène, elle jeta un regard en arrière.

Kora et les Askari avaient entonné des chanvoûtements pour se métamorphoser, changeant les couleurs vives des motifs qui couvraient leurs corps en nuances de vert, de noir et de marron vaseux : les couleurs de la flore et des fonds marins. Neela avait du mal à réaliser ce qu'elle venait de déclencher. Tout se passait si vite ! Malgré tout, serait-ce assez rapide ? Les gardes avaient parlé de déplacer la prison. Le peuple de Kora souffrait beaucoup des conditions extrêmes qui lui étaient imposées. Nombre de prisonniers risquaient de périr pendant la longue nage jusqu'au nouvel emplacement.

Quand la transformation fut achevée, Kora rejeta la tête en arrière et poussa un cri à glacer le sang. Un cri de guerre. Les Askari y firent écho. Leurs voix s'élevèrent à l'unisson. Ils ramassèrent leurs bâtons de combat. L'instant d'après, ils étaient partis et s'éloignaient à vive allure dans l'eau. Vers la prison.

# TRENTE ET UN

NEELA SANGLA UNE CEINTURE décorée de brins de corail noir autour de sa taille. Elle passa ensuite ses boucles d'oreilles ornées de turritelles et son collier en dents de requin. Mettre ainsi la touche finale à une tenue avait toujours eu le don de l'apaiser, et c'est exactement ce dont elle avait besoin à cet instant.

Bien qu'elle se sentît en meilleure forme qu'à son arrivée en Kandina près de huit heures plus tôt, elle était toujours angoissée et en colère. Le souvenir de ces gens dans cette prison l'obsédait. Elle avait pu néanmoins dormir une bonne partie de la journée et avaler un repas consistant. Le soir était tombé à présent, et elle se sentait assez ragaillardie pour aborder le sujet des prisonniers sans perdre ses moyens.

Quelques minutes plus tôt, elle avait entendu s'élever des acclamations et des cris de joie, signe que Kora et les Askari étaient rentrés. Il avait fallu à Neela et Ooda une nuit entière pour nager depuis la prison jusqu'à Nzuri Bonde, mais les Askari étaient des nageurs plus rapides et, contrairement à elle, ils connaissaient leur destination.

Elle demanda à une servante où trouver Kora, et la sirène la redirigea vers l'arène. Intimidée par les Askari, Ooda décida de rester dans leur chambre. En s'approchant de l'arène, Neela vit que les guerriers, assis en demi-cercle sur le sol, partageaient leur repas du soir. Leur camouflage avait disparu, et ils avaient troqué leurs plastrons pour des tuniques en lin de mer finement tressé. La lumière de leurs lanternes à lave jouait sur leurs corps puissants et se reflétait dans leurs yeux sombres et attentifs. Leurs rangs étaient à la fois composés de sirènes et de tritons. Comme leur chef, ils portaient tous autour du bras un large bracelet de corail blanc marqué d'une entaille pour chaque sabregueule tué. Certains exhibaient de profondes cicatrices héritées de leurs combats contre les dragons. Neela le savait : pour ces combattants, les blessures étaient autant de preuves de bravoure qu'ils arboraient avec fierté.

Kora n'était pas assise avec ses Askari. Elle se tenait au centre de l'arène, seule et silencieuse. Près d'elle, des mannequins d'entraînement se dressaient sur leurs perches. Sous les yeux de Neela, elle arracha le rembourrage de l'un d'eux d'un violent coup de queue, projeta au sol un deuxième avec son bâton de combat et en éventra un autre de sa lance.

— Avez-vous trouvé la prison ? demanda Neela à une Askara nommée Basra.

La sirène lui confirma d'un hochement de tête. Mince et musclée, elle ne portait aucun bijou hormis son bracelet. Comme ceux des autres, ses cheveux noirs étaient coupés ras afin d'empêcher tout ennemi de les saisir.

Un grand cri guttural s'éleva au centre de l'arène. Un quatrième mannequin s'effondra.

— Que fait Kora ? voulut savoir Neela.

— Elle réfléchit, répondit Basra.

— C'est comme ça qu'elle réfléchit ? Je n'imagine même pas ce que ça doit être quand elle se bat, alors !

— N'essayez même pas, répliqua Basra avec un soupçon de dédain. Vous n'y arriveriez pas.

Irritée par le ton de la guerrière, Neela lui lança un regard noir. À cet instant précis, Kora poussa un sifflement strident. Les Askari cessèrent immédiatement de manger et nagèrent jusqu'à elle. Neela les imita.

La reine les rassembla tous autour d'elle, puis se mit à dessiner dans le sol limoneux avec la pointe de son bâton. Elle esquissa la zone de reproduction des dragons et la prison.

— Vous les avez vus, alors, lui dit Neela.

— Je les ai vus, oui. J'ai vu mon peuple… J'ai vu…

Elle pivota vivement sur place et de sa queue décapita un autre mannequin.

Se remémorant l'effet que la prison avait eu sur elle, Neela laissa à la reine le temps de se ressaisir et attendit en silence que celle-ci reprenne la parole.

— Je te dois des excuses, reprit enfin Kora. Jamais je n'aurais dû mettre ta parole en doute. C'est simplement que…

— Non, j'avais l'air d'une folle, c'est clair : mon maillot de caballabong, ma coiffure, mes ongles… Lorsqu'une sirène s'habille comme ça, elle a forcément un grain, plaisanta-t-elle.

Kora l'attira énergiquement à elle, posa de nouveau le front contre le sien, puis la rclâcha. Neela grimaça et se massa le cou tout en écoutant la reine s'adresser aux autres.

— Nous avons deux problèmes à résoudre, leur expliqua-t-elle. Nous devons, d'un côté, libérer les nôtres d'une prison bien défendue et, de l'autre, récupérer une pierre de lune dont Neela a besoin et qui est actuellement en possession d'Hagarla, la reine dragonne.

— Ça ne suffira pas de la lui demander poliment, je suppose, hein ? demanda Neela sans grand espoir.

Kora eut un sourire sans joie.

— Non, ça ne suffira pas.

— J'en déduis que cette pierre représente beaucoup pour elle. Les reines se la transmettent de génération en génération, c'est ça ?

Kora renifla avec dédain.

— J'ai dit une bêtise ? s'enquit Neela.

— Nous vivons près des dragons. Notre rite de passage à l'âge adulte se fait au cœur de leur territoire. Nous subissons leurs attaques, et il arrive même parfois qu'ils prennent la vie de nos proches…

Neela acquiesça en se rappelant qu'un dragon avait tué le père de Kora.

— Le meilleur moyen de vaincre son ennemi, c'est de le connaître, poursuivit la reine. Et nous connaissons bien les sabregueules. La prétendante au trône n'est pas du genre à attendre que la vieille reine meure et lui lègue un tel trésor.

Ça n'est pas la façon de faire des dragons. Elle *tuera* la vieille reine pour s'approprier son butin. C'est ça, la façon de faire des dragons.

— Donc, lui demander de nous prêter la pierre de lune n'est pas envisageable, en conclut Neela.

— Pas vraiment. Les dragons sont des créatures envieuses et cupides. Ils aiment ce qui brille et fouillent les épaves des navires à la recherche de tout objet de cette nature ; c'est pour cette même raison qu'ils attaquent les caravanes de marchands, et même les villages. Ils se battront pour un morceau de verre de mer, alors pour un joyau... C'est la plus grande fierté d'un sabregueule que de posséder une montagne d'objets précieux, et Hagarla vit dans une grotte remplie de trésors. Elle conserve ses pièces préférées dans un coffre auprès duquel elle dort. Et il y a autre chose que nous savons au sujet des dragons : ce sont des gloutons. Et tu sais quel est leur plat préféré ? Les gorgones. Il n'y a pas mets plus délicat à leurs yeux, malgré les dards et le reste.

— Je crois deviner où tu veux en venir, dit Neela d'une voix gagnée par l'excitation.

— J'ai un plan. Il est très simple : on attire les dragons hors de leurs grottes jusqu'à la prison. Et, une fois qu'ils ont englouti la dernière gorgone, on les renvoie d'où ils viennent.

Neela la dévisagea en clignant des yeux.

— Attends, Kora, je croyais que tu avais parlé d'un plan *simple* ?

— Il l'est, en théorie. Son exécution sera un peu plus épineuse. Mais, s'il fonctionne, j'aurai libéré les miens et vous aurez votre pierre de lune.

— Et s'il échoue ?

— S'il échoue, répondit la reine en haussant les épaules, on est tous morts.

# TRENTE-DEUX

— PLEIN SUD, a dit la conque. Pas sud-sud-ouest, ni sud-sud-est. *Plein sud*. Il est forcément là ! grommela Serafina.

Elle avait atteint les eaux baignant les côtes des Saintes-Maries-de-la-Mer quatre heures plus tôt, après avoir nagé plusieurs jours durant, et depuis elle cherchait sans relâche le *Déméter*.

— Est-ce que je me serais mal servie de ce truc ? se demanda-t-elle à voix haute en examinant une fois de plus la boussole que Fossegrim lui avait prêtée.

Selon l'instrument, elle était au bon endroit. Malheureusement, le *Déméter*, lui, n'y était pas.

Une pensée glaçante lui vint à l'esprit : et si Traho avait déjà trouvé l'épave ? Et si Treebot avait réussi, d'une façon ou d'une autre, à la hisser à bord d'un de ses énormes chalutiers ? Cela expliquerait pourquoi le navire restait introuvable.

Alors qu'elle réfléchissait à cette éventualité, Sera sentit des vibrations dans l'eau. Une poignée de secondes plus tard, quelque chose passa au-dessus d'elle. Elle releva la tête juste à temps pour voir deux ventres blancs s'éloigner à grande vitesse.

Des requins. De belle taille.

Son cœur s'arrêta. C'étaient des requins-tigres, qui étaient connus pour attaquer les Mer. Ils firent demi-tour et revinrent vers elle, en prenant de la vitesse à mesure qu'ils approchaient. Dans l'espoir de les repousser, elle voulut prendre la potion de Moïse que Vrăja lui avait donnée, avant de se souvenir qu'elle ne l'avait plus : elle l'avait utilisée contre les cavaliers de la mort ! Elle scruta le fond de la mer à la recherche d'un abri – une grotte, un récif, n'importe quoi –, mais elle ne vit qu'un bosquet de varech. Parviendrait-elle à s'y réfugier avant que les squales la rattrapent ?

Le cœur battant, Sera plongea. Les requins la suivirent. Elle pouvait les sentir fendre l'eau derrière elle et gagner du terrain à chaque seconde. Dix mètres, cinq mètres, trois… Puis elle bondit dans le varech et chercha le sol pour s'y recroqueviller le plus possible. Mais il n'y avait pas de sol. Il n'y avait rien du tout.

Après avoir foncé à travers la barrière d'algues, Sera déboucha sur un profond ravin de ténèbres. La densité des herbes marines était telle qu'elles obscurcissaient presque tout. Elle s'arrêta, fit demi-tour et leva les yeux. Les squales passèrent au-dessus d'elle mais ne la poursuivirent pas. Quelques faibles rayons de soleil parvenaient à filtrer à travers la masse végétale. Elle les regroupa en une boule de lumière dans le creux de sa main, puis s'en servit pour examiner les profondeurs du ravin. Elle faillit la lâcher.

En contrebas gisait l'épave du navire, couchée sur le flanc. Si les requins ne l'avaient pas poussée à se réfugier là, jamais elle ne l'aurait découverte ! Le bateau semblait remarquablement bien préservé.

Ce détail aurait dû alerter Sera, mais elle était tellement excitée d'avoir localisé l'épave qu'elle ne prêta pas attention au fait que les mâts, le gréement et le pont étaient encore en parfait état quatre siècles après le naufrage.

C'était une caravelle à trois mâts, un navire utilisé voilà bien longtemps par les Espagnols. Léger, élancé et long d'une vingtaine de mètres : exactement le type de vaisseau rapide et maniable qu'adopterait une princesse craignant d'être attaquée par des pirates. Il ne pouvait s'agir que du *Déméter*.

En s'approchant, elle constata que la coque était criblée de trous. Elle regarda à travers l'un d'eux et des crabes décampèrent des tonnelets de vin, des barriques d'eau et des paniers où ils avaient élu domicile. Des gobelets et des plats en argent étaient éparpillés au fond de la cale. Des coffres en bois, jadis utilisés par les goggs pour ranger leurs vêtements, étaient renversés çà et là, comme un jeu de cubes. Ces choses avaient-elles appartenu à l'infante ? Sa dépouille se trouvait-elle toujours à bord du bateau ? Et le diamant bleu de Neria ? Sera chercha des yeux la moindre trace d'ossements humains, mais n'en vit pas. Elle allait devoir s'introduire dans l'épave pour fouiller le reste du vaisseau.

Les trous dans la coque n'étaient pas assez larges pour qu'elle se faufile à travers, aussi décida-t-elle de passer par le pont. Elle leva les yeux, prête à gagner le plat-bord… et se figea.

Quelqu'un se tenait sur le pont du navire, et l'observait. C'était une jeune femme au regard sombre et hanté. Elle était très belle. Pâle. Et morte.

Serafina la reconnut aussitôt, grâce à la peinture du duca. La peur lui noua le ventre. C'était l'infante. Le *Déméter* était un vaisseau fantôme.

Sera courait un grand danger.

# TRENTE-TROIS

LE SPECTRE CONTINUAIT DE LA REGARDER fixement, sans rien dire.

Sera savait qu'elle ferait mieux de s'enfuir. Et vite. Il ne s'agissait pas d'une simple Roussalka écervelée cette fois. Cette créature était bien plus redoutable. Mais elle ne pouvait pas non plus se résoudre à partir ; elle avait besoin du diamant de Neria. Elle décida d'aller lui parler, mais il fallait qu'elle se montre extrêmement prudente. Les fantômes d'épaves avaient la réputation d'être perfides. Avides de vie, il n'y avait rien qu'ils désiraient plus que de sentir les battements d'un cœur ou le flot du sang dans des veines. Mais tout contact prolongé pouvait s'avérer fatal.

Lentement, Sera remonta le long du flanc du navire. Une fois arrivée à son niveau, elle fit une profonde révérence. Même morte, l'infante restait de lignée royale, et la sirène savait qu'elle devait lui montrer le respect dû à son rang.

— Je vous salue, Maria Teresa, très noble et très estimée infante d'Espagne. Je suis la principessa Serafina di Miromara, fille de la regina Isabella, déclara-t-elle en s'efforçant de conserver un ton posé. Je suis ici pour une affaire d'État, et je sollicite humblement la permission de monter à bord de votre navire.

— Salut à vous, Serafina, principessa di Miromara, répondit l'infante, dont la voix ressemblait à un vent gémissant. Vous pouvez monter à bord.

Sera avait pu s'adresser au spectre en espagnol grâce au serment de sang. Elle déposa sa boule lumineuse sur le platbord, puis monta sur le pont en prenant soin de rester à distance de l'infante.

— Pourquoi êtes-vous venue seule ? Où est votre suite ? demanda le fantôme.

— Je n'en ai plus, Votre Majesté. Ma mère a été tuée. Mon royaume envahi.

Les yeux de l'infante s'assombrirent.

— Qui a commis un acte aussi horrible ?

Serafina lui relata ce qui s'était produit en Miromara et lui en expliqua les raisons. Elle lui parla du monstre de l'océan Austral et lui expliqua que les envahisseurs étaient à la recherche des six talismans nécessaires pour le libérer.

— Votre magnifique diamant bleu est l'un des talismans, Votre Majesté, précisa-t-elle. Je pense qu'il a été confié à l'une de vos aïeules par mon ancêtre, la regina Merrow. Je suis venue vous demander de me le remettre. J'en ai besoin pour empêcher les envahisseurs de mon royaume de semer le chaos à travers les océans.

— Vous demandez beaucoup. Qu'êtes-vous prête à offrir en retour ? demanda l'infante.

— Beaucoup également, répliqua Serafina.

— Venez vous asseoir un instant près de moi, Principessa. Voilà bien longtemps que je n'ai eu de compagnie.

L'infante s'assit sur le plat-bord et, d'un signe, invita la sirène à la rejoindre.

Serafina s'exécuta, veillant néanmoins à maintenir un écart conséquent entre elles. Elle s'assit sur le rebord du bastingage, prête à bondir sur le côté si nécessaire. Elle avait conscience de jouer avec le feu. Il suffisait que le spectre se jette sur elle, l'agrippe et la maintienne suffisamment longtemps pour que Sera ne quitte jamais plus ce navire.

— *La Lagrima de la Sirena*, dit l'infante, l'air songeur. La Larme de la Sirène. C'est le nom que ma famille a donné à ce célèbre diamant. Ma mère me l'a offert pour mon seizième anniversaire, précisa-t-elle, et son sourire s'évanouit. Prenez garde à ce que vous demandez, Principessa. Ce magnifique joyau m'a coûté la vie.

Elle se rapprocha un peu.

— J'étais promise à un prince français, continua-t-elle. Le mariage devait avoir lieu en Avignon. L'été de mes dix-huit ans, j'ai fait voile vers la France. Nous nous dirigions vers les Saintes-Maries-de-la-Mer quand le second a donné l'alarme : le navire du Baron Vert Lom Fet-Dee venait d'être repéré. Ce nom ne m'était pas inconnu. Tout le monde le connaissait. Fet-Dee était un meurtrier, cruel et sans pitié. Son vaisseau s'appelait le *Shāyú*. Comme il était de notoriété publique que le diamant faisait partie de ma dot, je savais qu'il venait pour le prendre. Et moi avec.

L'infante lissa un instant sa robe, avant de reprendre :

— Je me suis juré qu'il ne me toucherait pas. J'étais princesse d'Espagne, destinée à épouser un prince français, pas une catin tout juste bonne à réchauffer le lit d'un pirate. Notre capitaine a manœuvré de son mieux pour distancer Fet-Dee, mais en vain. Alors j'ai su ce que je devais faire. J'ai attendu que le *Shāyú* arrive à hauteur de notre vaisseau, pour que Fet-Dee puisse me voir. Puis j'ai ordonné qu'on m'amène Miha, mon faucon. J'ai ôté mon collier et le lui ai donné. « Va ! » me suis-je écriée. Miha s'est envolée au-dessus des eaux avec le diamant. Fet-Dee avait un oiseau, lui aussi, un grand rapace noir qu'il a lancé à la poursuite de mon faucon. Miha était rapide, mais l'oiseau démoniaque du pirate l'était plus encore. Quand il s'est rapproché, elle a laissé tomber le collier. Le rapace de Fet-Dee a tenté de plonger pour l'attraper, mais Miha l'a attaqué. Elle a été tuée, mais elle a empêché l'autre de s'emparer du bijou. Il a coulé dans la mer. Les cris de cet oiseau maléfique n'étaient rien en comparaison de ceux que Fet-Dee a poussés. Alors je me suis moquée de lui. Je lui ai dit que, même si mon diamant devait être porté par une pieuvre, au moins ne tomberait-il jamais entre ses sales mains de voleur.

D'un geste gracieux, l'infante tendit son bras et posa sa main exsangue sur le bastingage, à quelques centimètres seulement de celle de Serafina. Fascinée par le récit, la sirène n'y prêta pas attention.

— J'ai mis le pirate dans une fureur telle qu'il ne m'a pas capturée, poursuivit l'infante. Il a préféré me tuer. C'était aussi mon souhait. Il est monté à bord du *Déméter*, puis a transféré l'équipage et mes dames de compagnie sur son navire afin de les vendre plus tard comme esclaves. Puis il m'a enfermée dans ma cabine. Revenu sur le *Shāyú*, il a donné l'ordre de couler mon vaisseau.

La voix de l'infante chevrota. On pouvait lire sur ses traits la douleur que suscitait ce souvenir.

— Les coups de canon résonnent toujours dans ma tête, et je sens encore l'odeur de la poudre. J'ai affronté la mort avec bravoure, comme il sied à une princesse d'Espagne. J'avais espéré que Fet-Dee me tuerait d'une balle dans la nuque, qu'il ferait preuve d'un minimum de pitié, mais non. La noyade n'a rien d'une mort douce.

Elle tourna son regard sombre et vide sur Serafina.

— Maintenant que vous avez entendu mon histoire, souhaitez-vous toujours avoir ce joyau ? Ces envahisseurs que vous avez mentionnés, ils essaieront très certainement de vous le prendre, comme Fet-Dee a essayé de le faire. Cela pourrait vous coûter la vie, à vous aussi.

— Je le souhaite toujours. Grâce à vous, je sais où se trouve le diamant : dans la mer. Pouvez-vous me dire à présent sur quelle distance Miha a eu le temps de voler ? Et dans quelle direction ? Il me faudra un peu de temps pour le retrouver, je pense, et je n'en ai pas beaucoup.

Le fantôme s'esclaffa.

— Ah, mais non, Principessa, je ne vous ai pas révélé où se trouve le diamant !

— Mais si, Votre Majesté, balbutia Sera, déroutée. Vous avez dit que Miha l'avait laissé tomber dans l'eau.

— J'ai dit que Miha avait laissé tomber le collier que je lui avais donné. Mais c'était un faux. Le vrai diamant, je l'avais caché. Pour le protéger. Il est toujours à bord de ce navire.

Le cœur de Sera bondit dans sa poitrine. Le diamant était *ici*. Le talisman de Merrow se trouvait à bord du *Déméter* !

— Me permettrez-vous de le prendre ? demanda-t-elle.

— Il y a un prix à payer.

— Quoi que vous demandiez, je vous le donnerai, si c'est en mon pouvoir.

— Même votre vie ? demanda l'infante en tendant la main vers le visage de la princesse.

Ses doigts s'arrêtèrent à quelques centimètres de la joue de Serafina.

La sirène prit conscience – un peu tard – qu'elle avait laissé le spectre s'approcher trop près, mais elle ne broncha pas. Elle sentait que l'infante était en train de la jauger, de la mettre à l'épreuve. Ce n'était pas le moment de faire preuve de lâcheté.

— Oui, Votre Majesté, répondit-elle. Si c'est le prix à payer pour sauver mon royaume.

L'infante hocha la tête, satisfaite, puis écarta sa main.

— Vous avez le cœur solide, Principessa. Et l'âme courageuse. Vous aurez besoin des deux, car je souhaite rentrer chez moi, et j'exige que vous me rameniez là-bas.

Serafina eut soudain l'impression de suffoquer. La requête de l'infante n'était ni plus ni moins qu'une condamnation à mort. Comme tous les Mer, elle savait que l'eau retenait les âmes des goggs captives. Si un être humain décédait en surface, son âme pouvait s'échapper librement, mais, s'il se noyait dans les profondeurs, elle était alors prise au piège et se muait en spectre.

Comme aucune âme ne supportait de rester prisonnière, toutes se révoltaient contre leur destin. Et c'était l'intensité de cette colère qui déterminait la puissance du fantôme. Les eaux constamment agitées, comme celles des rivages exposés au flux et au reflux des marées, ou celles des fleuves aux courants impétueux, avaient tendance à dissiper cette colère. Les fantômes qui hantaient ces eaux, comme les Roussalka, étaient généralement faibles. Ils pouvaient pincer et donner des tapes légères, mais pas donner la mort ; dérober des objets aux vivants, mais pas retenir prisonniers leurs propriétaires. Ils erraient librement dans les eaux où ils avaient péri, mais représentaient plus une nuisance qu'une véritable menace.

Les fantômes d'épaves, en revanche, étaient puissants. Un vaisseau assez bien conçu pour empêcher l'océan d'envahir ses entrailles pouvait également y enfermer une âme. La formidable force vitale qui s'échappait d'un humain lors de sa mort ne se dissipait pas à bord d'un navire, elle avait plutôt tendance à se concentrer, prise au piège dans la cabine, la coquerie ou la cale. Elle ne faisait alors plus qu'un avec le bateau, imprégnant le bois de sa charpente ou s'enfouissant dans le métal de sa coque. C'était pour cette raison que les vaisseaux fantômes ne pourrissaient ni ne rouillaient. Ils subissaient le passage du temps en restant intacts grâce à la puissance des âmes piégées à bord. Et ces âmes le subissaient elles aussi, liées à leur navire pour l'éternité.

À moins qu'une créature vivante n'accepte de les libérer.

— Je suis piégée dans ce bateau depuis quatre cents ans, poursuivit l'infante. Je me languis du soleil, du ciel bleu, des vents chauds d'Espagne. Le parfum du jasmin et des oranges me manque. Je veux être libre, Principessa. Je veux retourner chez moi.

Si elle acceptait la demande de l'infante, Serafina devrait la prendre par la main et nager avec elle jusqu'en Espagne. Dès lors, elle avait très peu de chances de survivre au voyage, car le contact continu avec un spectre drainait peu à peu les forces vitales, jusqu'à l'épuisement total.

D'après ce qu'elle avait entendu dire sur les fantômes d'épaves, on pouvait survivre quelques minutes voire quelques heures à leur contact, mais des jours entiers… Personne n'avait jamais tenu aussi longtemps.

*Vous avez le cœur solide*, avait dit l'infante.

*Mais l'est-il suffisamment ?* s'interrogea-t-elle.

— Votre réponse, Principessa ?

— J'accepte.

Le diamant était caché sous une latte du plancher dans la cabine de l'infante. Serafina descendit sous le pont. À l'aide d'un couteau déniché dans la coquerie, elle entreprit de détacher les lattes. Et soudain la Pierre de Neria était là, brillant de mille feux. D'un bleu clair très profond, elle avait la taille d'un œuf de tortue. Serafina avait vu bien des joyaux – les coffres de sa mère en regorgeaient – mais jamais rien de comparable au diamant de la déesse. Quand elle le prit, elle sentit son pouvoir irradier dans sa main. La sensation était à la fois enivrante et effrayante. Elle le glissa prestement dans son sac. Bien qu'elle n'y touchât plus, elle pouvait encore sentir sa puissance.

— Vous l'avez trouvé, constata l'infante quand elle revint auprès d'elle. J'espère qu'il vous sera bénéfique et non néfaste, comme il l'a été pour moi.

Serafina se prépara mentalement. C'était à son tour, désormais, de respecter sa part du marché.

— Votre Majesté, fit-elle en lui tendant la main.

L'infante la saisit et Serafina se cambra en laissant échapper un hoquet d'effroi. Elle avait l'impression que le fantôme avait plongé ses doigts dans sa poitrine pour les refermer autour de son cœur. Le navire gémit et grinça en protestation, comme s'il savait que l'infante allait le quitter. Une longue fissure fendit le pont et un morceau du mât se détacha avant de couler vers les fonds marins. Sera sentit les battements de son cœur faiblir et sa respiration ralentir. Durant quelques secondes, le monde qui l'entourait vira au gris.

*Résiste, Serafina !* se dit-elle. *Résiste !*

Elle pensa à sa mère qui avait combattu les assaillants jusqu'à son dernier souffle pour qu'elle, Sera, puisse leur échapper. Elle pensa à Mahdi risquant sa vie pour renverser Traho. Elle revit ses amies accepter courageusement de prendre part au serment de sang, et Vrăja rester en arrière pour affronter les cavaliers de la mort.

Alors elle puisa dans ses ressources intérieures et, d'un puissant coup de queue, entraîna l'infante loin de l'épave vers les eaux libres, tachetées de soleil.

# TRENTE-QUATRE

— TU ES *SÛRE* QUE C'EST UNE BONNE IDÉE ? demanda Neela.

— Pas du tout, répliqua Kora.

— Mauvaise réponse.

Kora ignora le commentaire. C'était le lendemain matin de l'arrivée de Neela à Nzuri Bonde. Ils s'étaient tous levés avant l'aube et avaient silencieusement quitté le village. À présent, Kora passait une dernière fois en revue les détails du plan avec deux de ses Askari, Khaali et Leylo. Non seulement les tritons, puissamment bâtis et musclés, étaient de formidables guerriers, mais ils avaient aussi, comme la princesse venait de l'apprendre, le don de savoir chevaucher les baleines.

— Dites à Ceto que je le remercierai en personne lorsque ce sera fait, leur dit Kora en guise de conclusion.

Du front, elle toucha celui de Khaali, puis celui de Leylo. Elle leur permit de se retirer et se tourna vers les autres.

— Ikraan, rajoute-toi un peu de vert sur la nuque. Jamal, j'aperçois le bout de ta nageoire. Neela…

Elle secoua la tête et soupira.

— Quoi ? fit la princesse, sur la défensive. Je me suis camouflée ! Je suis hyper-camouflée !

Basra laissa échapper un petit reniflement narquois.

— Mais c'est vrai ! protesta Neela. Qu'est-ce qui ne va pas avec mon camouflage ? Vous n'avez pas d'anémones en Kandina ?

Kora entonna un couplet. Les taches vives qui bariolaient de pourpre et de bleu le torse et la queue de Neela disparurent. La reine chanvoûta à nouveau et Neela fut aussitôt couverte de mouchetures déclinées sur cinq nuances de boue.

Neela examina ses bras.

— Beurk, marmonna-t-elle.

— Vous préférez qu'ils finissent mâchonnés ? railla Basra avant de lui tourner le dos.

— Vous préférez qu'ils finissent mâchonnés ? la singea Neela.

Les grands airs que se donnait Basra commençaient à sérieusement l'exaspérer.

Kora, Neela, Basra et plusieurs autres Askari se trouvaient à la limite de la zone de reproduction des sabregueules. C'était un endroit rocheux, désolé, jonché des carcasses pourrissantes de créatures marines. La moitié des membres de leur groupe, dont Basra et Neela, portait un camouflage.

— Bien, le groupe camouflé me semble au point. Tout le monde est prêt ?

Ils acquiescèrent tous, même si les Askari le firent avec plus d'enthousiasme que la princesse.

— Vous connaissez le plan. On se dirige tous ensemble vers les grottes, puis on se sépare. Mon équipe sert d'appât pour attirer les dragons vers la prison. Celle de Basra reste tapie et la joue discrète grâce à son camouflage. Une fois que les dragons nous ont pris en chasse, l'équipe de Basra fouille la grotte d'Hagarla à la recherche de la pierre de lune et s'empare d'une partie de son butin. Tu disposes d'une heure, Basra. Vous nous rejoignez ensuite à la prison. Si tout se passe bien, on rentrera tous ensemble à la maison.

Kora marqua un instant de silence, puis clama :

— Puissante Neria, prête-nous main-forte !

— Puissante Neria, prête-nous main-forte ! reprirent les guerriers.

— Puissante Neria, prête-nous main-forte ! s'écria Neela avec un temps de retard.

Elle s'efforçait de paraître aussi farouche que les Askari, sans réellement y parvenir. Basra leva les yeux au ciel.

Ils s'élancèrent et se dirigèrent droit vers le cœur de la zone de reproduction. Basra et son groupe nageaient très bas, près du fond ; Kora et le sien, bien plus haut. Tous avançaient rapidement et Neela avait du mal à suivre le mouvement. Au bout d'une dizaine de minutes, la reine fit halte et pointa une grotte du doigt, sans un mot. Son entrée était large et élevée. Des ossements jonchaient le sol tout autour. Neela avait le cœur au bord des lèvres. Dès que les dragons les auraient pris en chasse, Kora et son équipe allaient devoir conserver leur avance sur trois lieues. Or les dragons étaient des nageurs hors pair. Neela se demanda si elle reverrait un jour son amie.

Tandis que Basra et son groupe restaient près du fond, l'équipe de Kora alla se cacher derrière un affleurement rocheux. La reine, quant à elle, prit position à égale distance du rocher et de l'entrée de la grotte. Elle inspira profondément puis émit un cri de détresse strident, celui que pousse une sirène quand elle est blessée. Elle recommença une fois, puis deux, mais rien ne se passa.

— Allez, tas d'entrailles puantes, l'entendit dire Neela. Espèce de grosse éponge sans cervelle, résidu de marée basse à l'haleine fétide…

Un son s'éleva alors : celui d'un martèlement lent et pesant qui fit trembler le sol. Un sourire carnassier se dessina sur le visage de Kora, puis elle cria à nouveau. Quelques secondes plus tard, Hagarla, la reine dragonne, passa la tête hors de sa grotte.

— Par. Tous. Les. Dieux, murmura Neela.

Basra la mit en garde :

— On reste calme, *Princesse*.

— Va te faire voir, face de squale, rétorqua Neela, qui en avait assez de ses sarcasmes.

Basra lui décocha un regard sombre, mais Neela ne le vit pas. Ses yeux, grands comme des ormeaux, étaient fixés sur le dragon.

Hagarla avait la taille d'une petite baleine, une peau écailleuse du même bleu sombre qu'une ecchymose, un ventre aussi livide qu'un noyé. Six yeux jaunes fendus par des pupilles noires éclairaient une face massive et reptilienne. Une langue bifide noire dardait entre ses lèvres. Elle poussa un rugissement tonitruant, et Neela aperçut des rangées de crocs acérés qui descendaient en spirale jusqu'au fond de sa gorge. Des reliefs sanglants de son dernier repas y étaient encore accrochés.

Kora cria une fois de plus. La tête d'Hagarla se tourna vivement et ses yeux se plissèrent quand elle repéra la reine. Elle banda ses muscles puis bondit sur elle, mais Kora avait déjà pris la fuite. D'autres dragons sortirent de leurs grottes. Hagarla se retourna et rugit pour leur faire comprendre que cette proie était la sienne, mais ils voulaient eux aussi dévorer la sirène et se joignirent à la poursuite.

Sur un signal de Kora, son groupe jaillit de sa cachette en poussant des cris. Leur apparition rendit les dragons frénétiques. Une dizaine d'entre eux se ruèrent vers les Askari. Kora et ses guerriers s'enfuirent à toute vitesse avec, dans leur sillage, les bêtes se propulsant grâce à leurs ailes à la manière de raies géantes.

Basra fit signe à son groupe :

— Allons-y !

Dans la grotte d'Hagarla, la puanteur de la chair en décomposition était suffocante et Neela crut qu'elle allait être malade. Elle réprima un haut-le-cœur et continua de nager en essayant de rester concentrée sur sa mission. Vingt mètres plus loin, le tunnel s'élargissait et donnait sur une vaste grotte à la voûte élevée.

— La vache de mer ! marmonna Neela, sidérée par ce qu'elle contenait.

La taille du trésor était ahurissante. Quantité de plats en or, coupes en argent, pièces de monnaie, verrerie, vases en porcelaine, armures, bijoux, calices, fragments de miroirs, de sculptures en cuivre, de statues en marbre et en albâtre, morceaux d'obsidienne, de malachite et de lapis-lazuli, plusieurs véhicules, quelques bicyclettes, des cafetières chromées, de la coutellerie, des colliers de perles, des épées, des ciseaux : tout ce qui brillait ou renvoyait un simple reflet avait été amoncelé là jusqu'à former une petite montagne.

— Naasir, récupère une partie du butin, ordonna Basra. Les autres, commencez à chercher.

Le triton sortit de sa poche un sac fabriqué dans un filet et entreprit de le remplir. Les autres fouillèrent dans l'énorme tas.

Du bout de sa queue, Neela commença à fouiner parmi les mille objets du trésor.

— Comment je vais faire pour retrouver la pierre de lune dans un tel fatras ? gémit-elle.

— Commence par le coffre d'Hagarla, lui indiqua Basra. Il est près de son nid. C'est là qu'elle garde ses trucs préférés. Dépêche-toi. On n'a pas beaucoup de temps.

Neela trouva sans difficulté le coffre et l'ouvrit. Elle en sortit des colliers, des couronnes en or, des gemmes, des rangs de perles aussi longs que sa queue. Au bout de quelques minutes, elle avait atteint le fond du coffre sans avoir trouvé la pierre de lune.

— Retourne aider les autres à fouiller le tas, lui dit Basra.

Elle-même inspectait les alentours du nid d'Hagarla.

— Hé ! fit une voix assourdie. Je crois que je l'ai trouvée !

— Ikraan ? appela Basra. C'est toi ? Où es-tu ?

— De l'autre côté de la montagne au trésor, répondit la sirène.

— Eh bien qu'est-ce que tu attends ? Prends-la !

— Euh… c'est compliqué, chef, balbutia Ikraan.

Neela et les autres laissèrent tomber ce qu'ils avaient dans les mains pour contourner la pile de trésors. Ikraan flottait au-dessus d'un autre nid. Celui-là contenait six bébés dragons occupés à se chamailler. Chacun était déjà aussi imposant qu'un grand requin blanc.

L'un tenait un sceptre en or dans ses longues griffes noires. Un autre une canette de soda. Les autres, un oursin de mer, un masque de plongée, une tête de plongeur et une pierre de lune.

Neela retint son souffle quand elle l'aperçut. C'était le talisman de Navi, elle en avait la certitude. Il avait la taille d'un œuf d'albatros, soit près de quinze centimètres de long. D'un bleu argenté, il luisait de l'intérieur.

— Si c'est pas mignon ! commenta Basra d'un ton acerbe. Ils dorment avec leurs doudous !

En les entendant, les bébés dragons se mirent à siffler. L'un d'eux essaya de ramper hors du nid.

— Comment va-t-on faire pour leur piquer la pierre de lune ? demanda Naasir.

Neela avait une idée. Elle se mit à chanter d'une voix grave et douce.

— Hein ? dit Basra. Et c'est censé faire quoi ?! On n'a pas le choix : il va falloir les tuer, un par un.

— Non, attends, Basra ! intervint Naasir. Regarde !

Les bébés se balançaient d'avant en arrière. Ils avaient cessé de siffler et leurs paupières écailleuses s'abaissaient lentement sur leurs yeux jaunes. Neela leur chantait une vieille berceuse mataline, une de celles que sa mère lui chantait quand elle était petite. Quelques minutes plus tard, ils s'étaient presque assoupis quand l'un d'eux en frappa un autre sans raison apparente. Ils se remirent tous à s'agiter et à siffler, mais la princesse continua de chanter et ils finirent par s'endormir.

— Beau travail ! murmura Ikraan.

Neela cessa de chanter et se rapprocha du nid. C'était à elle et à personne d'autre de récupérer la pierre de lune. Elle se figea quand un bébé s'étira, puis se laissa flotter au-dessus de celui qui tenait le talisman serré contre son poitrail. Avec des gestes lents et précautionneux, elle écarta ses griffes de la pierre et la lui prit. Puis elle se retourna vers les autres pour leur sourire.

Grave erreur.

Un éclair de douleur, soudain et fulgurant, lui arracha un cri déchirant et la pierre de lune lui échappa des mains. Le bébé dragon à qui elle avait dérobé son jouet venait de lui lacérer le dos. L'animal siffla avec colère, puis glapit en cherchant son trésor. Du sang se mit à sourdre des entailles irrégulières qui zébraient la peau de Neela et s'éleva dans l'eau sous forme de volutes. Le vacarme de leur frère et l'odeur du sang réveillèrent les autres. Ouvrant les yeux, ils dardèrent leur langue fourchue comme pour goûter l'eau, puis commencèrent à ramper hors du nid.

Souffrant le martyre, Neela se baissa vivement pour récupérer la pierre de lune. Dès qu'elle l'eut en main, Ikraan et Basra se saisirent de la princesse. Naasir et Jamal ramassèrent des bibelots dans le tas d'Hagarla et les jetèrent aux bébés pour les forcer à regagner leur nid. Furieux de voir s'échapper un bon petit goûter saignant à point, et d'être ainsi bombardés d'objets durs, les dragonneaux se mirent à piauler bruyamment.

— Vite, il faut partir. *Tout de suite !* les pressa Basra.

Neela et les Askari s'enfuirent. Ils s'éloignèrent du nid, passèrent au-dessus de l'énorme butin et s'engouffrèrent dans le tunnel menant à l'entrée de la grotte.

— Les dieux soient loués, ils sont encore trop jeunes pour nous prendre en chasse, dit Ikraan en lançant un coup d'œil en arrière.

Elle tenait toujours la princesse par le bras.

Basra, qui les précédait tous, s'arrêta brusquement.

— Mais pas lui, murmura-t-elle.

Devant eux, à l'entrée de la grotte, se tenait un dragon mâle. Il était moins imposant qu'Hagarla, mais de peu. Il gronda en apercevant les Mer, et ses oreilles s'aplatirent.

— Nagez à reculons vers la salle du trésor, ordonna Basra à mi-voix. Très, très lentement. C'est notre seule chance.

Les Mer s'exécutèrent, sans quitter le dragon des yeux. Il les suivit, balançant sa tête d'un côté puis de l'autre à la manière d'un serpent. Des filets de bave argentée dégoulinaient de ses mâchoires. Il ne leur fallut que quelques secondes, mais Neela eut l'impression de mettre une éternité à retourner dans la salle du trésor.

— Déployez-vous et collez-vous au sol, ordonna Basra.

C'est ce qu'ils firent, et leur camouflage leur permit de se fondre sur le fond boueux et parmi les touffes d'algues de la grotte. Déconcerté, le dragon s'immobilisa. Il huma les eaux, puis se précipita sur Neela, trahie par l'odeur de son sang.

— Hé ! s'écria Basra. Hé, cervelle de gobie ! Par ici !

Le dragon plissa les yeux. Il bondit vers elle et fit claquer ses mâchoires. Elle recula prestement, juste hors de portée de ses crocs.

— Sortez tous d'ici ! lança-t-elle en attirant le monstre un peu plus loin du tunnel.

Naasir, qui tenait toujours son sac empli de butin, se rua vers la sortie, mais le dragon perçut son mouvement. Il fit volte-face et sa tête massive pivota vers le fugitif. Le triton plongea sous la poitrine de la créature et contourna une de ses pattes avant. Il évita de justesse les mâchoires redoutables et tenta de rejoindre le tunnel, mais le dragon lui bloqua le passage avec un rugissement de fureur.

Ikraan poussa un juron.

— On n'est pas près de sortir, grommela-t-elle. Basra, continue de le faire enrager. Je vais essayer de l'attirer de l'autre côté de la montagne du trésor, vers le nid. Les autres, tenez-vous prêts.

Pendant que Basra frappait dans ses mains pour accaparer l'attention du dragon, Ikraan battit rapidement en retraite, ramassa un coffret à bijoux sur l'amoncellement, puis nagea vers le nid. Neela ne pouvait voir ce qu'elle faisait, mais, deux secondes plus tard, elle entendit le cri strident d'un dragonneau. *Ikraan a dû leur lancer le coffret à la tête et en toucher un*, songea-t-elle.

En entendant le hurlement du bébé, le dragon mâle poussa un rugissement. Il se détourna de Basra et gravit la montagne du trésor.

— Allez-y ! cria Ikraan depuis l'autre côté. Fichez le camp !

Basra saisit le bras de Neela et l'entraîna brutalement vers le tunnel.

— On ne peut pas la laisser ! s'insurgea la princesse.

— On n'a pas le choix ! Si on retourne la chercher, on risque de tous y passer !

Neela refusait de partir avec Basra. Elle voulait se porter au secours d'Ikraan. Mais la guerrière avait une poigne de fer, et, à cause de tout le sang qu'elle avait perdu, la princesse était trop faible pour dégager son bras. Elle savait que les Askari étaient formés à abandonner l'un des leurs au cas où son sauvetage mettrait en danger la vie de tous les autres. La survie du groupe primait celle de l'individu. Si Basra ne pouvait pas sauver Ikraan, comment Neela l'aurait-elle pu ? Basra était bien plus coriace qu'elle, et Basra avait pris sa décision.

*Il y a toujours quelqu'un d'autre pour décider*, pensa la princesse, toujours entraînée par l'Askara. *Mon père ou ma mère. Suma. Mes professeurs. Le grand vizir. Même l'adjoint en second.*

Ils choisissaient ce qu'elle devait faire. Ce qu'elle devait porter ou étudier. L'endroit où elle devait se rendre. La seule chose qu'ils la laissaient choisir elle-même, c'était le parfum de son prochain bing-bang.

Alors elle en mangeait un. Puis un autre. Et de plus en plus. Ravalant sa frustration et sa colère. Ensevelissant son chagrin sous des couches d'emballages bariolés. S'empiffrant de douceurs pour rester douce… souriante, obéissante, et pour continuer d'irradier – enfin, pas trop, juste ce qu'il faut.

Il y avait toujours quelqu'un pour décider. Et ce n'était jamais elle.

Avec un cri sauvage, elle se libéra de Basra et repartit vers la grotte d'un battement de nageoire.

— Neela, *arrête* ! lui cria Basra.

Mais elle ne l'écouta pas. Le talisman, qui pesait lourd dans sa main, n'était plus pâle comme avant. Neela non plus, d'ailleurs. Ils brillaient tous les deux d'un bleu cobalt éclatant. Elle fonça vers le tas de trésors. Lorsqu'elle en atteignit le sommet, elle vit Ikraan qui gisait inconsciente sur le sol près du nid. Le dragon avait dû l'assommer. Il avançait vers elle maintenant, sa queue fouettant les eaux, ses babines retroussées sur ses horribles crocs.

Sans réfléchir, Neela brandit d'une main la pierre de lune devant elle. Des filaments lumineux en émanaient, qui se tortillaient telles des vrilles. Elle les rassembla dans son autre main jusqu'à obtenir une grosse boule flamboyante. Le dragon se tenait au-dessus d'Ikraan, à présent. Il ouvrit sa gueule et siffla de rage.

— Hé toi ! Le gros, moche et méchant ! Par ici ! cria Neela.

Le sabregueule releva la tête… et reçut une bombe lumineuse en pleine face. Il laissa échapper un rugissement de douleur et tomba à la renverse en se griffant les yeux.

La princesse fourra la pierre de lune dans sa poche et se précipita vers Ikraan.

— Debout ! Vite ! dit-elle en la secouant par l'épaule.

La sirène se releva avec des mouvements hésitants. Neela fit passer le bras de l'Askara autour de son cou et elles nagèrent vers le sommet du trésor. Si le dragon était provisoirement aveugle, il pouvait toujours recourir à son odorat. Il escalada la montagne d'or et tenta de les happer entre ses mâchoires, mais en vain. Il perdit l'équilibre et bascula en arrière, déclenchant une avalanche d'objets qui l'ensevelirent.

Les deux sirènes rejoignirent à la hâte l'entrée de la grotte, où les autres les attendaient. Basra était furieuse. Elle saisit Ikraan d'une main, la princesse de l'autre, et les entraîna à nage forcée sans cesser d'invectiver Neela.

Cette dernière s'en fichait pas mal. Ikraan était là. *Vivante*.

Après une demi-heure de nage effrénée dans une ambiance particulièrement tendue, ils atteignirent enfin les limites de la zone de reproduction. Basra fit halte près d'un récif et les rassembla tous à l'abri sous un surplomb en corail. Naasir se mit aussitôt à nettoyer et à panser les plaies de Neela. Les Askari portaient tous sur eux de petites quantités de bandages et de remèdes, et ils réunirent leurs stocks pour soigner son dos. Naasir s'évertuait à travailler avec douceur, mais les entailles étaient profondes et l'application de son baume fut douloureuse. Neela grimaça, mais n'émit aucune plainte. Quand il eut terminé, il alla cueillir quelques longueurs de varech qu'il noua autour du torse de la sirène afin de maintenir le pansement en place.

— J'ai bien nettoyé les plaies, dit-il, mais vous devrez voir le guérisseur dès notre retour à Nzuri Bonde. Les griffes des dragons sont très sales, et il faut veiller à ce que ces blessures ne s'infectent pas.

— Vous allez avoir de belles cicatrices ! commenta Ikraan.

Neela se tourna vers elle, frappée par l'intonation admirative de sa voix.

— On dirait presque que vous êtes jalouse. Je me demande bien pourquoi. Je peux dire adieu aux robes dos nu…

— Bien sûr que je suis jalouse ! Il n'y a rien de plus sexy que des cicatrices faites par un dragon ! Pour des Kandiniens, en tout cas. En général, lorsqu'un Mer s'approche autant d'un dragon, il finit dans son estomac ! Et d'ailleurs, vous avez tout intérêt à porter des robes dos nu ! Croyez-moi sur parole, une fois ces cicatrices refermées, tous les tritons de Nzuri Bonde vont se mettre à vous courtiser. Pas vrai, Naas ?

Naasir répondit d'un sourire timide et finit de nouer le varech sur le pansement de Neela.

— Ça devrait suffire pour le moment, dit-il. Il faut qu'on aille à la prison, maintenant.

Pendant qu'on soignait la princesse, Basra s'était assise à l'écart, à la limite du surplomb de corail. Elle ne vint même pas s'enquérir de l'état de Neela. À la voir dans son coin, silencieuse et le visage fermé, la princesse sentit l'irritation la gagner. Elle avait risqué sa vie, avait été blessée par un dragon et avait sauvé Ikraan ! Que devait-elle encore faire pour trouver grâce aux yeux de cette sirle ?

N'y tenant plus, elle nagea jusqu'à l'Askara.

— J'ai sauvé ton amie, tu sais. Elle allait servir de dîner à ces dragonneaux. Tu pourrais au moins me remercier.

Le regard toujours fixé droit devant elle, Basra secoua la tête.

— Non, Neela, déclara-t-elle. C'est ma sœur que tu as sauvée.

Se levant, elle retira son bracelet – ce bijou en corail qui portait une entaille pour chaque dragon qu'elle avait tué – et le glissa autour du bras de la princesse.

— Ça ne va pas avec le reste de ta tenue, mais j'espère que tu l'accepteras quand même.

Neela baissa les yeux sur le bijou et ravala la boule qui lui nouait la gorge.

— Les tenues coordonnées sont *tellement* dépassées... Cette saison, on privilégie plutôt les contrastes.

Basra colla son front contre celui de la princesse.

— Merci, dit Neela. Je chérirai toujours ce bracelet. Il est totalement imbattable.

Basra sourit.

— C'est vrai. Et toi aussi.

# TRENTE-CINQ

Bras croisés, Kora affichait un large sourire à la vue du carnage qui se déroulait devant elle.

Si sa course de trois lieues avec Hagarla à ses trousses l'avait fatiguée, elle n'en montrait rien. Avec son groupe, elle avait attiré les dragons jusqu'à la prison. Dès que la reine sabregueule avait repéré les gorgones, elle avait cessé de poursuivre les sirènes – bien difficiles à attraper d'ailleurs – et s'était jetée sur les méduses.

Hagarla et les autres dragons étaient maintenant plongés dans une frénésie vorace. Les gorgones tentaient de riposter en utilisant leurs puissants tentacules comme des fouets, mais les sabregueules sentaient à peine la piqûre des aiguillons à travers leurs épaisses écailles. Les gardes de la prison essayaient de faire maintenir leur formation aux gorgones, mais en vain : les méduses rompirent les rangs et les sentinelles abandonnèrent leur poste. Profitant du chaos, Nadifa et quatre autres Askari franchirent ce qui restait de la clôture et mirent les prisonniers terrifiés à l'abri à l'intérieur des baraquements.

— Et maintenant, l'étape la plus difficile, déclara Kora.

— C'est ça, répliqua Neela. La plus difficile. Faut dire que, jusqu'à maintenant, c'était du gâteau d'éponge.

— Khaali, Leylo et Ceto ont pris position et nous attendent un peu plus au nord, indiqua Kora. Basra, dès que j'aurai attiré les dragons loin d'ici, Neela, Ikraan et toi rejoindrez Nadifa et l'aiderez à faire sortir les prisonniers. Les autres, répartissez-vous le butin et préparez-vous à nager très vite.

Naasir vida le sac de trésors prélevés sur le tas d'Hagarla. Pendant que Kora et plusieurs Askari ramassaient les objets les plus brillants, les dragons finalisaient ce qui était devenu un véritable génocide de gorgones. L'eau était assombrie par le sang, les morceaux de chair et les tentacules sectionnés qui remuaient encore.

— Allons-y, ordonna Kora en désignant les baraquements.

Une poignée de dragons se dirigeait vers les bâtiments. L'un d'eux s'était déjà posé sur un toit, qu'il martelait de sa longue queue hérissée de piquants.

Neela regarda Kora et son équipe se préparer.

— À vos marques… dit la reine.

Tête baissée, les autres Askari patientaient, avec l'air d'être sur le point de livrer la course de leur vie.

— Prêts…

Les têtes se relevèrent, les corps se tendirent et les queues s'enroulèrent sur elles-mêmes.

— *Partez !*

Les guerriers prirent appui sur les fonds marins et se propulsèrent vers la surface. Tout en nageant, ils crièrent et hélèrent les sabregueules, créant un vacarme impossible à ignorer. Intrigués, les dragons se tournèrent vers eux.

— Hé, Halitosis ! cria Kora en draca à l'attention d'Hagarla, et elle brandit une coupe sertie de pierres précieuses. Regarde ce que j'ai là ! On l'a volée dans ta grotte !

Neela comprenait parfaitement ce que disait Kora. L'effet du serment de sang, une fois de plus. C'était la seule explication. De toute sa vie, elle n'avait jamais appris un seul mot de draca.

Hilares et bruyants, les autres Askari exhibaient leurs parts du butin.

— On a dérobé le trésor du dragon ! On a dérobé le trésor du dragon ! chantaient-ils à tue-tête.

— Ta grotte est vide ! Le trésor est à nous, Hagar-la-gueuse !

Les yeux de la dragonne s'écarquillèrent. Elle poussa un terrible rugissement, folle de rage. Kora et son groupe se dispersèrent en fendant les eaux, et les dragons les poursuivirent en oubliant totalement les prisonniers.

Basra fit signe à son équipe et ils s'introduisirent dans la prison. Ils foncèrent vers les baraquements en criant que les dragons étaient partis, et enjoignirent les détenus de les suivre pour se mettre à l'abri.

Les prisonniers étaient amaigris et épuisés. Tout en nageant, les parents serraient leurs enfants contre eux, et tous pleuraient de joie d'être enfin réunis. Les Askari les orientèrent avec douceur mais fermeté. Si les dragons revenaient à l'improviste, ils seraient tous des proies faciles.

Quand ils furent arrivés à bonne distance au nord de la prison, Basra regarda autour d'elle avec nervosité.

— Où sont Khaali, Leylo et les Rorquals ? grommela-t-elle.

Ikraan tendit l'oreille un instant, avant de tendre le bras.

— Par là ! J'entends Ceto ! lui répondit-elle. Allons-y ! ajouta-t-elle à l'intention de la colonne de prisonniers.

Neela regarda dans la direction indiquée. Elle aperçut Khaali, Leylo et, derrière eux, en suspension dans les eaux, ce qui à cette distance ressemblait à un groupe de montagnes flottantes. Deux douzaines de baleines à bosse les attendaient. Quand les cétacés virent Basra et les Mer libérés, ils se séparèrent en deux rangs, laissant un grand espace entre eux.

— Je vous salue, Ceto, honorable chef du clan Rorqual ! lança Basra en cétaçais tout en s'inclinant devant la plus grande des baleines. Malkia Kora vous adresse ses salutations et l'expression de sa profonde gratitude, à vous ainsi qu'aux vôtres !

Ceto inclina sa tête majestueuse.

— Les salutations devront attendre, Askara. Faites venir vos gens entre nous. Et prestement !

Basra et les autres guidèrent les prisonniers libérés dans l'enclos formé par les deux rangs de baleines, tandis que Ceto et ses congénères entonnaient un chant. Bien que magnifique, la mélopée n'était pas destinée à ravir un quelconque auditoire. Le chant des baleines, mystérieux et intense, recelait une magie très puissante. Les cétacés exécutaient un chanvoûtement protecteur dans le dessein de former un champ sonique autour des évadés.

Une fois tous les Mer massés entre les baleines, Ceto alla se placer à l'avant de la formation tandis qu'un autre cétacé prenait position à l'arrière. Deux autres se postèrent au-dessus et au-dessous du cortège. Sur un signe de Ceto, tous se mirent en mouvement. Khaali et Leylo, les chevaucheurs de baleine, étaient juchés sur le dos des deux cétacés flanquant Ceto et ils scrutaient les eaux, attentifs au moindre signe de dragon.

Ils progressèrent sans problème, et sans apercevoir d'ennemi, du moins jusqu'à ce qu'ils ne soient plus qu'à une lieue de Nzuri Bonde.

— Attention, droit devant ! cria Leylo.

Quelques secondes plus tard, Hagarla et six autres dragons apparurent. La reine avait les oreilles plaquées contre le crâne, et sa queue fouettait l'eau avec une violence telle qu'elle l'emplissait d'écume. Il lui tardait de se battre.

— Partez, Hagarla, lui conseilla Ceto en draca. Vous êtes en infériorité numérique.

— Ce n'est pas contre vous que nous en avons, Ceto Rorqual, siffla Hagarla. Ce sont les Mer que nous voulons. Livrez-les-nous et nous laisserons en paix votre espèce.

— Passez votre chemin. Vous n'avez rien à faire ici. Pas plus avec mon espèce qu'avec les Mer.

— Les Mer m'ont volée ! Ils ont envahi mon foyer ! Affolé mes enfants !

— Et ils vous ont offert un vrai festin, répliqua Ceto. Vous êtes particulièrement friands de gorgones. Tout le monde sait cela de par les océans. Partez. Je ne vous livrerai pas les Mer. Vous devrez m'affronter pour les avoir, et vous serez vaincus. Partez, Hagarla.

Les yeux de la reine dragonne se rétrécirent.

— Vous paierez pour ça, Askari ! gronda-t-elle. Un jour prochain, quand Ceto Rorqual ne sera pas là pour se battre à votre place !

Elle poussa un rugissement assourdissant, puis battit en retraite. Un dragon se rua sur les baleines, mais il fut stoppé net par le champ de force. Sans plus insister, il rejoignit les autres qui s'éloignaient.

Peu après cette confrontation, Ceto et ses protégés arrivèrent sans encombre à Nzuri Bonde. Une équipe de secouristes avait dressé des tentes, installé des cantines et un hôpital de campagne pour nourrir et abriter les Mer enlevés. Kora passa parmi les anciens prisonniers, leur parla, les écouta, les prit dans ses bras. Quand tout le monde fut installé, elle alla voir Ceto. Elle s'inclina et les remercia, lui et les siens, pour avoir secouru son peuple.

— Vos remerciements ne sont pas nécessaires, Malkia, répondit Ceto. Le clan Rorqual n'oublie pas les harpons que vos gens nous ont retirés, les filets de pêche dont vous avez libéré nos enfants, les hameçons cruels que vous avez extirpés de nos chairs. Un Rorqual n'oublie jamais.

Kora nagea jusqu'à l'énorme créature et posa le front contre le sien. Ceto ferma les yeux un instant, puis prit congé. Alors qu'il s'apprêtait à partir, il lança un regard perçant à Khaali et Leylo, qui étaient restés auprès de lui depuis leur retour à Nzuri Bonde. Ils semblaient vouloir quelque chose, sans parvenir à le demander.

Ceto les dévisagea de ses yeux de cétacé pleins de sagesse.

— D'accord, lâcha-t-il. Mais une seule fois. Je deviens trop vieux pour ces exercices.

— Youpi ! s'exclamèrent joyeusement Khaali et Leylo en faisant claquer leurs queues l'une contre l'autre.

Kora secoua la tête en souriant.

— Ces deux-là ne grandiront jamais, soupira-t-elle. Viens, allons assister au spectacle.

— Quel spectacle ? s'enquit Neela. Où allons-nous ?

— Là-haut.

Khaali et Leylo saisirent chacun une des impressionnantes nageoires du cétacé. Il se redressa à la verticale et remonta en direction de la surface. De plus en plus vite. Kora, Neela et les autres durent nager intensément pour ne pas se laisser distancer. Arrivé à quelques mètres seulement de l'air libre, Ceto donna une puissante impulsion de son énorme queue et se propulsa hors de l'eau dans un bond spectaculaire. Khaali et Leylo s'élancèrent de ses nageoires pour voler encore plus haut, et enchaînèrent plusieurs culbutes dans les airs. Ceto retomba lourdement tandis que, riant comme des fous, les deux tritons perçaient la surface à sa suite comme deux boulets de canon.

Ceto s'esclaffa lui aussi, et ce son était aussi ancien et profond que la mer elle-même. Puis le clan Rorqual fit ses adieux. Kora, Neela et les Askari revinrent à l'arène. Remarquant le dos bandé de la princesse, Kora la mena directement à la tente abritant l'hôpital. Un guérisseur ôta les pansements, et la reine laissa échapper un sifflement grave quand elle découvrit les plaies.

— Impressionnant, dit-elle. Que s'est-il passé ?

Neela lui fit le récit de leurs aventures, et son amie l'écouta avec grande attention tout en lorgnant sur le bracelet offert par Basra.

Dès que le guérisseur eut terminé, Neela souhaita bonne nuit à Kora. Elle avait mal partout et se sentait exténuée.

— Je vais dans ma chambre, annonça-t-elle. Je vous revois demain matin.

— Non, répondit la reine.

— Non ? Pourquoi, non ? Tu as une autre mission périlleuse de prévue pour la soirée ?

— Tu vas dormir dans une chambre au sein du ngome ya jeshi. C'est amplement mérité.

Neela n'était pas sûre de comprendre.

— Le ngome ya jeshi ? Mais est-ce que ce n'est pas…

— En effet.

— Mais, Kora, je ne suis pas…

La reine lui sourit, posa son front sur celui de son amie.

— Tu l'es, à présent. Bienvenue chez toi, Askara.

# TRENTE-SIX

NEELA AVAIT FAIM. Son estomac lui réclamait à manger. Mais pas de bing-bangs.

Elle avait quitté la Kandina quatre jours plus tôt, après une gigantesque fête d'adieux. Kora l'avait accompagnée jusqu'aux limites de Nzuri Bonde.

— Des jours sombres nous attendent, je le crains, avait-elle dit en chemin.

Neela avait acquiescé.

— Nous avons libéré ton peuple, mais les cavaliers de la mort risquent de frapper à nouveau. Et Abbadon sera libéré si nous ne trouvons pas un moyen de l'éviter.

— Nous construirons des fortifications pour prévenir toute attaque future, avait affirmé Kora. Et, que ce soit toi ou les autres, n'hésitez pas à faire appel à nous si vous avez besoin d'aide. Nous serons toujours là pour toi.

Elles se dirent adieu. Alors que Neela s'éloignait, elle entendit Kora lui lancer :

— *Kuweka mwanga, dada yangu.*

*Abrite la lumière, ma sœur.*

• • •

— Allez, Ooda, dit la princesse. Voyons si on peut dénicher quelques méduses. Une poignée d'algues. N'importe quoi.

Le soir était venu, et les créatures de la mer remontaient toutes vers les eaux plus chaudes de la surface pour se nourrir. Neela se joignit à elles et collecta de pleines poignées de cténophores qu'elle avala goulûment.

Elle avait faim presque tout le temps, en ce moment. Elle avait beaucoup exigé de son corps, et ce dernier avait changé au cours des dernières semaines. Son long périple jusqu'à la rivière Olt, sa traversée du Vadus pour gagner la Matali puis son voyage jusqu'en Kandina, tout cela avait tonifié sa queue, musclé ses bras, raffermi ses courbes généreuses. Elle se découvrait un appétit dévorant pour les algues bleues et feuillues, les légumes visqueux et les protéines croustillantes – encore meilleures avec la tête –, les préférant, et de loin, aux bonbons.

En surface flottaient des colonies denses d'algues rouges à l'aspect très engageant. Elle sortit prudemment la tête de l'eau et scruta les alentours pour s'assurer qu'il n'y avait pas de danger. Elle aperçut un navire de belle taille à quelque distance et beaucoup d'autres plus éloignés, mais ils ne semblaient pas représenter de menace. Leur présence n'avait rien d'inhabituel, et un confuto empêcherait tout gogg qui la repérerait d'en avertir un autre.

Elle mangea jusqu'à satiété, puis replongea. Une demi-heure plus tard, elle arrivait avec Ooda en périphérie de Matali City. Elle sourit en apercevant les tours et les dômes chatoyants du palais. Elle n'avait jamais prêté attention à la grâce avec laquelle la végétation marine ondulait dans le Courant Royal. Pas plus qu'elle n'avait remarqué comment la coupole centrale du palais passait de l'or à l'argent sous les derniers rayons du soleil. Son foyer lui apparaissait plus resplendissant que jamais.

*Peut-être parce que j'ai bien failli ne plus jamais le revoir*, songea-t-elle en repensant à la grotte d'Hagarla. Elle était si heureuse de contempler sa cité et tellement soulagée de se trouver dans un endroit sûr, après tant de jours passés à parcourir les eaux libres... Mais, alors qu'elle contemplait le palais, son sourire s'estompa. Elle percevait quelque chose. Exactement comme Ava percevait certaines choses.

Ooda l'interrogea du regard.

— Je ne sais pas. Il y a quelque chose de différent. Quelque chose qui ne va pas.

Son regard glissa sur la myriade de bâtiments, les tours et les flèches, les arches et les portiques. Elle se remémora l'attaque de la Miromara. Elle avait assisté aux destructions terribles causées par les cavaliers de la mort. En quelques minutes seulement, les dragons griffes-noires avaient abattu de larges pans des murs de la cité et anéanti des édifices entiers. Rien de tel ne s'était produit ici. Tout était intact. Les drapeaux claquaient toujours dans le courant. Et pourtant, elle se sentait mal à l'aise.

*Sûrement parce que mes parents vont me botter la caudale*, se dit-elle. À la simple perspective de l'accueil qui l'attendait quand elle entrerait dans la Chambre de l'empereur, elle avait presque envie de rebrousser chemin jusqu'en Kandina.

Son père et sa mère seraient furieux. Ils exigeraient des explications. Et elle les leur fournirait. Mais il n'était plus question qu'elle soit traitée de folle. Plus jamais. Elle avait pris la précaution de demander à Kora d'envoyer une conque à son père, afin de lui exposer les derniers événements et de lui demander des troupes pour patrouiller dans les eaux kandiniennes en prévision d'autres attaques éventuelles.

Neela avait atteint le but qu'elle s'était fixé au départ : elle avait récupéré la pierre de lune. Et elle avait découvert une nouvelle façon de faire les choses. Sa façon.

— Ce doit être moi, Ooda, finit-elle par dire pour chasser l'impression de malaise. C'est moi, l'élément différent ici. Viens, allons-y.

Alors qu'elle passait sous une arche monumentale menant au courant principal et au palais, Neela répéta le discours qu'elle allait servir à ses parents. Dès qu'elle aurait pu discuter avec eux et aurait placé la pierre de lune en sécurité dans la chambre forte royale, elle préviendrait Serafina et les autres que le talisman de Navi avait été trouvé.

Un calme étrange régnait alentour alors qu'elle passait devant les échoppes et les restaurants, les ambassades et les bâtisses gouvernementales. Peu de gens étaient dehors. Le courant s'était renforcé, et elle entendait les drapeaux claquer dans ses remous. Il y en avait un grand nombre, aujourd'hui. Avait-elle oublié une fête quelconque ?

Perdue dans ses pensées, elle ne remarqua pas tout de suite qu'Ooda lui mordillait la main. Il fallut que le petit poisson-globe vienne se planter devant son visage et la menace de lui mordre le nez pour que Neela s'arrête.

— Qu'est-ce qu'il y a ?

Elle ne voyait rien qui puisse expliquer une telle agitation chez Ooda. Un banc de poissons-papillons ? Quelques méduses ? Les drapeaux ?

— Arrête un peu, tu veux bien ? On est arrivées. Et maintenant il va falloir que je rentre affronter mes parents.

Visiblement nerveuse, Ooda s'éloigna très vite.

— Reviens *ici* ! lui cria la princesse.

Mais elle ne l'écouta pas. Elle s'éleva bien au-dessus de sa tête et alla jusqu'au sommet d'un des mâts, autour duquel elle se mit à tournoyer à une vitesse folle.

— Redescends *tout de suite* ! ordonna Neela. Ooda, je ne plaisante pas ! Ooda, *j'ai dit*...

Elle laissa sa phrase en suspens quand elle comprit enfin ce que le poisson s'évertuait à lui montrer.

— C'est donc *ça* qui est différent ! murmura-t-elle en regardant fixement la bannière.

Bien qu'elle soit du même rouge que l'ancien drapeau – raison pour laquelle elle n'avait rien remarqué de prime abord –, il manquait en son centre les armoiries de la famille royale de Matali : le sabregueule avec la pierre de lune entre ses griffes. À la place figurait un gros cercle noir.

— Qu'est-ce que ça signifie ? marmonna-t-elle. Pourquoi mon père a-t-il changé les drapeaux ? On ne modifie pas l'emblème du royaume, sauf si...

Sauf si quelqu'un vous y contraint.

*Traho.*

Les écailles de sa queue se hérissèrent.

— Il est ici, Ooda. Il a pris la cité ! dit-elle dans un souffle. Les bateaux que j'ai aperçus devaient être ceux de Treebot. Il a dû transporter les troupes de Traho jusqu'ici.

Mais tout cela n'avait aucun sens. Traho était au service de l'amiral Kolfinn. S'il s'était emparé de Matali City, n'aurait-il pas fait hisser l'étendard de l'Ondalina plutôt que celui-là ?

*Kolfinn veut peut-être tenir secret le fait que Traho et Treebot œuvrent pour lui*, raisonna-t-elle. *Ou bien ces drapeaux ont pour seul but de mettre ceux qui les voient sur une fausse piste.*

Neela ignorait la réponse à cette énigme, énigme qu'elle n'avait pas le temps de résoudre. Si Traho était ici, il savait certainement déjà qu'elle avait quitté le palais et se doutait sûrement de ce qui l'y avait poussée. La pierre de lune se trouvait dans sa besace. S'il parvenait à la capturer, il ne lui faudrait pas plus de deux secondes pour s'approprier le talisman.

— Changement de plan immédiat, glissa-t-elle à Ooda. On file d'ici.

Mais, alors qu'elle faisait demi-tour pour rebrousser chemin, quelqu'un plaqua une main sur sa bouche.

Elle n'eut même pas le temps de crier.

# TRENTE-SEPT

— JE NE PEUX PAS ÉCHOUER… peux pas mourir ici… Pierre de Neria… dois la rapporter…

Serafina délirait.

Voilà deux jours qu'elle avait entraîné l'infante hors du *Déméter* et qu'elle nageait sans presque se reposer. Affaiblie, désorientée, elle était à peine capable de suivre les courants. Le fantôme sapait ses forces, aspirait son énergie vitale. Les yeux de la sirène s'étaient voilés et ses joues s'étaient creusées tandis que, dans le même temps, la couleur revenait chez la défunte princesse espagnole. Ses joues avaient rosi, ses lèvres rougi, et ses prunelles noires brillaient d'un éclat nouveau.

— Encore un petit effort, Principessa, susurra-t-elle. Juste quelques lieues de plus.

Ses doigts se resserrèrent sur le poignet de Serafina, et la sirène gémit.

Une pieuvre passa près d'elles. La créature la fit penser à Sylvestre. Elle avait eu beaucoup d'affection pour lui. Et son souvenir lui redonna un peu d'énergie. Il fallait qu'elle pense à tout ce qui lui était cher. Ça l'aiderait à tenir.

— Sylvestre, murmura-t-elle. Et Clio… Cerulea au petit matin… Le chant des Janiçari… Mes parents qui dansent… Mes séances d'escrime avec Des… Le sourire de Neela… Les serpules et les baies d'anguille… L'Ostrokon… Les ruines du palais de Merrow… Les yeux de Mahdi, son sourire…

Elle redoubla d'efforts, et ses nageoires frémirent de fatigue.

— Dévié… forcément… murmura-t-elle.

Elle visait le cap de Creus, un promontoire rocheux situé près de la frontière entre l'Espagne et la France.

— Nous devrions déjà êtres arrivées…

— Oh, Principessa ! s'exclama soudain l'infante. Vous sentez ? Ce parfum de genévrier ! Les feuilles de laurier et les roses ! Les oranges !

— Pourquoi ne sommes-nous pas encore arrivées ? geignit Serafina. Grands dieux, aidez-moi… je vous en prie…

— Palamós ! reconnut le fantôme. Je m'en souviens ! J'y suis venue quand j'étais enfant !

La sirène était prise de vertiges. Elle se trouvait dans un état de faiblesse tel qu'elle ne remarqua pas qu'elles étaient entrées dans les eaux peu profondes bordant une plage déserte. Elle nagea encore un peu et sa tête émergea. Des vaguelettes clapotaient doucement contre sa poitrine. Mais ce n'était pas encore fini. L'infante devait rompre son lien avec la mer et poser le pied sur la terre ferme. Et, pour cela, Serafina était obligée de la mener assez loin de l'eau. Rassemblant ses dernières forces, elle hissa son corps sur le sable et tira Maria Teresa hors des flots. L'infante s'avança sur le sol sec, et ce fut enfin terminé. Elle lâcha le poignet de la sirène et fit quelques pas sur la plage, loin des vagues.

— Je suis chez moi, dit-elle à mi-voix. Merci, Principessa. Oh oui, merci !

Elle posa les lèvres sur sa paume ouverte et souffla un baiser vers Sera. Puis elle se retourna vers l'intérieur des terres et se remit à marcher, les bras grands ouverts et la tête rejetée en arrière pour se repaître de l'immensité bleue du ciel, riant comme la jeune fille qu'elle était jadis. Sa silhouette devint chatoyante et se mit à briller d'un million de points argentés. Puis elle se délita en une très fine poussière scintillante. Sous les yeux de Sera, les vents chauds d'Espagne la dispersèrent, jusqu'à ce que ne subsiste plus que l'écho de son rire.

Serafina éprouvait des difficultés à respirer. Son corps exténué était en train de défaillir. Elle voulut regagner la mer, mais elle n'en avait plus la force. Le fantôme avait trop puisé en elle. Un fourmillement lui envahit la poitrine. Son visage virait au bleu. Elle s'effondra sur le sable et roula sur le dos.

Le soleil l'aveuglait. Elle ferma les yeux et sut qu'elle allait mourir là.

Elle sut qu'elle avait échoué.

Puis elle sentit des mains sur elle.

Elles la saisissaient et la traînaient sur le sable rugueux, centimètre par centimètre. C'étaient des terragoggs. Ils la sortaient de l'eau pour la placer dans un aquarium. C'est ce qu'ils faisaient toujours aux créatures marines.

Elle essaya de se débattre, mais elle n'en avait plus la force. L'infante ne lui en avait pas laissé assez. *Grands dieux, ne laissez pas les humains m'emmener. Laissez-moi mourir*, supplia-t-elle.

Mais non, on la tirait *vers* la mer ! Elle sentit soudain l'eau – cet élément indispensable à la vie – caresser tout son corps. Sa tête disparut sous la surface.

— Serafina ! dit une voix, et un petit visage souriant malgré l'inquiétude se pencha sur elle. On n'est pas arrivés trop tard ! Tu es vivante !

— Coco ? fit-elle d'une voix rauque. Comment… comment as-tu…

Elle ne put terminer sa phrase. Elle était de retour dans l'eau, mais sa respiration demeurait oppressée.

— La conque ! Celle que tu écoutais dans l'Ostrokon avant de nous quitter. Après ton départ, je l'ai ramassée et je l'ai écoutée. J'ai deviné que tu voulais retrouver le *Déméter*, alors je t'ai suivie.

— Toute seule… Comment ? demanda Sera avant de tousser.

— Non. Je suis allée chercher de l'aide.

— Serafina… Oh, par tous les dieux, Sera, qu'as-tu fait ?

Elle connaissait cette voix. C'était Mahdi. Il l'avait ramenée dans l'eau. Et, à présent, il la tenait dans ses bras.

Elle lui sourit.

— Tout va bien… Je l'ai trouvé. Le talisman…

Elle suffoqua.

— Non, ça ne va pas ! répliqua Coco. Regarde-la, Mahdi ! J'ai peur.

— Respire, Sera… Respire un grand coup, ça va aller.

— Sa peau devient *bleue* ! s'écria Coco. Fais quelque chose, Mahdi !

— Allez, Sera… Reste avec moi… Ne me fais pas *ça*, Serafina ! Respire ! Je t'en prie, respire !

# TRENTE-HUIT

NEELA SE DÉBATTAIT comme un requin-tigre.

Son agresseur l'avait tirée hors du courant et l'entraînait vers le fond, derrière un récif de corail. Il se tenait toujours derrière elle, une main pressée sur sa bouche, son autre bras la ceinturant avec force.

*Cette raclure de cavalier de la mort n'aura pas la pierre de lune*, se jura-t-elle. *Pas question.*

Elle fouettait l'eau de sa queue d'avant en arrière et parvint à lui asséner plusieurs coups violents. Saisissant son bras, elle y planta ses ongles puis lui mordit la main.

— *Aïe !* Arrête ça !

— *Arrête ça ?* songea-t-elle. *Depuis quand les cavaliers de la mort disent-ils « Arrête ça » ?*

— Neela, c'est *moi*, Yazeed !

La sirène se figea. Son attaquant la relâcha et la fit pivoter vers lui. Elle plaqua les deux mains sur sa bouche. Le garçon qui lui faisait face était maigre et paraissait épuisé, mais c'était bien Yaz.

— Oh, par tous les dieux ! souffla-t-elle en passant les deux bras autour de son cou.

Elle avait bien failli mettre son propre frère en charpie. Et maintenant elle l'étreignait si fort qu'il avait du mal à respirer.

— Je suis désolée, Yaz ! Vraiment désolée ! Je ne savais pas que c'était toi. Tu es vivant !

— *J'étais* vivant, corrigea-t-il dans un grognement.

Elle le relâcha, recula de quelques brasses et le contempla, poings sur les hanches.

— Où étais-tu donc passé tout ce temps ? Pourquoi ne pas avoir fait savoir que tu étais sain et sauf ?

— C'est une longue histoire. Je te raconterai plus tard.

— Mais pourquoi m'avoir sauté dessus à l'instant ? Tu m'as foutu les j'thons !

— Pour t'éviter de te retrouver nez à nez avec toute une escouade de cavaliers de la mort. Ils allaient justement franchir l'entrée principale. Ils t'auraient forcément vue. Je n'avais pas le temps de t'expliquer. Désolé.

— Que se passe-t-il ? Pourquoi sont-ils ici ? Et pourquoi ces drapeaux hissés partout ?

— Parce que la Matali leur appartient, désormais.

Accablée, Neela secoua la tête. *J'avais vu juste*, se dit-elle.

— Et Mata-ji… Pita-ji ? demanda-t-elle, les yeux embués.

— Ils vont bien. Ils sont vivants. Traho les a assignés à résidence, mais il ne leur a pas fait de mal.

— Traho est dans le palais ?

Yazeed hocha la tête.

— Et son supérieur aussi.

Le sang de la princesse se glaça aussitôt.

— Kolfinn ? Il est là ?

— Non, Neels… *Elle* est là.

# TRENTE-NEUF

— ELLE ? répéta Neela. Kolfinn est un triton, pas une sirène.

— Ce n'est pas Kolfinn. Tiens, dit Yazeed en lui tendant une perle de transmerence. Enchante-la. Je vais te montrer.

Yazeed activa une autre perle. Quand tous deux furent invisibles, il emmena sa sœur à travers la Cour de l'empereur et ils pénétrèrent dans le palais. Veillant à nager le long du plafond, ils passèrent au-dessus de dizaines de cavaliers de la mort. À la vue de ces envahisseurs prenant leurs aises dans le palais, chez elle, Neela sentit son sang bouillir. *Raclures des bas-fonds, sales meurtriers,* songea-t-elle. *Vous n'avez aucun droit de vous trouver ici !*

— Reste près de moi, lui chuchota Yazeed.

Ils entrèrent dans la Chambre de l'empereur et allèrent se placer sous l'un des lustres. Des cavaliers de la mort à forte carrure étaient alignés le long des murs, l'épée à la main.

— La voilà, murmura Yazeed en désignant la sirène assise sur le trône. Je te présente celle qui tire les ficelles depuis le début.

Neela baissa les yeux. La sirène avait de longs cheveux auburn, des yeux vert émeraude et un visage à la beauté frappante.

— Portia Volnero ! souffla-t-elle.

— La seule et unique, approuva Yazeed.

Portia était une duchessa, une des sirènes les plus influentes de la noblesse miromaraine. Elle était aussi la mère de Lucia Volnero.

— Ce n'est pas l'Ondalina, dit Neela. Astrid disait la vérité.

Il fallait qu'elle prévienne les autres.

— Qu'est-ce que tu racontes ?

Elle allait s'expliquer lorsque Khelefu, le grand vizir de Matali, entra dans la salle d'un battement de nageoire. À sa vue, Portia prit la parole, et sa voix autoritaire arriva aux oreilles de Neela et de Yazeed :

— Vous avez ouvert la chambre forte comme je l'avais ordonné, Khelefu ?

— C'est fait, Votre Majesté.

Khelefu cracha presque la réponse. Et, malgré la façade impassible qu'il parvenait à conserver, Neela – qui connaissait depuis toujours ce triton fier et loyal – lut la haine dans ses yeux.

— Parfait, lâcha Portia.

Elle se leva du trône et nagea vers lui.

— Je souhaite avoir la tiare ornée de diamants d'Ahadi pour le couronnement de Lucia en Miromara, poursuivit-elle. Celle avec la perle des Maldives en son centre. Et elle aura besoin d'autre chose pour ses fiançailles. Des saphirs, je pense, pour faire ressortir la couleur de ses yeux. Et pour son futur époux, le prince héritier Mahdi, l'émeraude de Bramaphur. Sur son turban, ce sera magnifique.

— Elle a dit quoi ? siffla Neela, qui eut beaucoup de mal à ne pas hurler.

— Chut ! fit Yaz.

— J'ignorais que le prince héritier allait être fiancé à votre fille, Majesté, fit remarquer Khelefu. Je le croyais promis à Serafina, principessa di Miromara.

À ce nom, l'expression de Portia s'assombrit.

— Il *l'était*, malheureusement cette pauvre principessa n'est plus. Nous croyons savoir qu'elle a péri lors des assauts lancés contre Cerulea. Ce cher capitaine Traho a très diligemment affiché des avis de recherche dans tout le royaume, hélas cela n'aura porté aucun fruit. En conséquence et si douloureuse qu'elle soit, nous devons nous faire à cette terrible réalité.

— Une réalité très attristante, Votre Majesté.

— Tragique, trancha Portia. Je veux que tout soit prêt au plus vite, Khelefu. J'ai l'intention de partir pour la Miromara dès la première heure demain matin.

— Il faut prévenir Sera ! chuchota Neela à l'oreille de son frère.

— Je vais faire rédiger les documents appropriés afin qu'ils vous soient apportés, Votre Majesté, indiqua Khelefu. Vous aurez besoin de les remplir pour sortir les joyaux de la chambre forte royale.

— *Non*, je n'en aurai pas besoin, rétorqua Portia.

— C'est ainsi qu'on doit faire les choses ! protesta Khelefu. C'est ainsi qu'on a toujours fait les choses !

Portia adressa un signe à deux de ses gardes, qui empoignèrent aussitôt le grand vizir. Elle fit passer l'ongle carmin de son index en travers de sa gorge, et ses deux sbires firent sortir de force Khelefu.

Portia les regarda s'éloigner et, un léger sourire sur les lèvres, précisa :

— Plus maintenant.

# QUARANTE

SERAFINA OUVRIT LES YEUX. Elle ignorait où elle se trouvait. Autour d'elle, les eaux étaient sombres. Elle était allongée sur quelque chose de moelleux. Un globe de lave luisait sur une table, non loin.

Sans faire de bruit, elle glissa une main vers la dague dissimulée près de sa hanche.

— Tout va bien, Sera. Tu n'as rien à craindre.

— Mahdi ?

— Nous sommes dans une ferme d'un village situé au large de la Costa Brava. L'endroit appartient à un couple, Carlo et Elena Aleta Roja. Ils sont loyaux envers la couronne.

Serafina se redressa vivement. Elle se sentait un peu étourdie, et tout son corps était endolori. Elle constata qu'elle était assise sur une couche étroite dans une chambre simple et rustique. Les rideaux encadrant l'unique fenêtre de la pièce ondulaient dans le courant nocturne. Une théière et deux tasses avaient été disposées sur une table sous la fenêtre.

Assis sur une chaise près du lit, Mahdi lui prit la main.

— Comment te sens-tu ?

— Mieux, maintenant que c'est ta main qui est dans la mienne et plus celle d'un spectre, répondit-elle d'une voix faible.

— Un fantôme d'épave, c'est ça ? C'est ce que Coco m'a affirmé. Sera, dis-moi que tu n'as pas fait ce que je pense que tu as fait !

— Je n'avais pas le choix. Elle avait quelque chose dont j'avais besoin. Et c'était la seule façon de l'obtenir.

— Combien de temps es-tu restée en contact avec elle ?

— Je ne sais pas. Deux jours. Trois, peut-être. Tout est un peu brumeux dans mon esprit.

— C'est impossible. Personne ne survivrait à ça !

Sera secoua la tête vigoureusement, comme pour s'éclaircir les idées. Se serait-elle trompée en comptant les jours ? Elle était si lasse qu'elle avait du mal à réfléchir correctement.

— Que s'est-il passé, après que Coco et toi m'avez remise dans l'eau ? demanda-t-elle.

— Tu as perdu connaissance. Tu manquais d'oxygène. Tu es devenue bleue et ta respiration s'est arrêtée. Je t'ai fait du bouche-à-bouche. Tu as recraché beaucoup d'air, et puis tu t'es remise à respirer.

— Mahdi, sans toi je serais morte. Tu m'as sauvé la vie, dit Sera en lui serrant la main plus fort. Comment es-tu parvenu jusqu'ici ? Ne devrais-tu pas être en train de patrouiller à Cerulea ?

— Figure-toi que j'ai eu une permission qui est tombée à pic ! Il y a quelques nuits, Coco est venue me voir, complètement paniquée. Elle m'a dit que tu étais partie sur les traces du *Déméter* et qu'elle se faisait un sang d'encre pour toi. Elle m'a supplié de partir à ta recherche. Deux nuits plus tôt, alors que je me trouvais dans le palais, où je dînais avec Traho, j'ai découvert sa nouvelle acquisition : un tableau qu'Alfred Treebot avait pris au duca. Il lui a jeté une espèce de sortilège pour le protéger de l'eau. Il est accroché au-dessus de sa cheminée et…

— C'est un portrait de Maria Teresa, une infante d'Espagne, l'interrompit Serafina.

Mahdi posa sur elle un regard perplexe.

— Comment le sais-tu ?

— Quand j'étais chez le duca, je suis tombée en admiration devant ce tableau, et il m'a confié que c'était une de ses ancêtres.

— Traho ne m'a rien dit de tel. Mais il m'a raconté l'histoire du *Déméter* et celle du diamant bleu de l'infante. Il a dit que la pierre avait une très grande valeur et qu'il voulait la récupérer.

— Oh que oui, il la veut… répondit Serafina l'air sombre.

Elle se remémora ce qu'elle avait éprouvé au contact du diamant. Cette sensation de puissance inédite, à la fois enivrante et effrayante.

— Quand Coco est venue me voir, j'ai commencé à me faire du souci pour toi, moi aussi, alors je me suis débrouillé pour être dégagé de mes obligations, expliqua Mahdi. Je suis allé voir Traho, et je lui ai dit que ce serait pour moi un grand honneur s'il m'autorisait à retrouver pour lui le diamant de l'infante. Il a été si flatté qu'il m'a octroyé sur-le-champ une permission pour partir à sa recherche. J'ai une dizaine de cavaliers de la mort à ma disposition.

— Dans les parages ? demanda Serafina, soudain inquiète.

— À une lieue d'ici environ, en direction de l'est. J'ai suggéré qu'on se déploie pour avoir plus de chances de localiser l'épave. Enfin, pas moi. Moi, je suis parti à ta recherche.

— Ils ne trouveront jamais le bateau et, même s'ils y parvenaient, ils ne trouveraient pas le diamant, dit Serafina. L'infante était la seule à savoir où il était, et je viens tout juste de la délivrer. Elle est partie. L'épave est une coquille vide à présent.

— Et le diamant ?

Sera ne répondit pas.

— Lorsqu'on était à la planque, reprit Mahdi, tu m'as demandé de te dire ce qui se passait. Tu voulais que je te fasse confiance. À présent, c'est moi qui te demande de me faire confiance.

— J'ai le diamant.

— Ouah. Euh…d'accord, dit Mahdi, visiblement surpris. Tu l'as trouvé dans l'épave ?

Sera répondit d'un hochement de tête affirmatif.

— Bizarre, commenta Mahdi.

— Et pourquoi ?

— Traho nous a ordonné de localiser le *Déméter*, puis de fouiller les fonds marins à une lieue au nord de l'épave. Il a dit que l'infante avait un faucon, et que l'oiseau avait emporté le collier dans cette direction avant de le laisser tomber un peu plus loin dans l'eau.

Serafina lâcha la main de Mahdi et se redressa brusquement.

— Quoi ? C'est impossible ! Comment peut-il savoir ça ? Seule une poignée de gens pourrait être au courant, et ils sont tous *morts* !

— Une minute, je ne comprends pas… Savoir quoi ?

— Tu ne saisis pas ? Il n'y a que l'infante, le pirate qui l'a attaquée et tous ceux qui étaient sur les deux navires qui savent que le faucon a emporté le collier au loin. L'infante n'en a certainement rien dit à Traho et, jusqu'à hier, elle était la seule à pouvoir fournir cette information. Ça ne peut pas être Fet-Dee et son équipage. D'après ce que j'ai appris dans la conque, ils ont tous été pendus voilà des siècles une fois à terre. Ça ne peut pas non plus être l'équipage et les passagers du *Déméter*, puisqu'ils ont tous vraisemblablement fini par mourir en esclavage quelque part sur le continent. Donc comment se fait-il que Traho sache où se trouve le collier ? Ou plutôt… comment se fait-il qu'il pense le savoir ?

— Que veux-tu dire ?

— L'infante a dupé Fet-Dee. Le collier que son faucon a emporté était un faux. Le vrai diamant, elle l'a caché avec elle.

— Qu'est-ce que tu ne me dis pas au sujet de ce diamant, Sera ? Pourquoi est-il aussi important ? Pourquoi mérite-t-il que tu risques ta vie pour lui ? Comptes-tu le revendre pour remplir les caisses de la résistance ?

— Il a bien plus de valeur que ma vie, et jamais je ne le revendrai. Il est très puissant, Mahdi. Réellement puissant.

Je pense que, si j'ai survécu à l'infante, c'est grâce à lui. Son pouvoir m'a protégée.

Mahdi la considéra un long moment.

— Il y a d'autres choses – en plus de ce diamant – dont tu ne me parles pas, n'est-ce pas ? finit-il par lui demander.

— Je voulais t'en parler. À la planque. Et je l'aurais fait si les cavaliers de la mort n'avaient pas attaqué.

— Tu peux m'en parler, maintenant.

Le regard de Serafina se posa sur la théière.

— Je pourrais avoir une tasse de thé, d'abord ? Je crois que je vais en avoir besoin.

Mahdi la servit. Et, lorsqu'elle eut avalé une gorgée de cette boisson chaude et réconfortante, elle se mit à lui raconter tout ce qui lui était arrivé depuis qu'elle avait fui le palais du duca en compagnie de Neela. Ce n'est qu'au bout d'une heure qu'elle acheva son récit.

Mahdi se renversa contre le dossier de son siège. Il semblait abasourdi.

— Tu aurais pu te faire tuer, Sera. Par les cavaliers de la mort, Riorim, Alfred Treebot, les Opafago… Pourquoi n'es-tu pas revenue ? Pourquoi ne m'as-tu pas laissé t'aider ?

— Hmm, voyons… Parce que je ne pouvais pas me douter que tu étais Blu ? Vu que tu avais gardé ça pour toi ?

— Et tu penses que l'Ondalina est derrière tout ça ? Tu crois que c'est Kolfinn qui veut ouvrir la cage du monstre ?

— J'en étais persuadée jusqu'à ce que je rencontre Astrid. Elle a été convoquée par les Iele, elle aussi. Elle a combattu le monstre avec beaucoup de courage, et elle m'a juré que son père n'avait rien à voir avec l'attaque de Cerulea. Mais ensuite elle a préféré partir. Elle a refusé de se battre à nos côtés. Alors maintenant je ne sais plus quoi penser.

Mahdi prit le temps de digérer tous ces nouveaux éléments.

— Moi non plus, Sera, reconnut-il, mais il y a une chose dont je suis sûr : cette histoire que tu m'as racontée à propos du faucon de l'infante et du faux collier. C'est une très bonne nouvelle.

— Pourquoi ?

— Parce que, dans l'esprit de Traho, c'est le *vrai* collier que le faucon a laissé tomber. Si je parviens à retrouver le faux bijou pour lui, c'est un faux talisman qu'il aura en sa possession… sauf qu'il n'en saura rien ! Et lui – ou Kolfinn – échouera s'il essaie de l'utiliser pour libérer Abbadon.

— Tu as raison ! Il faut absolument que tu retrouves le faux diamant, Mahdi !

Sera lui donna la position exacte de l'épave, afin qu'il puisse chercher au nord de ce point. Elle finissait ses explications quand on frappa à la porte.

— Entrez, fit Mahdi.

— Tu es réveillée ! s'écria Coco en entrant dans la pièce en compagnie d'Abelard.

Elle étreignit brièvement Serafina et ajouta :

— Elena veut savoir si vous avez envie de dîner.

— Il est déjà si tard ? s'exclama Mahdi en regardant par la fenêtre.

Les eaux étaient sombres à présent.

— Je lui dis que vous descendez ? demanda Coco.

— Oui, répondit Serafina en souriant.

Après le départ de la petite sirle, Mahdi se tourna vers Sera.

— Il faudra que je parte immédiatement après le dîner. Je dois regagner mon campement.

Il hésita un instant, puis ajouta :

— Sera, on a des nouvelles de ton oncle. De bonnes nouvelles, je pense.

— Quelles nouvelles ? Que s'est-il passé ? demanda-t-elle avec excitation.

— Je ne voudrais pas te donner de faux espoirs, mais il a été vu au large du Portugal, une armée de Kobold à ses côtés.

— Mahdi, tu es *sérieux* ?

Il hocha la tête, et elle laissa échapper une exclamation de joie.

— J'ai aussi entendu dire que Portia Volnero avait quitté Cerulea pour une destination inconnue.

— Quelqu'un sait pour quelle raison ? demanda-t-elle. Peut-être qu'elle collaborait avec Traho ?

— C'est possible. Et, si c'est le cas, elle est peut-être partie parce qu'elle redoute ce qui suivra quand ton oncle aura repris la cité.

— Et pour Lucia ?

— Je ne sais pas. Je ne l'ai pas vue depuis des jours. Ça me rend un peu nerveux, je t'avouerais. C'est un vrai poisson-pierre : elle n'est jamais aussi dangereuse que lorsqu'on ne la voit pas.

— Oh, Mahdi, ce sont des nouvelles merveilleuses ! Je veux garder espoir ! Je ne peux pas m'en empêcher, tu sais, mais j'ai presque peur d'espérer.

Le visage de Mahdi se rembrunit.

— Et tu n'as pas tort, Sera, affirma-t-il d'un ton solennel.

— Pourquoi ? Qu'est-ce qui ne va pas ?

— Quand les cavaliers de la mort sont arrivés à Cerulea, c'était une invasion. Quand Vallerio reviendra dans la cité, ce sera une guerre totale.

Il lui reprit la main et déclara :

— Mais, quoi qu'il arrive, je veux que tu saches que je t'aime, Sera.

— Oh, Mahdi… murmura-t-elle.

— Je t'ai aimée dès notre première rencontre. Notre première *vraie* rencontre. Dans le jardin, précisa-t-il avec un sourire. Tu sais, quand tu écoutais cette conque et que tu as renversé cet éventail de mer pour attirer mon attention…

— *Quoi ?* Je ne l'ai pas *renversé* ! Il est tombé tout seul !

— Hum… Bien sûr…

— Mahdi ! protesta-t-elle, puis elle se pencha vers lui et le gratifia d'un baiser long et tendre. Moi aussi, je t'aime. Depuis le début. Tu sais, quand tu as bousculé l'ambassadeur Akmal pour qu'il renverse cet éventail de mer. Pour attirer *mon* attention.

— Sera, dit-il, l'air de nouveau sérieux, j'ignore ce qui arrivera quand ton oncle tentera de reprendre la cité. Je passe mon temps à transférer des gens d'une planque à une autre. J'aide Fossegrim et les Queues Noires… Traho pourrait découvrir mon secret à tout moment et, si ça devait se produire…

Il s'interrompit un instant, le temps de rassembler son courage, puis termina sa phrase d'un trait :

— Je veux que nous échangions nos vœux.

Elle le regarda fixement.

— Mahdi, je… Je veux juste… Je veux dire, ouah. C'est tellement soudain…

— Un jour, je t'ai dit que tu étais celle que mon cœur avait choisie. Et toi, que dit ton cœur ?

— Qu'il t'a choisi, lui aussi, répondit-elle. Depuis toujours.

— Alors faisons-le ! Le voisin de Carlo et Elena est un juge des mers. Il s'appelle Rafael. Je lui en ai déjà parlé. Ça n'aura rien d'une grande cérémonie d'État avec toute la pompe habituelle, l'engagement de donner une fille au royaume et tout le reste. En fait, il n'y aura pas vraiment de cérémonie. Pas de bague scintillante, pas de jolie robe. On sera très loin de ce dont une sirle peut rêver, je le sais bien, mais ça sera une Promesse malgré tout. On s'engagera à être ensemble, un jour ou l'autre. Même si Traho cherche à mettre en pièces notre amour et tout le reste du royaume. Quoi qu'il arrive, je veux savoir que tu m'appartiens et je veux que tu saches que je t'appartiens. Pour toujours.

Il lui prit la main.

— Tu acceptes ?

*Je sais pourquoi il fait ça,* songea-t-elle avec un peu de tristesse. *La guerre est proche, et il croit qu'il n'y survivra pas.* Une douleur, devenue familière à présent mais toujours aussi aiguë, la transperça. Traho lui avait tout pris : sa famille, son peuple, son royaume. Et pourtant il en voulait encore.

Eh bien, cette fois, elle ne le laisserait pas faire.

Elle allait prononcer ses vœux.

Elle allait profiter de cette soirée et des précieuses heures qui lui restaient.

Elle allait faire de ce triton son fiancé.

— Oui, Mahdi, dit-elle. J'accepte.

# QUARANTE ET UN

CARLO ALETA ROJA SOURIAIT.

— Il est temps d'y aller, dit-il.

Le fermier offrit son bras à Sera, et ils sortirent ensemble de la cuisine pour se rendre dans le jardin. Maigre et nerveux, les cheveux grisonnants, Carlo avait les mains noueuses et se mouvait avec la raideur de quelqu'un qui a passé sa vie à arracher sa subsistance aux fonds rocheux. Elena et lui étaient ostréiculteurs.

— Vous ne pouviez choisir de nuit plus belle, nota-t-il. C'est marée haute, les eaux sont calmes et la lune est pleine.

Sera s'efforça de sourire.

— Tout va bien, Principessa ? Vous êtes nerveuse ?

— Très, avoua-t-elle.

Il lui couvrit la main de la sienne.

— Dites-vous bien que, si vous vous sentez nerveuse, Rafael l'est mille fois plus que vous !

Sera éclata de rire. Carlo avait raison. Il ne lui avait pas échappé, à elle non plus, que Rafael était dans tous ses états. Alors qu'elle ajustait sa robe sur le palier de sa chambre, les voix d'Elena et du juge des mers lui étaient parvenues depuis le rez-de-chaussée.

— Ce n'est pas à moi de faire ça ! avait gémi Rafael. Je ne suis qu'un petit juge provincial et, eux, ils sont de lignée royale ! Ma voix, mes pouvoirs… Ils ne sont pas à la hauteur ! Mahdi et Sera méritent un meilleur chanvoûteur que moi. C'est un canta magus qu'il leur faut, un…

Elena l'avait interrompu :

— Ce qu'il leur faut, c'est de l'espoir. Alors donnez-leur-en un peu. Ces deux jeunes gens sont amoureux. Vous ne vous rappelez pas ce qu'on ressent dans ces moments-là ? Moi je me souviens très bien du jour où vous avez rencontré Ana – les dieux aient son âme. Vous ne pouviez plus détacher votre regard d'elle !

— Et je n'ai plus jamais détaché mon regard d'elle. Pas une fois en cinquante ans. Elle était tout pour moi, répondit Rafael avec nostalgie.

— Eh bien, celui de Mahdi ne peut se détacher de Sera. Ils n'ont pas besoin d'un canta magus. Ils ont l'amour, et c'est amplement suffisant. L'amour est la plus grande magie qui soit.

Le souvenir de ces paroles redonna courage à Sera. Elle avait déjà appris que l'amour était une chose difficile, qu'il exigeait des sacrifices. Elle réalisait à présent qu'il demandait aussi du courage. Ce n'était pas chose facile de prononcer des vœux de fiançailles quand Mahdi pouvait lui être enlevé à tout moment, mais elle refusait de laisser la peur freiner les élans de son cœur.

— Vous êtes prête ? demanda Carlo.

Ils avaient atteint l'entrée du jardin. Comme la plupart des jardins mer, il était doté non seulement d'une clôture mais aussi d'un toit. Constitué de fines tiges de varech tressées ensemble, il empêchait l'intrusion des nuisibles.

— Oui, je suis prête, répondit Sera en redressant les épaules. Je vous remercie, Carlo. De remonter l'allée avec moi. De m'avoir offert un abri. De tout ce que vous avez fait pour nous, Elena et vous.

Un sourire triste s'esquissa sur les lèvres du fermier.

— C'est votre père qui devrait être à votre côté ce soir, Principessa. C'était un triton d'exception.

Sera hocha la tête. Ses parents lui manquaient tellement !

— Il est dans mon cœur, répondit-elle, et vous, vous êtes à mon bras. J'ai beaucoup de chance d'avoir deux tritons de valeur auprès de moi !

Il déposa un baiser sur sa joue, puis ouvrit le portail du jardin. Alors qu'ils en franchissaient le seuil, la surprise et le ravissement firent briller les yeux de Sera.

— Oh, comme c'est beau ! s'exclama-t-elle.

Des centaines de méduses lune formaient un dais scintillant au-dessus du jardin. Parmi elles tournoyaient des dizaines de vairons dont les écailles argentées chatoyaient à la lumière. Dans le jardin lui-même, un parterre d'anémones arborait toutes sortes de couleurs. Des piqueurs-mauves – des méduses violettes dotées de longs tentacules froncés – flottaient ici et là, telles des lanternes en suspension. Des roses de mer – sortes de vers plats ondulés – s'enroulaient sur elles-mêmes pour prendre l'aspect de boutons de fleurs, et des lys de mer exotiques agitaient paresseusement leurs branches duveteuses. Des coquilles d'oursins contenant de petits globes de lave luisaient d'un éclat doux sur les rochers et les coraux.

C'était l'œuvre d'Elena. Sera fut si touchée par ce geste qu'elle en eut les larmes aux yeux.

Le cadre était enchanteur, et elle en adorait chaque détail, mais ce fut la vision de Mahdi l'attendant à l'autre bout du jardin qui gonfla son cœur de bonheur.

Il était vêtu d'une veste en lin de mer bleu sombre. Cette tenue, en vogue trente ans plus tôt, appartenait à Carlo. Pour ses fiançailles, Mahdi refusait de porter l'uniforme des cavaliers de la mort. Elena avait arrangé la veste en accrochant une anémone jaune vif à un des revers. Sa chevelure noire flottait librement dans son dos. Son expression était grave, mais ses yeux marron et chaleureux semblaient sourire. Juste pour elle.

Tandis qu'elle souriait à son tour, Sera sentit sa nervosité se volatiliser. Ses craintes comme ses peurs disparurent. Il y avait des cavaliers de la mort tout proches, en train de fouiller la zone à la recherche d'un talisman ; Traho tenait Cerulea, et il n'y renoncerait pas sans combattre ; elle ignorait ce que l'avenir lui réservait et s'ils vivraient assez longtemps, Mahdi et elle, pour le découvrir. Et pourtant, quand elle plongeait le regard dans le sien, elle se sentait assez forte pour tout affronter, quoi qu'il arrive.

Elena avait raison : l'amour suffisait.

— Sera, tu es… commença-t-il.

— … tellement beeeelle ! s'extasia Coco.

Sera éclata de rire. Flottant à la gauche de Mahdi, la petite sirle portait une robe rose ayant appartenu à l'une des filles des fermiers. Abelard décrivait des cercles autour d'elle. Elena se tenait derrière eux, vêtue d'une robe bleue en lin de mer très seyante, sa chevelure argentée coiffée en un chignon bas tressé.

Sera, quant à elle, avait emprunté à Elena sa propre robe de fiançailles. Faite en soie de mer d'un vert extrêmement pâle, elle était dotée de manches trois quarts, d'un décolleté carré, d'une taille cintrée et d'un jupon qui mettait en valeur les courbes de Serafina. Elle avait piqué une étoile de mer d'un bleu lumineux dans ses cheveux courts, et tenait à la main un bouquet de coraux blancs et rouges qu'Elena avait cueillis pour elle.

Carlo escorta la princesse jusqu'à Mahdi, puis alla se placer près de sa femme. Alors l'ensemble de la petite assistance se tourna vers Rafael, qui flottait juste derrière Mahdi.

Le triton leur adressa un signe de tête et se mit à chanter. Si elle n'était pas des plus assurées, sa voix était empreinte d'une chaleur et d'une sincérité sans fard qui reflétaient parfaitement l'émotion suscitée par ces fiançailles.

*La mer est calme et nimbée de lumière.*
*Et voici que débute ce rituel séculaire.*
*Que mon chant, sous le regard de la déesse,*
*Vienne bénir les vœux sacrés de votre Promesse.*

Sera se tourna face à Mahdi, comme l'exigeait la tradition. Elle étendit la main droite, et il lui passa à l'annulaire le petit anneau en coquillage qu'il avait confectionné pour elle. Puis il lui présenta sa main gauche et elle glissa à son annulaire un anneau en or serti d'émeraudes. C'était un cadeau de Carlo. Il l'avait trouvé dans une épave bien des années auparavant. Mahdi et Sera collèrent ensuite leurs paumes l'une contre l'autre et Rafael noua une cordelette en varech autour de leurs poignets.

*Autour de vos mains l'algue fait un nœud,*
*Symbole du lien entre vos cœurs amoureux.*
*Ce que Neria pour toujours va unir*
*Qu'aucun Mer mortel ne s'avise de le détruire.*

*Assurez-vous avant de prêter serment,*
*Que cet engagement se fait librement.*
*Car ces vœux de confiance et d'amour*
*Resteront gravés en vous pour toujours.*

Rafael marqua ensuite une pause, pour laisser ses paroles résonner un instant, et également pour donner à Mahdi et à Sera l'opportunité de changer d'avis. Quand il eut la certitude que telle n'était pas leur intention, il poursuivit, son regard posé sur Mahdi :

*Que nulle eau trouble, tempête ou malheur*
*Ne sépare ceux qui partagent un seul cœur.*
*Car l'amour n'est pas l'amour, s'il n'est capable*
*De résister aux déferlantes qui assaillent le sable.*

En réponse à Rafael, Mahdi chanta ses vœux à la perfection :

*Aussi puissant que les effets de la lune et du vent,*
*Aussi puissant que les cyclones et les marées,*
*Mon amour possède en lui la force des océans.*
*Je fais le vœu qu'il nous garde toujours soudés.*

Rafael dédia le couplet suivant à Sera :

*L'amour plus que tout a besoin de constance,*
*Loin des flux et reflux de l'èbe et du flot.*
*Car l'amour n'est pas l'amour, quand il faut*
*Forcer l'être aimé à rester dans la danse.*

C'était au tour de Sera à présent. Elle chanta sans quitter Mahdi du regard :

*Aussi stable que le vol de l'oiseau de mer,*
*Aussi immuable que l'océan et ses merveilles,*
*Mon amour est aussi certain que le lever du soleil.*
*Je fais le vœu qu'il nous garde toujours sincères.*

Rafael prit le relais :

*Restez cœur à cœur, main dans la main, complices,*
*Aussi proches que les vagues caressant la berge.*
*Car l'amour n'est pas l'amour s'il se désagrège,*
*Si, malgré les serments, les cœurs tiédissent.*

Mahdi et Sera lui répondirent en chœur :

*Tant que la lune pâle continuera de se lever,*
*Tant que les vagues déferleront sur le rivage,*
*Notre amour vivra pour l'éternité,*
*Comme les baleines dans les profondeurs du large.*

Tout sourire, Rafael conclut :

*Vous avez prêté serment, échangé des anneaux.*
*Voici qu'approche la fin de la Promesse.*
*Prenez votre envol, soyez sincères, doux et loyaux,*
*Que votre vie soit longue et pleine d'allégresse.*

*Mais surtout, souvenez-vous toujours :*
*L'essentiel n'est pas de prendre mais de se donner !*
*Au fond de l'eau ou dans le ciel étoilé,*
*Que votre seul et unique guide soit l'amour.*

Les derniers échos de son chant s'élevèrent avant de se dissiper. La cordelette qui reliait les mains de Sera et de Mahdi se défit et coula lentement jusqu'au fond de l'eau. Submergé par l'émotion, Mahdi prit le visage de Sera dans le creux de ses mains et l'embrassa. Elle lui rendit son baiser avec passion, oubliant presque la présence des témoins.

Le crépitement des applaudissements la ramena cependant très vite à la réalité. Carlo et Rafael battaient des mains avec un entrain non feint. Sera se sentit rougir violemment. Elena se tamponna discrètement les yeux et Coco grimaça.

La cérémonie terminée, Rafael raccompagna les fiancés à l'intérieur. Les jeunes gens devaient signer un parchemin entérinant les vœux prononcés. Carlo et Elena paraphèrent ensuite le document, en leur qualité de témoins.

— Et maintenant, le dîner ! clama Elena quand ils eurent terminé. Je l'ai gardé au chaud tout ce temps. Allons, tout le monde, à table !

Elle les précéda dans la cuisine, Coco dans son sillage. Au lieu de suivre le mouvement, Mahdi étudia les documents.

— Tu ne viens pas ? s'étonna Sera.

— Si, bien sûr, répondit-il en lui souriant. Je vérifie simplement que tout a été fait dans les règles. Vas-y, je te rejoins.

Serafina nagea jusqu'au seuil de la pièce, puis jeta un regard en arrière. Mahdi ne souriait plus. Il tenait le parchemin dans une main et l'étudiait avec la plus grande attention.

— Et maintenant, s'il arrivait à l'un de nous deux d'épouser quelqu'un d'autre, ce mariage serait… dit-il à Rafael.

— Nul et non avenu, termina le juge. Pourquoi ?

Serafina jugea cette interrogation des plus incongrues. Pourquoi Mahdi parlait-il d'épouser quelqu'un d'autre ? Mais, aussi vite qu'il avait disparu, le sourire revint sur les lèvres de son fiancé.

— Je voulais juste m'assurer que vous n'alliez pas tenter de me la ravir, monsieur, dit-il.

Serafina réalisa que tout cela n'était qu'une plaisanterie. Elle entra dans la cuisine, et le rire de Rafael l'y suivit.

— Ah, fiston, s'esclaffait-il. Il y a bien longtemps, peut-être. À l'époque…

Une table joliment dressée attendait Sera dans la cuisine. Elena avait sorti sa vieille argenterie patinée et sa plus belle vaisselle d'épave en porcelaine. Dans un vase était disposée une brassée d'éventails de mer colorés.

— Tout est tellement beau ! s'extasia Serafina en serrant Elena contre elle. Merci beaucoup.

La fermière balaya ses remerciements d'un revers de la main.

— Je suis sûre que c'est beaucoup plus impressionnant au palais, Principessa.

— C'est vrai, mais je préfère tellement ce que vous avez fait ici ! Aucune table ne saurait être plus jolie. Aucun repas plus spécial...

Tout le monde s'attabla. La cuisine d'Elena était délicieuse, et Sera se rendit compte qu'elle était affamée. Il y avait des laitues de mer saupoudrées de piments roses des brisants, des melons des marais salants fourrés aux prunes des grèves et les propres huîtres de la ferme glacées au mucus d'escargot. Le dessert se composait d'une mousse d'écume aux baies de vase.

Le cœur de Serafina débordait de joie tandis qu'elle regardait la tablée. La fête donnée en l'honneur de son mariage, qui n'aurait lieu qu'une fois sa majorité atteinte, à vingt ans – si toutefois elle atteignait un jour cet âge –, serait une cérémonie protocolaire imposante, qui scellerait son union avec Mahdi. Mais, ce soir, il n'était plus question ni de royaumes ni d'alliances. Ce soir, on célébrait l'amour. Si seulement son père et sa mère avaient pu être là, ainsi que les parents de Mahdi... Semblant percevoir sa tristesse, Mahdi lui prit la main. Elle lui sourit. Il était à elle, maintenant, et elle était à lui.

— Il faut que je parte, lui souffla-t-il.

Serafina hocha la tête. Elle savait qu'il devait retourner auprès de ses tritons, dans leur campement. Il était toujours censé rechercher la Pierre de Neria. Il salua tout le monde, remercia Carlo, Elena et Rafael avec chaleur, puis quitta la salle accompagné de Sera.

La lune nimbait les fonds de sa clarté diffuse. Elle faisait briller les écailles des tassergals et des bonites, et découpait la silhouette des requins et des raies.

— Si je nage toute la nuit, je peux arriver au campement au petit matin. Je trouverai le *Déméter* demain et, avec un peu de chance, le collier également. Alors je deviendrai un héros aux yeux de Traho… dit Mahdi avec amertume.

— Tu es *déjà* un héros, déclara Serafina. À mes yeux. Pour notre peuple. Un jour, tout le monde s'en rendra compte.

Il la contempla longuement.

— *Mērē dila, mērī ātmā*, murmura-t-il, ce qui, en merlangue mataline, signifiait *Mon cœur, mon âme*.

Il la prit dans ses bras et la serra contre lui.

— Je t'aime, Serafina. Quoi qu'il arrive, ne l'oublie jamais ! ajouta-t-il avec fougue. Je suis à toi. Pour toujours. Il faut que tu aies confiance en moi. Dis-moi que tu crois en moi !

— Arrête, Mahdi. Tu me fais peur ! Tu parles comme si tu allais mourir.

— Il y a des choses dans ce monde qui sont pires que la mort. Dis-le-moi, Sera. Maintenant. Dis que tu crois en moi.

— Je crois en toi.

— On se reverra. Par des temps meilleurs, lâcha-t-il d'une voix rauque, gagnée par l'émotion.

Il se détourna d'elle et s'enfonça dans les eaux sombres.

— Je t'aime, Mahdi, dit Sera.

Mais il n'était déjà plus là.

# QUARANTE-DEUX

— Ce n'est plus très loin, maintenant ! dit Serafina d'une voix encourageante.

Coco était épuisée. Il y avait quatre jours qu'elles sillonnaient les courants. Sera avait essayé de convaincre la petite sirle de rester à la ferme. Elle serait en sécurité là-bas. Carlo et Elena l'avaient prise en affection. Mais Coco avait refusé. Elle ne voulait pas être séparée de Serafina.

Cerulea n'était plus qu'à cinq lieues lorsqu'elles pénétrèrent dans le petit village de Bassofondo. Serafina se dirigea vers une auberge indiquée par des panneaux, mais il n'y avait plus de chambres libres. Elle en essaya deux autres, complètes, elles aussi. Elle se demanda ce qui pouvait bien se passer. Finalement, elles trouvèrent un petit hôtel en bordure est du village.

— Il ne nous reste plus qu'une chambre, et elle est petite. Il faudra que vous partagiez le lit. Vous vous rendez à Cerulea, vous aussi ? lui demanda la sirène de la réception.

Serafina hésita, soucieuse de ne pas en dire trop sur ses projets.

— Eh bien, nous… commença-t-elle.

— Oh, bien sûr que vous y allez ! Tout le monde y va. N'est-ce pas merveilleux ? Il est de retour ! Le principe Vallerio, le chef de nos armées ! Il se dirige droit sur la ville, et il va y avoir une grande cérémonie de fiançailles quand il sera arrivé. Pour compenser celle qui n'a jamais eu lieu.

— Ah bon ? demanda Serafina, abasourdie.

— Oui ! Dans le Kolisseo. Les messagers de Vallerio ont chevauché de village en village pour inviter tous les Mer habitant dans un rayon de deux lieues autour de la capitale à y assister.

— Le chef d'état-major semble bien confiant, nota Serafina. Son armée doit être particulièrement puissante…

Elle avait l'intention d'obtenir de la sirène le plus d'informations possible.

— On raconte qu'elle est impressionnante. Beaucoup plus grande que celle de Traho. Les cavaliers de la mort doivent être terrifiés. Je suis sûre qu'à l'heure où nous parlons ils sont en train de faire leurs bagages, et moi je dis : « Bon débarras ! »

La sirène lui tendit une clé.

— Tenez. Chambre quatre. Dormez bien.

— Mahdi est sans doute au courant de tout ça ! s'exclama Coco avec enthousiasme dès qu'elles furent dans leur chambre.

— Je pense que tu as raison, acquiesça Sera. J'imagine qu'il a laissé tomber Traho et qu'il a expliqué à Vallerio qu'il avait fait semblant d'être du côté des envahisseurs.

— Il a dû lui parler de toi aussi, ajouta Coco. Ton oncle sait que tu es en vie, et c'est pour ça qu'il organise cette cérémonie ! Dès qu'ils auront repris la ville, Mahdi et toi aurez droit à des fiançailles officielles. Comme celles qui étaient prévues avant que Cerulea soit attaquée. Il faut absolument qu'on retourne à la capitale, Sera ! Il faut absolument que tu y sois ! Ou Mahdi et Vallerio vont t'attendre !

La petite sirle bondissait dans tous les sens sous le coup de l'excitation.

— Et toi, il faut absolument que tu prennes un peu de repos. On a encore cinq lieues à parcourir, demain.

Elle donna à Coco une partie des provisions qu'Elena leur avait préparées. La petite sirle mangea avec appétit, puis s'écroula de fatigue. Abelard se pelotonna contre elle. Quelques secondes plus tard, Coco et son petit requin dormaient profondément. Serafina ferma leur porte à clé, éteignit la lumière et se glissa à son tour dans le lit. Sans trouver le sommeil pour autant.

D'après Mahdi, Vallerio avait été repéré au large du Portugal. C'était il y a quatre jours. À peu de chose près, ils devaient se trouver à une distance équivalente de la ville, elle et lui. Si c'était le cas, oncle et nièce pourraient se retrouver réunis dès demain. Elle avait de la peine à croire à ce formidable revirement de situation.

Sera ferma les yeux et, pour la première fois depuis très longtemps, s'endormit paisiblement. Dans son cœur, l'espoir avait chassé la peur.

Enfin, le courant s'inversait et semblait prendre le chemin de la paix.

# QUARANTE-TROIS

— JE SUIS TELLEMENT HEUREUSE que tu ne sois pas aussi bête que je le croyais, Yaz ! s'exclama Neela.

Yazeed lui lança un regard oblique.

— J'ai cru que tu allais dire « que tu ne sois pas mort ».

— Oui, aussi.

— Sympa, merci.

— Vous nous avez vraiment bien eues, Mahdi et toi ! Ça ne nous serait jamais venu à l'idée que vous étiez Blu et Grigio. On pensait que vous étiez juste deux abrutis.

— C'était l'idée.

Neela regarda son frère.

— Je pense qu'il va me manquer, en fait.

— Qui ça ?

— L'ancien Yazeed.

— Il n'est jamais bien loin, dit Yaz avant de se composer un air blasé. Sirle de mon cœur, tu es une vraie bombe dans cette robe ! Ça te dirait, une virée au Bar Moucheté ce soir ? Les Nepp Tunes ont prévu d'y jouer, et ils ont les meilleurs smoothies au kombu que j'aie jamais goûtés. Cent pour cent pescétarien, ma poulpette !

L'instant d'après, son air blasé avait disparu et le nouveau Yazeed était de retour, un Yazeed plus endurci.

— Ouah. Tu sais, ça fiche quand même un peu les j'thons, ton truc, Yaz. J'ignorais que tu avais de tels talents d'acteur.

— Et j'ignorais que tu avais de tels talents de chanvoûteresse. Tu peux essayer de lancer un autre convoca, d'ailleurs ? J'ai vraiment besoin de parler à Mahdi.

— Bien sûr, mais il faut que je me pose quelque part alors. Les deux dernières fois que j'ai essayé, ça a été le fiasco total. J'espère que c'était dû à la fatigue.

— Je vois un endroit tranquille là-bas, dit Yaz en indiquant du doigt un renfoncement sous un récif de corail.

Ils s'y rendirent d'un battement de queue. Neela s'assit, resta immobile quelques instants, puis retint sa respiration et fit de son mieux pour lancer le convoca. Mais, une fois de plus, ce fut un échec.

— Tu es vannée, voilà tout, voulut la réconforter Yazeed.

— Non, il n'y a pas que ça, rétorqua Neela avec découragement. D'après Vrăja, nos pouvoirs se renforcent quand nous sommes toutes ensemble. Le convoca est l'un des sortilèges les plus complexes. On dirait que je ne peux pas le lancer quand elles ne sont pas là avec moi. Viens, Yaz, allons-y. Il faut qu'on trouve Mahdi et Sera.

— Repose-toi deux minutes avant qu'on reparte, suggéra son frère.

Il s'assit sur le fond sableux et s'appuya contre le corail, mais ne ferma pas les yeux. Il se contenta de regarder droit devant lui, une expression grave sur le visage.

Neela et Yazeed étaient en route pour Cerulea. Ils avaient nagé des jours durant, ne s'arrêtant la nuit que quelques heures pour dormir. Ils avaient quitté le palais au plus vite après l'assassinat de Khelefu. Ils voulaient être le plus loin possible de Matali City quand leurs perles de transmerence cesseraient de faire effet.

La première nuit, ils s'étaient abrités dans une grotte. Là, Yazeed avait expliqué à Neela pourquoi avec Mahdi ils avaient rejoint les Praedatori, et elle lui avait parlé de son cauchemar, où ce dernier l'avait menée et ce qu'elle avait découvert.

— Yaz ? Je crois qu'on ferait mieux d'y aller, maintenant, dit Neela en se relevant. Yaz ? Yaz !

Elle claqua des doigts sous son nez.

— Désolé. Tu es prête à y aller ? demanda-t-il en se levant.

Il arborait toujours la même expression lugubre.

— Qu'est-ce qui ne va pas ? s'inquiéta Neela, peu habituée à voir son frère aussi sérieux, aussi sombre. Où avais-tu l'esprit ?

— Dans le palais. Je repensais à notre grand vizir et à la façon dont Portia Volnero avait froidement exigé sa mise à mort.

— On ne peut pas se permettre de penser à lui maintenant. Ni à Mata-ji et Pita-ji. On doit aller de l'avant. Trouver Mahdi. Prévenir Sera. Chercher de l'aide.

— Elle devra payer pour ce qu'elle a fait, Neela. Khelefu était innocent. Il ne méritait pas de mourir.

— Portia est complètement cinglée, cracha Neela. Son plan ne peut pas fonctionner. Comment espère-t-elle faire de Lucia la nouvelle regina ? Seule une sirène ayant du sang merrovingien dans les veines peut s'asseoir sur le trône de Miromara. Il n'y en a qu'une seule dans le royaume, et ce n'est *pas* Lucia. Alítheia va lui arracher la tête.

— Voilà qui devrait me réconforter, j'imagine, grommela Yazeed.

— Mais comment Portia est-elle capable de faire une chose pareille ? C'est ça que je ne comprends pas. Elle *sait* ce qui va se passer ! Comment pourra-t-elle rester tranquillement assise à regarder sa fille unique se faire dévorer par un monstre sanguinaire ? s'interrogea Neela en secouant la tête. Depuis tout ce temps, Sera et moi, on était persuadées que Traho avait été envoyé par l'amiral Kolfinn, mais en fait c'est Portia qui était derrière tout ça.

— Elle devait collaborer avec Traho depuis le début.

— Elle l'a aidé à s'emparer de Cerulea pour qu'il ait accès aux eaux miromaraines et puisse mettre la main sur un des talismans – celui-là même que Sera est en train de chercher en ce moment.

— Et, en échange, compléta Yazeed, Traho accepte que sa fille devienne regina de Miromara et se fiance à Mahdi, le futur souverain de la Matali – un souverain que Traho a déjà sous son contrôle. Ou, du moins, qu'il croit avoir sous son contrôle.

— Dans un royaume qu'il a déjà sous son contrôle. Et dont il emploie la population pour trouver la pierre de lune de Navi. Grands dieux, Yaz, où tout cela va-t-il nous mener ? demanda Neela.

— À Cerulea avec un peu de chance.

— Qu'est-ce que tu veux dire ?

Il lui raconta que les Praedatori disposaient d'informations crédibles selon lesquelles Vallerio, le chef d'état-major de la Miromara, avait réussi à obtenir le soutien des gobelins kobold.

— Si ce qu'on m'a dit est exact, Vallerio s'approche de la ville en ce moment même.

— Est-il assez puissant pour arrêter Traho ? demanda Neela.

— On ne sait pas. Cela va dépendre du nombre de troupes fournies par les Kobold. Et des dragons, aussi. On sait que les cavaliers de la mort en ont, eux. Mais les Kobold, en possèdent-ils ?

— Et nous, on est où, d'ailleurs ? On est encore loin de Cerulea ? demanda Neela, la voix teintée d'inquiétude.

— On est en Miromara. Plus précisément dans ce que les goggs appellent la Méditerranée. Ça n'a pas changé depuis la dernière fois où tu me l'as demandé.

— Encore ? Et quand est-ce qu'on atteindra enfin l'Adriatique ?

— Demain matin, si on parvient à garder le rythme.

— Il faut qu'on arrive à temps pour prévenir Sera à propos des Volnero. Portia a une sacrée longueur d'avance sur nous.

— Ouais, pas étonnant quand tu as une calèche tirée par douze requins-marteaux. Et encore, on a eu de la chance que cette baleine nous prenne en stop. Quand as-tu appris à parler le cétaçais, d'ailleurs ?

— Jamais. C'est grâce au serment de sang, lui expliqua Neela. Au moins, ce pouvoir-là, je l'ai toujours.

Yaz leva les yeux.

— J'aperçois une raie géante au-dessus de nous. Ponds-lui une phrase en raie-lecte, tu veux bien, Neels ? Histoire de voir si elle peut nous avancer un peu et rattraper Portia.

# QUARANTE-QUATRE

SERAFINA ENTENDIT L'ARMÉE KOBOLD avant même de la voir.

Contrairement aux Mer, les gobelins avaient des pieds, et les fonds marins tremblaient violemment sous leurs pas tandis qu'ils défilaient.

— Tu entends ça, Sera ? Il doit y en avoir plus d'un million ! chuchota Coco. Regarde ce nuage de vase qu'ils soulèvent ! Je descends vers le Corrente avec les autres. Je veux voir ça de plus près !

Serafina la retint par le bras.

— Oh non, sûrement pas, Coco. Tu attends ici, avec moi. Les cavaliers de la mort de Traho pourraient très bien leur tendre une embuscade.

Les deux sirènes s'étaient cachées derrière un affleurement rocheux au-dessus du Grande Corrente, la principale voie d'accès à Cerulea. Depuis ce poste d'observation en hauteur, elles pourraient voir Vallerio et ses troupes approcher de la cité.

Des milliers de Mer s'étaient rassemblés de chaque côté du Corrente et attendaient de voir ce qui allait se passer.

Sera était inquiète pour eux. Si Traho décidait d'attaquer, ils allaient se retrouver pris au piège au milieu des combats.

— Sera, regarde ! s'écria Coco en montrant quelque chose du doigt.

Les tout premiers guerriers étaient apparus au sommet d'une crête. Le dos large, musclés et dotés de membres épais et puissants, ils portaient toutes sortes d'armes redoutables : haches à double tranchant, épées, hallebardes et fléaux – toutes produites à partir d'acier kobold. Ils avaient les caractéristiques faciales de la tribu des Feuerkumpel : deux narines mais pas de nez, des yeux translucides, une bouche dépourvue de lèvres mais remplie de dents acérées, et des oreilles mutilées ou déchirées par les précédents combats.

Le malaise que ressentait Sera s'intensifia quand elle se rappela la vision qu'elle avait eue dans la grotte des Iele. Une vision dans laquelle un gobelin l'attaquait.

— Où est mon oncle ? demanda-t-elle en essayant de le repérer.

— Je ne le vois pas. Attends… le voilà ! s'exclama Coco. Là-bas, au loin !

Vallerio, majestueux dans son armure étincelante, dirigeait un char argenté au milieu des Kobold. D'une main, il tenait les rênes de quatre magnifiques hippokampes noirs. De l'autre, il saluait les Miromarains.

Lorsque la foule l'aperçut, une ovation formidable retentit. Tous se précipitèrent dans le courant pour célébrer dans la liesse l'arrivée de leurs libérateurs.

Serafina continuait de jeter des regards inquiets en direction des portes de la ville. Elle gardait aussi à l'œil les rochers et les récifs situés à proximité, ainsi que les eaux qui les surplombaient, s'attendant à chaque seconde à voir débarquer les troupes de Traho. Mais cela n'arriva pas. Les eaux étaient étrangement calmes.

Le char de Vallerio passa devant elles, et les acclamations de la foule se firent assourdissantes.

— Allez ! On est en train de tout louper ! Allons-y ! s'écria Coco.

Et elle partit en trombe, Abelard dans son sillage.

— Coco ! hurla Serafina. Reviens ici !

Mais la petite sirle était déjà trop loin pour l'entendre. Serafina n'eut d'autre choix que de la suivre. Elle était toujours déguisée en forban, mais de toute façon il y avait peu de chances que quiconque remarque sa présence, quand bien même elle aurait été habillée en tenue d'apparat. Seul Vallerio intéressait l'assistance.

— Coco ! appela-t-elle. Coco, où es-tu ?

Pendant qu'elle la cherchait, elle vit un petit triçon se frayer un chemin à travers la foule et nager jusqu'à un gobelin. Au lieu de sourire à l'enfant, la créature le repoussa d'un coup de pied. Quelques mètres plus loin, une sirène offrit à un autre gobelin des lauriers en algues tissées. Il la frappa d'un revers de la main.

*Mon oncle ignore tout ça,* se dit Serafina. *Il ignore que ses troupes se comportent mal. Dès que je pourrai le rejoindre, je lui raconterai ce que les gobelins ont fait. Ils n'ont pas le droit de traiter notre peuple de cette façon.*

Alors qu'elle observait les Kobold défiler sous ses yeux, rangée après rangée, elle aperçut une nageoire d'un bronze lumineux passer à toute vitesse.

— Coco ! appela-t-elle.

Elle s'élança à sa poursuite et réussit à la retenir par le bras.

— Ne t'avise pas de recommencer, jeune sirle !

— Allez, Sera ! Suivons-les ! s'exclama Coco, gagnée par l'exaltation du moment.

— Non, ne me quitte plus d'une nageoire. Les cavaliers de la mort continuent de m'inquiéter. Mais *où* sont-ils ?

— Là-bas ! Près du portail. Tu vois, Sera, tout va bien !

La sirène regarda les portes de la ville. Coco avait raison. Les cavaliers de la mort n'y étaient pas quelques instants plus tôt, mais ils s'y tenaient à présent et ne montraient aucun signe d'agressivité. De part et d'autre du courant, ils brandissaient leurs lances devant eux comme pour rendre hommage à son oncle.

— Ils se sont rendus ! s'écria-t-elle avec excitation. Traho a dû comprendre qu'il ne faisait pas le poids. Il a décidé de remettre la ville sans violence, Coco ! Il n'y aura pas le moindre combat !

— Je te l'avais bien dit ! sourit la petite sirle.

Une vague de joie submergea Serafina. Elle lâcha le bras de Coco et la prit par la main.

— Viens ! Allons rejoindre mon oncle !

Le comportement des gobelins continuait de la perturber, et la présence des cavaliers de la mort – bien qu'inoffensifs à présent – la mettait mal à l'aise. Mais, l'essentiel, c'était que son oncle soit rentré à la maison et qu'il ait reconquis la cité ! Repoussant ses appréhensions, elle remonta le courant à la hâte, impatiente de prendre part à son retour triomphal. Impatiente de voir Mahdi, aussi, et de prendre place à ses côtés pour la cérémonie publique de leurs fiançailles. Une fois les festivités terminées, elle demanderait à Vallerio s'il avait des nouvelles de son frère. Puis elle lui montrerait la Pierre de Neria et lui expliquerait ce qu'il restait à faire.

Les deux sirènes suivirent la foule des Miromarains qui gagnait le Kolisseo. C'était là-bas que tout avait commencé, et c'était là-bas que cela s'achèverait.

Les combats étaient terminés.

Les envahisseurs rendaient les armes.

*Enfin,* pensa Serafina, *c'est fini.*

# QUARANTE-CINQ

LES HIPPOKAMPES NOIRS de Vallerio tirèrent son char jusqu'au centre du Kolisseo. Il en descendit sous les acclamations.

Coco dans son sillage, Serafina essayait de se frayer un chemin à travers la foule dense pour atteindre son oncle. Il avait besoin d'elle pour la Promesse.

Un Kobold armé d'une pique lui barra brutalement la route.

— *Gå tilbake !* grommela-t-il d'une voix grave.

*Reculez.*

— Mais je dois voir le chef d'état-major des armées. C'est…

— *Tilbake !* aboya le Kobold en brandissant la pointe en acier de son arme vers son visage.

Serafina comprit l'ordre et fit ce qu'on lui demandait. Coco et elle regagnèrent dans l'amphithéâtre et s'assirent. Abelard se glissa sous le fauteuil de sa maîtresse, jetant de temps en temps un œil entre les nageoires de la queue de Coco. Sera décida d'attendre que la foule se calme et que son oncle annonce la cérémonie des fiançailles. Alors, elle signalerait sa présence. Tout autour d'elles, les gens continuaient d'applaudir Vallerio, mais Serafina remarqua que les clameurs les plus fortes venaient des troupes kobold et des cavaliers de la mort. Quelque chose avait changé. L'atmosphère festive du Grande Corrente avait disparu. Les Mer de Cerulea semblaient inquiets et méfiants. Certains paraissaient même clairement effrayés.

Quelques rangées devant elle, un triton applaudissait sans véritable enthousiasme. Un gobelin le remarqua et le frappa violemment.

— *Heie høyere !* ordonna la créature.

*Applaudis plus fort.*

Serafina regarda autour d'elle et vit que des cavaliers de la mort encerclaient le sommet du Kolisseo en une formation dense et serrée, lance à la main.

*Si on voulait partir, on ne pourrait plus*, pensa-t-elle, mal à l'aise.

Puis elle vit quelque chose qui fit naître un fourmillement dans ses nageoires. Au-dessus des cavaliers de la mort ondulaient des drapeaux. Ils étaient rouges avec un cercle noir en plein milieu : les mêmes que ceux qu'elle avait vus dans la Lagune.

— Il y a quelque chose qui ne tourne pas rond, Coco, murmura-t-elle. Quoi qu'il arrive, surtout n'arrête pas de sourire et d'applaudir.

— Il y a quelque chose qui ne tourne pas rond *du tout*, ajouta la petite sirle en indiquant du menton la tribune royale.

Serafina suivit son regard. En face de la tribune, posée sur une estrade, se trouvait la couronne dorée de Merrow. Derrière elle se dressaient deux trônes richement décorés. La dernière fois que Serafina était venue dans le Kolisseo, ils étaient occupés par sa mère et l'empereur Bilaal. Cette fois, celui de la regina était vide et Mahdi était assis sur le second.

Il avait la mine sombre et serrait les poings, les avant-bras appuyés sur les accoudoirs de son fauteuil. Vêtu de l'uniforme noir des cavaliers de la mort, il portait un turban en soie de mer assorti. En son centre brillait la magnifique émeraude de Bramaphur. Serafina la reconnut. Bilaal l'avait portée lui aussi. Pourquoi Mahdi ne souriait-il pas ? Pourquoi ne la cherchait-il pas des yeux dans la foule ?

Sera continua de scruter la tribune royale avec l'espoir d'y trouver des réponses. Juste derrière Mahdi était assise Portia Volnero, resplendissante dans une robe en soie de mer dorée. Elle aurait dû se trouver en compagnie des autres duchessas du royaume, mais était assise à part sur un fauteuil à peine moins ouvragé que les deux trônes. Elle affichait un sourire serein. Les autres duchessas ne souriaient pas.

Le mauvais pressentiment de Sera ne fit que se renforcer.

Il fallait qu'elle parle à Mahdi pour qu'il lui explique ce qui n'allait pas. Priant pour qu'aucun gobelin ne soit en train de l'observer et pour que sa voix soit noyée parmi les acclamations, elle ferma les yeux, baissa la tête et chanta tout bas un convoca pour le contacter. Le sort échoua. Elle inspira profondément et, puisant au fond d'elle-même, refit une tentative.

*Mahdi… Mahdi, c'est moi ! Réponds-moi s'il te plaît !*

Elle ouvrit les yeux et le regarda fixement, comme pour le forcer à l'écouter. Cette fois-ci, le chanvoûtement fonctionna. Les yeux de Mahdi s'écarquillèrent et il regarda autour de lui, scrutant tous les visages, rangée après rangée.

Puis Serafina entendit sa voix. Dans sa tête.

*Sera ! C'est toi ?*

*Oui ! Je suis ici, dans le Kolisseo. Sur ta gauche. Au milieu.*

Elle risqua un petit geste de la main. Mahdi la repéra. Même de là où elle était, elle put voir son visage blêmir.

*Sera, fiche le camp d'ici !*

*Pourquoi ? Qu'est-ce qui se passe ?*

*Quitte le Kolisseo. Dépêche-toi !*

*Je ne peux pas ! Les cavaliers de la mort bloquent toutes les issues.*

*Tu cours un grand danger. S'ils découvrent la vérité… S'ils te voient…*

*Si* qui *découvre la vérité ? De quoi parles-tu ?*

Avant que Mahdi puisse répondre, les trompettes éclatèrent en un vacarme assourdissant. Le bruit rompit le convoca.

Vallerio nagea jusqu'à la tribune royale sous de nouvelles acclamations.

— Chers Miromarains, merci ! cria-t-il en levant les deux mains pour réclamer le silence. Merci pour cet accueil chaleureux ! Je suis heureux d'être de retour parmi vous. Vous avez beaucoup souffert. Vous avez perdu votre regina. Vous avez perdu votre cité royale. Je suis ici aujourd'hui pour vous les rendre.

Une clameur s'éleva de nouveau, mais toutefois pas assez enthousiaste au goût des Kobold. À quelques fauteuils de là, un soldat gobelin menaçait une famille :

— *Heie, dårer ! Før du blir goblin kjøtt !* dit-il.

*Applaudissez, abrutis ! Ou vous allez finir en chair à gobelins !*

— J'ai conclu un accord de paix avec notre ennemi, poursuivit Vallerio. J'ai fait venir des amis du Nord pour nous aider à maintenir cette paix et à reconstruire notre cité. Mais cela ne suffit pas. Notre royaume a besoin d'un chef si nous souhaitons sortir des ténèbres qui se sont abattues sur nous pour entamer une nouvelle ère de lumière. Nous pleurons tous notre regina bien-aimée, Isabella, qui nous a été ravie beaucoup trop tôt. Nous pleurons sa fille, Serafina, tuée au cours de l'attaque du palais.

— *Quoi ?* murmura Serafina. Il pense que je suis *morte* ?

Elle commença à se lever. Gobelins ou pas, elle allait nager jusqu'à son oncle pour lui montrer qu'elle était bel et bien vivante.

*Sera, non ! Il va te…, ne…* dit quelqu'un dans sa tête.

C'était Mahdi. Sa voix était faible et ses propos étaient hachés. Elle se tourna vers lui. Il regardait dans sa direction. Lentement, presque imperceptiblement, il secoua la tête. C'était une mise en garde. Sera se rassit dans son fauteuil.

— J'ai avec moi aujourd'hui votre nouvelle regina ! continua Vallerio d'une voix triomphante. Celle qui mènera la Miromara loin de la douleur et des chagrins du passé vers un avenir radieux !

D'un geste ample, Vallerio indiqua l'autre côté du Kolisseo. Sous les yeux de Serafina, une sirène apparut entre les colonnes de l'arche.

Elle ne connaissait que trop bien ce visage. Tout comme ces cheveux couleur d'ébène, ces yeux cobalt et ce sourire narquois.

C'était sa vieille ennemie.

Lucia Volnero.

# QUARANTE-SIX

DES CRIS DE SURPRISE S'ÉLEVÈRENT de la foule. Même la peur que lui inspiraient les gobelins ne suffit pas à pousser le peuple à applaudir.

Lucia, éblouissante dans une robe parée des couleurs de la nuit, pénétra dans le Kolisseo suivie de vingt tritons à forte carrure, tous équipés d'une armure, d'un bouclier et d'une torche à lave. Serafina savait qui étaient ces tritons et ce qu'ils s'apprêtaient à faire.

— Grands dieux, non. Elle va mourir ! murmura-t-elle.

Vallerio prit la parole :

— Conformément au décret de Merrow et aux lois de ce royaume, nous allons demander à Alítheia de déterminer si cette sirène mérite d'occuper le trône de Miromara…

Il marqua une pause, puis ajouta :

— … ou pas.

*Qu'est-ce qu'il fait ?* se demanda Serafina, prise de panique. *Ce n'est pas une Merrovingienne. Alítheia va la tuer !*

Serafina se souvint que Mahdi avait soupçonné les Volnero de collaborer avec Traho. Était-ce pour Vallerio une façon de les punir de leur traîtrise ? Il s'était toujours montré dur et inflexible envers les ennemis du royaume, mais jamais cruel. Aurait-il changé ?

Très certainement, Portia allait s'interposer. La mère de Lucia ne permettrait pas que son enfant soit ainsi conduite à l'abattoir. Elle allait supplier Vallerio d'épargner la vie de sa fille. Ils avaient été amoureux autrefois, se rappela Serafina. Ses paroles parviendraient sans doute à le faire fléchir. Mais Portia ne bougea pas. Elle ne semblait pas troublée. Elle ne pleurait pas. Son comportement était tout à fait normal.

Lucia prit place au milieu du Kolisseo, et les tritons en armure nagèrent jusqu'à la grille de fer condamnant l'antre d'Alítheia.

— Libérez l'anarachna ! ordonna Vallerio.

Les minutes qui suivirent semblèrent s'écouler comme dans un rêve pour Serafina : un cauchemar dans lequel quelque chose d'horrible était en train de se passer sans qu'elle puisse dire ou faire quoi que ce soit. Elle regarda la terrible araignée de bronze siffler en direction de Lucia, réclamer son sang, se réjouissant à l'avance de sucer ses os, exactement comme la créature l'avait fait avec Sera il y a tout juste quelques semaines.

Elle savait que le rôle de l'araignée consistait à s'assurer que seules des descendantes de Merrow puissent gouverner la Miromara. D'après la légende, Merrow, sentant sa mort prochaine, avait demandé à Neria, la déesse de la mer, et à Bellogrim, le dieu du feu, de forger une créature de bronze afin de protéger le trône des fausses prétendantes. Alors que les Kobold faisaient fondre le minerai pour le monstre, Neria avait entaillé la paume de la main de Merrow et ajouté des gouttes de son sang dans le métal en fusion. Ainsi, l'araignée conservait le sang de Merrow dans ses propres veines et pouvait le différencier de celui d'éventuelles usurpatrices.

— Mets fin à tout ça, mon oncle, je t'en prie ! chuchota Sera. Si elle est coupable de quelque chose, elle mérite d'être jugée, pas assassinée de sang-froid !

Mais Vallerio ne fit rien du tout et Sera, comme tous les autres dans le Kolisseo, regarda Lucia affronter Alítheia.

Ils regardèrent le Mehterbaşi, le chef des Janiçari, tendre son cimeterre à la sirène.

Lucia entailler la paume de sa main.

Et Alítheia se pencher pour lécher la plaie.

Arrivée à cet instant, Sera se sentit incapable d'assister à la suite. Elle baissa la tête, refusant de voir l'araignée accomplir son œuvre funeste.

— Alítheia ! tonna Vallerio. Quel est ton verdict ?

Serafina serra les poings, s'attendant à voir Alítheia passer à l'attaque.

Mais l'araignée n'en fit rien.

Au lieu de cela, elle prit la parole :

*Sssalut à toi, Lussssia, fille de ssssang, héritière légitime du trône de Miromara…*

Serafina releva vivement la tête.

— *Quoi ?*

Elle regarda avec incrédulité la créature trottiner en direction de la tribune royale, saisir la couronne de Merrow sur son perchoir – celle-là même que Serafina avait portée – et la déposer sur la tête de Lucia.

*Ce n'est pas vrai*, pensa-t-elle. *Ça ne peut* pas *être vrai ! Alítheia a été façonnée par les dieux. Elle est infaillible.*

Vallerio nagea jusqu'à Lucia. Il la prit par les épaules et posa un baiser sur son front.

Puis il se tourna vers la foule et, avec un sourire triomphal, annonça d'une voix forte :

— Bon peuple de Miromara ! Voici votre nouvelle regina… Lucia Volnero… *ma fille* !

# QUARANTE-SEPT

SERAFINA ÉTAIT SOUS LE CHOC. Tout était horriblement clair, maintenant. Comment avait-elle pu être aveugle à ce point ? Lucia, avec ses cheveux couleur de jais, ses yeux d'un bleu profond et ses écailles argentées, ressemblait trait pour trait à Vallerio. À Isabella aussi. Elle ressemblait bien plus à une Merrovingienne que Serafina.

Rien d'étonnant à ce que Vallerio ne se soit jamais marié, et rien d'étonnant à ce que Portia l'ait fait. Elle avait épousé un triton qui ressemblait à Vallerio quelques semaines seulement après que la regina Artemesia, la grand-mère de Sera, avait refusé qu'ils se marient. Parce qu'elle portait l'enfant de Vallerio. Ce triton, Sejanus Adaro, était mort peu après la naissance de Lucia. Portia et Vallerio avaient-ils poursuivi leur relation en secret toutes ces années ?

Les Kobold avaient encore contraint la foule à applaudir sous la menace, et Vallerio leva de nouveau la main pour réclamer le silence.

— Oui, c'est exact, mon bon peuple. Lucia Volnero est ma fille, conçue avec la duchessa Portia il y a de cela dix-neuf ans. C'est une Merrovingienne, comme Alítheia vient de le confirmer. Lucia souhaitait garder secrète la vérité sur ses origines et passer sa vie à servir le royaume en toute discrétion. Mais, comme nous avons perdu notre regina et notre principessa, et comme seule une sirène de sang merrovingien peut s'asseoir sur le trône miromarain, c'est avec courage et abnégation qu'elle a décidé de s'offrir à vous comme nouvelle souveraine.

Triomphante aux côtés de son père, Lucia affichait son sourire de barracuda.

Vallerio leva de nouveau ses mains pour calmer la foule.

— Conformément aux décrets de Merrow, Lucia va à présent passer au rituel du chant, la deuxième étape de son Dokimí, en exécutant le chanvoûtement requis.

Lucia s'avança d'un battement de nageoire et se mit à chanter. Serafina s'attendait à ce qu'elle fasse des erreurs, à ce qu'elle bute sur certaines notes. Ce chanvoûtement était atrocement difficile. Elle-même avait dû passer une bonne partie de l'année à s'entraîner. Mais Lucia ne fit pas d'erreur. Pas une seule. Elle faisait preuve d'une excellente maîtrise de la magie. Sa voix magnifique était envoûtante.

*Comment est-ce possible ?* s'interrogea Serafina. *Comment peut-elle exécuter le chanvoûtement de Merrow de façon si parfaite sans même avoir répété ?* Un frisson lui parcourut l'échine quand la réponse s'imposa à elle : Lucia *avait* répété. Elle s'était préparée à ce moment depuis très longtemps.

Quand Lucia eut terminé le chanvoûtement, l'amphithéâtre entra en éruption, tremblant sous les acclamations assourdissantes et les applaudissements nourris. Là encore, les réactions les plus enthousiastes provenaient des Kobold et des cavaliers de la mort.

— Merci ! Merci, mon bon peuple ! cria Vallerio lorsque la clameur s'estompa. Pour assurer la stabilité du royaume et perpétuer la lignée de Merrow, Lucia va maintenant échanger ses vœux de fiançailles avec son promis et s'engager à donner une fille au royaume.

Vallerio se tourna vers la tribune royale et posa les yeux sur Mahdi.

— Votre Grâce, si vous voulez bien nous rejoindre…

# QUARANTE-HUIT

MAHDI SE LEVA DE SON TRÔNE.

— Tu ne peux pas faire ça, murmura Serafina.

Elle se leva de son siège, elle aussi.

— Sera, non ! souffla Coco en tirant sur son bras.

— Coco, je dois faire quelque chose. Je…

*… bouge pas… je t'en prie… en danger…*

C'était Mahdi. Il était à nouveau dans sa tête.

*Mahdi, tu ne peux pas faire ça…* lui répondit-elle.

*SERA, ASSIEDS-TOI TOUT DE SUITE !*

La voix était si forte que Serafina crut qu'elle allait lui percer les tympans.

*Neela ?* demanda-t-elle faiblement une fois la douleur passée.

*Tu m'as entendue ? Oh, les dieux soient loués ! Je ne savais pas si mon convoca allait marcher.*

*Si je t'ai entendue ? J'ai cru que ma tête allait éclater ! Où es-tu ?*

*Ici, dans le Kolisseo. Reste où tu es, Sera. Ne. Bouge. Pas.*

*Mais je dois dire à mon oncle…*

*Rien du tout. Tu ne lui dis rien du tout. Tu ne fais rien du tout.*

*Mais tout ça n'est qu'une énorme erreur ! Mon oncle fait cela pour le bien du royaume. Il a négocié une trêve avec les cavaliers de la mort. S'il met Lucia sur le trône, c'est uniquement parce qu'il croit que je suis morte. Et maintenant il va la fiancer à Mahdi ! Il suffit que j'aille le voir pour lui dire que…*

*Si tu bouges de ton siège, tu es morte.*

C'était une autre voix, mais Serafina la reconnut.

*Yazeed ?* dit-elle. *Qu'est-ce que tu veux dire ? Pourquoi je devrais…*

*Reste sur place jusqu'à ce que ça soit terminé. Puis retrouve-nous à l'extérieur du Kolisseo.*

*Je ne peux pas voir ça, Yaz. C'est au-dessus de mes forces.*

*Tu n'as pas le choix. Portia… retour de… cavaliers de la mort… et ensuite…*

Son contact avec Yazeed se disloquait.

*Je t'en prie, Sera… ne bouge pas.*

C'était Neela. Puis le convoca se dissipa et elle n'entendit plus rien.

Serafina fit comme ils avaient dit, bien que souffrant à en mourir. Elle se rassit, les yeux fixés droit devant elle, et regarda le triton qu'elle aimait déclarer sa flamme à une autre.

Mahdi prit la main de Lucia. Il plongea le regard dans le sien, lui sourit, prononça ses vœux et brisa le cœur de Serafina.

Mais, alors même qu'elle refoulait ses larmes d'un battement de cils, Serafina remarqua quelque chose d'étrange : Mahdi portait une anémone de mer jaune au revers de sa veste noire. Tandis qu'elle la regardait, plissant les yeux pour mieux la voir malgré la distance qui les séparait, elle réalisa qu'il s'agissait de celle qu'il portait le jour de *leurs* fiançailles. Elle semblait en forme. Ses minuscules tentacules bougeaient encore. Il en avait visiblement pris soin pour la maintenir en vie. Elle remarqua autre chose, aussi. Il n'arrêtait pas de se toucher l'oreille ainsi que l'anneau d'or qui y était pendu.

*C'est étrange,* songea-t-elle. *Il ne portait pas de boucle d'oreille chez Carlo et Elena. Il avait donné la sienne à cette mère de famille dans la Lagune afin qu'elle puisse acheter de quoi manger à ses enfants. À l'époque où il était Blu.*

Tandis que la cérémonie touchait à sa fin, Mahdi embrassa Lucia sur la joue et une autre ovation se fit entendre, lancée – encore une fois – par les soldats.

*Tu la reconnais ?* dit subitement Mahdi dans la tête de Sera. *C'est la bague que tu as passée à mon doigt lors de notre Promesse. Celle de Carlo. J'ai dû la retirer, mais j'ai trouvé un moyen de continuer à la porter malgré tout.*

*Oh, Mahdi...*

*Ne te mets pas dans tous tes états, Sera. Je t'en prie. Pas pour ça. Ça ne veut rien dire pour moi.*

*Alors pourquoi le fais-tu ?*

*Pour rester dans leur entourage. Pour les arrêter. Traho, les Volnero...*

*Mon oncle, aussi ?*

*Je ne sais pas. J'ignore s'il pense vraiment que tu es morte ou pas. Méfie-toi de lui, Sera.*

*Tu es à elle, maintenant, à Lucia.*

*Non, c'est faux. Et tu le sais.*

Un souvenir de leurs fiançailles lui revint en mémoire. Ils avaient signé le parchemin, puis elle s'était dirigée vers la cuisine d'Elena et Mahdi était resté en arrière pour échanger quelques mots avec le juge des mers.

*C'est pour ça que tu as posé des questions à Rafael à propos de la cérémonie, n'est-ce pas ? C'est pour ça que tu lui as demandé si nos vœux nous liaient de manière indissoluble même si l'un de nous venait à épouser quelqu'un d'autre !*

*Oui. Je me doutais que Portia et Lucia complotaient quelque chose de ce genre. Voilà pourquoi tu cours un grave danger, Sera. Portia connaît la loi, elle aussi. Si elle devait découvrir un jour la vérité sur nous – sur toi et moi –, elle ferait tout ce qui est en son pouvoir pour me défaire de ce lien. Absolument tout. Tu comprends ?*

Sera avait compris.

*Tu veux dire qu'elle me tuera.*

*Oui. C'est pour ça que tu dois ficher le camp d'ici. Quitte Cerulea. Mets autant de lieues que possible entre les Volnero et toi, et ne reviens pas.*

*Je ne peux pas faire ça, Mahdi. C'est ici, chez moi. C'est ici qu'est mon peuple.*

Le convoca commença à se dissiper.

*… dois y aller… s'il te plaît sois pru… t'aime…*

*Est-ce que je te reverrai un jour ?*

Elle attendit sa réponse.

Mais elle ne vint jamais.

# QUARANTE-NEUF

— IL FAUT QU'ON FICHE LE CAMP D'ICI, dit Yazeed à mi-voix en s'approchant dans le dos de Serafina. Si Portia Volnero apprend que tu es en ville, tu vas finir en pâtée pour requins.

Serafina se retourna. Elle se jeta dans les bras de Neela et de Yazeed, puis leur présenta Coco. Ils étaient maintenant à l'extérieur du Kolisseo, au milieu d'une foule grouillante de soldats et de civils. La suite royale était déjà partie pour le palais.

— Yazeed, je suis si heureuse que tu ailles bien ! Neels, qu'est-ce que tu fais là ? Tu es censée être chez toi à l'abri !

— Je ne suis plus à l'abri chez moi. Ce n'est même plus chez moi.

— Comment ça ?

Neela lui raconta que Portia s'était emparée de Matali City. Yaz lui expliqua qu'elle avait aussi pillé les chambres fortes matalines avant d'assassiner le grand vizir, et qu'ils étaient revenus à toute vitesse en Miromara pour avertir Sera et lui dire de se méfier de la duchessa.

— Et puis, tu sais, ce truc dont on a besoin ? Je l'ai ! dit Neela en jetant un coup d'œil discret aux soldats autour d'eux.

Sera comprit. Il y avait trop d'ennemis dans les parages pour parler librement.

— C'est génial, Neela ! Et tu sais quoi ? Moi aussi.

— Excellent ! sourit Neela avant de se rembrunir. Tu as vu des camps de prisonniers, Sera ? Est-ce que Traho en a installé ici aussi ?

— Des camps ?

— On en reparlera plus tard, coupa Yazeed. On est arrivés en ville pile au bon moment pour te retrouver, mais maintenant il faut qu'on reparte sans tarder. Allons-y !

— Je ne peux pas, Yaz. Pas encore. Je dois conduire Coco en sécurité d'abord, expliqua Serafina.

— Principessa, chuchota une voix.

Serafina fit volte-face.

— Niccolo ! s'exclama-t-elle en reconnaissant son ami et compagnon de résistance.

— Souriez-moi comme si j'étais une vieille connaissance, répliqua Niccolo, souriant lui-même comme un idiot. Et ne vous arrêtez pas de nager. Faites comme si on rentrait chez nous. Avancez. Deux soldats kobold nous regardent.

Ils suivirent tous ses instructions.

— On est repérés, lâcha Yaz, l'air grave.

— Je ne pense pas, dit Niccolo. La principessa a l'air tellement différente maintenant. Je l'ai reconnue uniquement parce que je l'avais déjà vue dans sa tenue de forban. Et parce que Coco était avec elle. Est-ce que vous vous rendez au quartier général ?

— Oui, répondit Serafina.

— Je m'en doutais. C'est pour ça que je suis venu. Oubliez ça. Les Kobold viennent d'y faire une descente. On avait posé une bombe sous la caserne des cavaliers de la mort la semaine dernière.

— C'était vous, les gars ? s'exclama Yaz avec admiration. Beau boulot !

Niccolo poursuivit :

— Ouais, c'est vrai, mais maintenant Traho réclame vengeance. Les gobelins vont de maison en maison à la recherche des membres de… euh, nos amis. La plupart d'entre nous s'en sont sortis, mais pas Fossegrim, Alessandra et Domenico.

Coco se mordit la lèvre et serra douloureusement la main de Serafina. Abelard, en percevant son émoi, se mit à décrire de petits cercles inquiets autour d'elle.

— Moi… et nos amis… on va tous se rendre séparément à la fosse – la décharge au nord de la ville. On s'est donné rendez-vous dans la forêt de varech située à l'ouest de la fosse. On attendra jusqu'à ce qu'il fasse nuit, puis on partira pour la nouvelle planque dans les *azzurros*, les collines bleues. Vous devez venir avec nous. Vous tous. C'est trop dangereux pour vous, ici.

Serafina regarda Neela et Yazeed. Ils acquiescèrent d'un hochement de tête.

— Merci, Niccolo, dit-elle. On vous retrouvera là-bas.

Dès qu'il fut parti, Serafina expliqua à Yaz comment rejoindre la forêt de varech.

— Attends une minute, pourquoi tu me dis ça ? demanda-t-il. Tu ne viens pas avec nous ?

— Je vous rejoins là-bas. Il y a quelque chose que je dois faire d'abord. Tu as des perles de transmerence sur toi ?

— Pourquoi as-tu besoin de… commença à dire Yazeed, avant de s'interrompre et de secouer la tête. Hors de question, Sera. Tu es devenue folle ?

— Donne-moi une perle, Yaz. Je dois savoir s'il est impliqué dans tout ça.

— Désolé, je suis à sec.

— J'y vais quand même.

Yaz poussa un juron, mais lui donna malgré tout une perle.

— Je vous retrouve dans la forêt, promit Serafina. Dans une heure.

— Une heure, répéta Yazeed. Et après, je viens te chercher.

— Je t'en prie, Sera… sanglota Coco, ses grands yeux remplis d'effroi.

— Je serai là, lui affirma Sera avec confiance en souriant. J'y arriverai. Je te le promets.

Tandis que Neela s'éloignait avec la petite sirle, le sourire de Serafina s'estompa. Elle prit la main de Yazeed et glissa quelque chose dans sa paume. Baissant les yeux, il vit qu'il tenait un collier avec un gros diamant bleu en son centre.

— Donne-le à Neela au cas où je ne reviendrais pas.

# CINQUANTE

SERAFINA, toujours visible, entra avec précaution dans la salle d'apparat du palais de Cerulea.

Elle avait emprunté un passage secret situé dans les écuries pour arriver jusqu'ici. C'était risqué, mais elle n'avait pas le choix. L'effet des perles de transmerence se dissipait souvent sans crier gare, et elle ne voulait pas utiliser celle que Yaz lui avait donnée avant de se trouver au cœur du palais. C'était un bâtiment extrêmement vaste, et retrouver son oncle pourrait lui prendre du temps.

Passer sans se faire repérer devant deux palefreniers et trois cavaliers de la mort pour rejoindre les écuries n'avait pas été une mince affaire. Par chance, ils étaient trop occupés à fêter le Dokimí de Lucia en buvant du vin de posidonia pour voir Sera traverser la carrière d'entraînement en nageant au ras du sol, cachée derrière des bottes de foin de mer.

Maintenant, en parcourant la salle d'apparat, elle regardait le trou béant où se dressait autrefois le mur est. Un courant au débit lent et mélancolique se déversait au travers. Des anémones et des algues avaient commencé à coloniser ses rebords déchiquetés. Elle nagea jusqu'au trône brisé, puis s'inclina pour toucher le sol. Elle resta immobile un bon moment, tête baissée, en souvenir de sa mère. Puis elle se redressa et recula lentement.

Au même moment, un mouvement derrière le trône la fit sursauter. Elle fit volte-face, dague à la main, puis se rendit compte que ce qu'elle voyait n'était autre que son reflet dans les grands miroirs qui couvraient les murs du plancher au plafond.

L'espace d'un instant, elle s'inquiéta que Riorim puisse être en train de l'épier derrière le réseau de lézardes fissurant le verre argenté, ou, pire encore, l'homme sans yeux. Mais les miroirs étaient vides.

Elle sortit la perle de transmerence de sa poche et l'enchanta. Maintenant, tout ce qui lui restait à faire, c'était de déterminer où pouvait être son oncle. Ses quartiers se trouvaient dans l'aile nord du palais, aussi décida-t-elle de commencer par là. Pour y parvenir, elle allait devoir remonter le couloir nord et passer devant la Chambre de la présence royale. Alors qu'elle s'en approchait, elle vit que la porte était fermée. Mais des voix lui parvenaient de l'intérieur.

Veillant à ne faire aucun bruit, elle colla l'oreille à la porte. Les voix appartenaient à Vallerio et à Portia. Mais elle ne parvenait pas à comprendre ce qu'ils disaient.

Sera se hâta de sortir par le trou du mur de la salle d'apparat et de faire le tour du palais pour voir si les grandes fenêtres de la Chambre de la présence royale étaient ouvertes. Par chance, l'une d'elles l'était. Elle se faufila par l'ouverture et, d'un battement de nageoire silencieux, alla se placer dans un coin de la pièce pour écouter et observer.

— Si le peuple savait… Si les gens finissaient par découvrir la vérité… disait son oncle.

— Les gens sont des idiots. Personne ne se doute un seul instant que tu puisses être derrière l'invasion. Tu as très bien su brouiller les pistes. Tu as prévenu Isabella que l'Ondalina s'apprêtait à entrer en guerre. Sans le vouloir, Kolfinn nous a aidés en rompant le permutavi.

— Je ne sais toujours pas pourquoi il a fait ça.

— Moi non plus. Et ça m'est égal. Ça a été une sacrée aubaine pour nous. Tout comme tes supplications auprès d'Isabella pour qu'elle déclare la guerre le jour même de l'attaque. Les conseillers qui ont survécu se rappelleront tes propos et parleront au peuple de la grande sagesse dont tu as fait preuve.

— Et, pour les versements, comment avez-vous procédé ? S'ils découvrent que de l'or a disparu de la chambre forte souterraine…

— Traho, c'est *lui* qui l'a payé. Comme convenu. Quant aux Kobold, les conseillers n'auront aucune réticence à les payer, vu que leurs troupes t'ont aidé à « libérer » la ville, dit Portia en riant.

Sera se demanda qui ce *lui* pouvait bien être.

— Ça, c'était un coup de génie, mon chéri ! poursuivit Portia. Faire croire à tout le monde que c'est toi et les Kobold qui avez poussé Traho à se rendre ! Maintenant que ces sauvages sont là, ils vont pouvoir éradiquer la résistance à notre place. La Miromara est à nous. La Matali est à nous. Bientôt, le Qin le sera aussi ; Treebot est en route en ce moment même. L'Atlantica sera la prochaine nation à tomber, puis l'Ondalina et enfin l'Eaudouce. Bientôt, notre fille règnera sur toutes les eaux du monde !

— Dix-neuf ans, Portia. C'est le temps que j'ai dû attendre pour voir cela ! Le temps que j'ai dû attendre pour faire de toi ma femme, pour être la famille que nous aurions toujours dû être, pour mettre notre fille sur le trône.

En entendant Vallerio, Serafina s'appuya contre un mur pour ne pas perdre l'équilibre. Elle avait l'impression qu'on venait de l'éviscérer.

Ce n'était pas l'amiral Kolfinn qui avait ordonné à Traho d'attaquer la Miromara. Et ce n'était pas Kolfinn qui avait collaboré avec le gogg Treebot. Tout ce temps, c'était Vallerio, *son propre oncle*. Il n'avait pas fui vers le nord dans le dessein de lever une armée pour libérer Cerulea. Il s'y était rendu pour y chercher des renforts, des brutes kobold qui feraient en sorte que personne ne remette en question le couronnement de Lucia. Et ces deux-là n'allaient pas s'arrêter avec la Miromara ; ils planifiaient d'envahir *tous* les royaumes aquatiques. Dès qu'elle aurait rejoint les azzurros et la planque, elle préviendrait les autres. Astrid, aussi. Astrid avait bien dit la vérité : l'Ondalina n'avait rien à voir avec l'invasion.

Portia prit une bouteille de vin de posidonia sur la table et remplit deux verres. Elle en tendit un à Vallerio.

— Tout se déroule si bien ! Mieux que je ne l'espérais même, dit-elle en trinquant avec lui. Il est content, et ça se comprend. Il a la perle noire, et maintenant Mahdi lui a trouvé le diamant bleu.

Le cœur de Serafina faillit s'arrêter. Qui, au nom des dieux, était ce *lui* ? Il fallait qu'elle le découvre. Qui que ce soit, il avait le talisman d'Orfeo. Ses amis et elle allaient devoir le lui reprendre maintenant.

— Il voudra les autres talismans aussi, objecta Vallerio. C'était le prix à payer pour obtenir son aide. Nous ne devons pas le faire attendre.

— Il n'attendra pas longtemps, répondit Portia. Les camps sont pleins. Les prisonniers travaillent jour et nuit pour trouver les talismans.

*Des camps ? Des prisonniers ? De quoi parle-t-elle ?* s'interrogea Serafina. Puis elle se rappela que Neela avait mentionné quelque chose de similaire. Est-ce que Traho enlevait les gens pour les forcer à travailler ?

— Nous avons surmonté tous les obstacles, Vallerio, poursuivit Portia, et éliminé toutes les menaces qui pesaient sur notre pouvoir. Cet idiot de Mahdi est de notre côté, et le restera tant qu'on lui donnera des écums. Bilaal et Ahadi sont morts. Aran et Sananda sont nos otages. Bastiaan est mort. Il est heureux qu'Isabella le soit, elle aussi.

— Il est heureux ? répéta Vallerio. Ce n'est pas quelque chose qui me rend heureux, Portia. C'était ma sœur. J'aurais aimé que cela se passe autrement.

Portia ne partageait pas ce point de vue.

— Allons, Vallerio, le temps n'est pas aux regrets. Ce que nous avons fait, nous l'avons fait pour le bien du royaume.

— Elle ne faisait que suivre le décret de Merrow, qui stipule que seule une fille de fille peut gouverner la Miromara, et pas une fille de fils, argumenta Vallerio, le regard perdu au fond de son verre.

Portia renifla avec dédain.

— Bien sûr qu'elle le suivait ! C'était un des supposés points forts d'Isabella : son observation servile des décrets absurdes de Merrow ! Le temps est venu pour de nouveaux décrets : les *nôtres*, transmis au peuple par *notre* fille.

Vallerio hocha la tête.

— Tu as raison, mon amour. Bien sûr.

Portia sourit.

— Attention à ne pas perdre ton sang-froid. Pas maintenant. Nous y sommes presque. Bientôt, plus rien ne pourra nous arrêter.

— A-t-on des nouvelles de Desiderio ? demanda Vallerio. De Serafina ?

— Des cavaliers de la mort s'occupent de traquer Desiderio. Ils ne l'ont pas encore trouvé, mais cela ne devrait pas tarder. Quant à Serafina, elle se montre plus difficile à capturer que prévu. Mais, tôt ou tard, sa chance finira par tourner. Je dis qu'elle est morte à tout ceux qui me le demandent, car elle le sera bientôt. Les cavaliers de la mort ont reçu leurs ordres et sauront les exécuter. Le règne de notre fille ne sera pas assuré tant que la fille d'Isabella vivra.

Quelqu'un frappa à la porte.

— Oui ! dit Vallerio.

Un domestique entra dans la pièce.

— Vos Grâces, dit-il, le dîner des fiançailles s'apprête à commencer.

Vallerio offrit son bras à Portia, et ils sortirent ensemble de la Chambre de la présence royale. Lorsque la porte se referma derrière eux, Serafina ressentit le besoin impérieux de saccager la pièce, de fracasser tout ce que Vallerio et Portia avaient touché. Elle lutta pour se retenir. Seuls les imbéciles alertent leurs ennemis de leur présence.

D'un battement de nageoire, elle ressortit par la fenêtre et prit la direction de la forêt de varech où se trouvaient ses amis. Yazeed avait raison. Il fallait qu'ils quittent Cerulea. Le plus tôt serait le mieux.

Tout en nageant, Sera chanta à mi-voix un lamentatio, un chant funèbre mer.

Il allait falloir qu'elle fasse le deuil d'un nouveau membre de sa famille.

# CINQUANTE ET UN

SERAFINA BASCULA LA TÊTE EN ARRIÈRE et regarda à travers les frondes de la forêt de varech. La nuit était en train de tomber. À la surface de l'eau, elle pouvait voir les rayons pâles de la lune se mouvoir à mesure que l'astre s'élevait dans le ciel.

— « Il est heureux. » C'est ce qu'elle a dit. « Il est heureux » qu'Isabella soit morte… Tout en souriant et en sirotant son verre de vin.

Sa voix s'enroua, brisée par l'émotion. Coco lui enlaça la taille. Neela lui embrassa la joue et Yaz lui prit la main.

— Oh, Sera, souffla Neela. Je suis tellement désolée.

Sera finit par retrouver l'usage de la parole et dit :

— Quelqu'un a un talisman. La perle noire d'Orfeo. Je ne sais pas qui c'est, je sais seulement que Vallerio et Portia l'aident à trouver les autres. Yaz, Neela, vous êtes au courant ? Et qu'est-ce que c'est que cette histoire de camps de travail et de prisonniers ?

Neela lui raconta tout ce qui lui était arrivé après leur séparation dans l'Incantarium.

Sa description des camps de travail l'écœura tout particulièrement.

— Comment peuvent-ils faire une chose pareille ? demanda-t-elle. Et dire que c'est mon oncle. Rien ne peut justifier ça ! Pas même dix-neuf ans de chagrin !

— On doit découvrir qui est ce *quelqu'un*, dit Mahdi en lui lâchant la main.

— On doit lui reprendre la perle noire, ajouta Serafina.

— On doit d'abord ficher le camp d'ici, rappela Neela.

Le varech dans lequel ils se cachaient poussait de façon si dense qu'ils devaient flotter à la verticale dans la forêt. Ils ne pouvaient ni s'asseoir ni étendre leurs nageoires.

— Qui manque encore à l'appel ? demanda Yazeed.

— Bartolomeo et Luca, répondit quelqu'un plus loin dans le varech.

C'était Niccolo.

— On attend encore une demi-heure et ensuite on file à la planque, prévint Yaz.

Serafina sentit quelque chose lui tomber dessus. Coco s'était assoupie malgré sa position verticale et la tête de l'enfant venait de se poser lourdement sur son épaule.

— Je vais m'enfoncer un peu plus loin dans la forêt, murmura-t-elle en prenant Coco dans ses bras. Je vais voir si je trouve un endroit où elle pourra s'étendre. Je n'irai pas très loin. Vous n'aurez qu'à siffler quand les autres arriveront.

Yazeed hocha la tête et Serafina se fraya un chemin à travers les tiges feuillues. Abelard la suivit. Quelques minutes plus tard, elle arrivait à l'orée d'une petite clairière. En revanche, elle n'était pas vide comme elle l'avait espéré. Elle contenait deux longs monticules de terre. Chacun d'eux était recouvert de fragments de statues en bronze. Elle repéra un torse. Une main. Une plaque. Des nageoires. Un morceau de queue…

Elle se baissa et déposa doucement Coco sur le sol. La petite sirle se réveilla aussitôt.

— Qu'est-ce qu'il y a ? demanda-t-elle, effrayée. Des cavaliers de la mort ?

— Chut, Coco. Tout va bien. J'essayais juste de te trouver un endroit pour dormir, la rassura Serafina.

Coco cligna des yeux en apercevant les monticules.

— C'est quoi, ça ? Des tombes ? demanda-t-elle.

— Je pense, oui.

Sera s'approcha d'un battement de nageoire et vit que les fragments avaient été disposés avec une certaine logique, les queues au bas des monticules et les visages au sommet. Elle se pencha en avant pour jeter un coup d'œil au visage de bronze et réalisa, dans un cri étouffé, qu'elle les connaissait. C'étaient les visages de ses parents.

Son chagrin se réveilla du plus profond de son être et lui remonta à la gorge. Elle se laissa tomber par terre et se demanda, sonnée, comment il était possible que son cœur puisse se briser aussi souvent et continuer malgré tout de battre.

*Les fragments éparpillés sur ces tombes,* pensa-t-elle, *ils proviennent de statues érigées dans Cerulea*. Elle en reconnut une de sa mère. Elle venait d'une place de la fabra et était particulièrement ressemblante.

À la tête des tombes, des écriteaux rédigés à la main spécifiaient que leurs occupants étaient la regina Isabella et son consort, le principe Bastiaan. PUISSIEZ-VOUS REPOSER EN EAUX CALMES, pouvait-on lire sous chacun de leurs noms.

Tandis que Sera suivait du doigt les lettres du prénom de son père, un bruissement agité s'éleva des tiges de varech. Quelques secondes plus tard, un vieux triton furieux, armé d'une lance rouillée, fit irruption dans la clairière. Il ressemblait à une épinoche : il avait le dos gris et le ventre orange, avec de petites nageoires hérissées d'aiguillons.

— Que faites-vous ici ? aboya-t-il en pointant sa lance sur elle.

— Nous sommes venues nous recueillir, répondit Serafina.

— Ah, dit-il en baissant sa lance. Bon, ben, ça m'va alors. J'avais peur qu'vous êtes un de ces sales maraudeurs qui ont tué la regina et son mari.

— Non, dit Serafina. On ne savait même pas que leurs tombes étaient là. Qui les a enterrés ?

— Moi. Mon nom, c'est Frammento. J'habite juste à côté, par là-bas, précisa-t-il en tendant le pouce par-dessus son épaule. Je gagne ma vie en ramassant des ordures et en vendant ce que j'trouve. Un soir, j'suis tombé sur que'que chose dont j'avais pas l'habitude : deux corps emmitouflés dans un tapis tout dégoulinant de sang.

Sera tressaillit à ces mots, mais s'empressa de masquer sa peine. Elle ne voulait pas que le vieux triton devine qui elle était.

— Je les y reconnus tout de suite : c'était Isabella et Bastiaan, poursuivit Frammento. Les crapules de Traho cherchaient voir à s'en débarrasser discrètement, j'imagine, pour être sûrs que leurs sujets y z'aient pas une sorte de lieu de rassemblement. J'avais le cœur en miettes quand j'les ai trouvés. Et pis j'étais fou de rage, aussi. J'les ai emportés et j'leur ai donné des sépultures dignes.

— C'était très généreux de votre part, dit Sera, qui avait envers le triton plus de gratitude qu'elle n'aurait su l'exprimer.

— C'était trois fois rien. J'aurais voulu faire plus. J'avais pas grand-chose pour décorer les tombes… Et puis Traho a commencé à faire abattre les statues, alors j'ai pu ramasser certains p'tits morceaux et les rapporter ici. Pas un gars n'était au courant pour les tombes au début, mais ensuite un ou deux sont tombés dessus et pis le bruit s'est répandu. Y sont de plus en plus à v'nir se recueillir, maintenant. D'ailleurs, j'vais vous laisser tranquilles.

Il souleva sa casquette et disparut.

Coco, qui observait les tombes de plus près, s'écria :

— Oh non ! Sera, regarde !

Elle lui montra du doigt un petit tas de gravats près du sommet de la tombe d'Isabella.

Il s'agissait de la couronne qui coiffait autrefois la tête de la statue. Elle n'était pas en or ou en argent, mais avait été faite à l'aide de branches de corail rouge, un cadeau de la mer.

— Elle a dû se craqueler et tomber quand Frammento a posé la tête ici, dit Coco pendant qu'Abelard fouillait les fragments du bout du nez.

— Je vais la réparer, proposa la petite sirle. Je suis très forte en canta prax. Je passais mon temps à casser les affaires d'Ellie et j'arrivais toujours à les réparer avant qu'elle s'en rende compte.

Elle s'assit sur le sol et commença à rassembler les morceaux.

C'est tout juste si Serafina l'avait entendue. Elle observait le beau visage de sa mère, son regard décidé et serein. Il semblait la fixer maintenant. Elle caressa sa joue froide.

— La résistance fait preuve d'un grand courage, mais elle est fragile et dispersée, maman, murmura-t-elle. Il y a des descentes régulières dans les planques. Et ils manquent de nourriture. Certains de nos sujets sont très malades. Il y aurait tant de choses à faire ! Ici, à Cerulea, contre Vallerio et Portia. Mais aussi dans le reste des océans, contre Abbadon. J'ignore par où commencer.

Sa mère avait toujours eu réponse à tout. Sera avait désespérément besoin de ses conseils aujourd'hui. Mais le visage de bronze resta silencieux.

— J'ai réussi ! s'écria soudain Coco.

La couronne de corail était de nouveau en un seul morceau. Elle la souleva, la porta jusqu'à Serafina et la lui plaça sur la tête.

— C'était la couronne d'Isabella, mais elle est morte, alors c'est la tienne à présent. C'est toi la regina, maintenant. Pas Lucia, affirma-t-elle.

Elle se jeta au cou de son amie et la serra de toutes ses forces.

Sera lui rendit son étreinte. La confiance que la petite sirle avait en elle et son affection indéfectible lui réchauffaient le cœur. Lorsqu'elle relâcha Coco, ses yeux tombèrent sur la plaque qui avait orné la base de la statue d'Isabella. Elle connaissait bien les mots qui étaient gravés dessus.

C'était la devise de Merrow, ainsi que celle de toutes les souveraines merrovingiennes qui lui avaient succédé.

*L'amour du peuple de la mer est ma force.*

C'était ça. La réponse dont elle avait besoin. Elle était là depuis le début.

Elle entendit alors la voix de Thalassa résonner dans sa tête : *Le pouvoir le plus puissant d'une souveraine provient de son cœur, de l'amour qu'elle porte à ses sujets et de celui qu'ils lui portent en retour.*

Celle de Vrăja : *Rien n'est plus puissant que l'amour.*

Et d'Elena : *L'amour est la plus grande magie qui soit.*

L'amour était le plus grand pouvoir de Merrow. Et de sa mère. Ce devait être le sien, à elle aussi. Elle allait se battre jusqu'à la mort pour son peuple. Elle allait reprendre sa cité et son royaume. Elle allait éradiquer le mal tapi dans l'océan Austral. Sans répandre la terreur, faire preuve de cruauté ou de haine, comme Traho. Mais avec amour.

— Merci, maman, murmura-t-elle. Allez, dit-elle à Coco en se relevant. On y va. Il est temps de rejoindre la planque et de nous remettre au travail. J'ai une résistance à mener.

Tandis que les deux sirènes rebroussaient chemin, Serafina nageait le dos bien droit et la tête haute.

Son regard brillait désormais d'un éclat dangereux.

# CINQUANTE-DEUX

DANS LA MER DE CHINE ORIENTALE, un grand chalutier se mouvait lentement à la surface des eaux. Assis sur une chaise sur le pont arrière du navire, Alfred Venom Treebot regardait les derniers rayons du soleil peindre le ciel. Ses cheveux étaient coiffés d'une casquette de baseball, ses yeux dissimulés derrière des lunettes de soleil. Une perle noire sans défaut était suspendue à une chaîne autour de son cou. Du sang éclaboussait sa main droite.

En face de lui se trouvait une sirène ligotée à une chaise. Un filet carmin gouttait de son menton. Sa tête retombait mollement sur sa poitrine. Une de ses tresses noires s'était détachée.

Son épée était posée sur une table. Son sac avait été mis en charpie et son contenu éparpillé sur le pont : quelques porcelaines, des galets de transmerence, une pomme d'eau et les jetons blancs d'un jeu de lettres terragogg.

— Cela commence à devenir pénible, lâcha Treebot en se tournant vers elle.

La sirène releva la tête et cracha le sang qu'elle avait dans la bouche. Elle avait la lèvre fendue et un œil fermé par un hématome.

— Ça me rend triste que vous disiez cela, répliqua Ling. Moi, je passe un moment merveilleux.

Treebot fit craquer ses jointures.

— Je vous repose la question : où est le talisman ?

— Et je vous redonne ma réponse : je n'en ai aucune idée.

— Vous croyez que je plaisante ? Je vais vous découper les oreilles et les jeter aux requins.

— Allez-y ! Comme ça, je ne serai plus forcée de vous entendre !

Treebot attrapa la sirène par les cheveux et lui tira la tête en arrière.

— Il existe toutes sortes de douleurs, Ling. Il y a celle que vous ressentez en ce moment, mais il y en a de bien pires également. Comme celle que vous éprouverez quand, après avoir mis la main sur votre père, je le ferai monter à bord de ce bateau et découperai *ses* oreilles, tout ça parce que vous refusez de me dire ce que je veux savoir.

— Bon courage, alors. Mon père est mort. Écoutez, je ne sais pas où est le talisman. Mais, même si je le savais, je ne vous le dirais pas.

Treebot la lâcha.

— Vous tuer me ferait plaisir. Cela me ferait très plaisir.

— Eh bien, allez-y et arrêtez de me faire perdre mon temps.

— Malheureusement, je ne peux pas. Vous avez bien trop de valeur pour moi, et vous le savez. Vous êtes maligne, Ling, mais pas suffisamment. Depuis tout ce temps, vous ne savez toujours pas à qui vous avez affaire, n'est-ce pas ?

— Oh si, je le sais. Vous faites le bateau-taxi pour Traho. Vous êtes son larbin de gogg.

— J'ai bien peur que vous ne voyiez les choses à l'envers, sourit Treebot.

Il retira ses lunettes de soleil.

Ling étouffa un cri de surprise. Ses yeux n'avaient ni iris ni blanc. Ils étaient entièrement noirs.

Treebot fit un geste de la main, et les lettres du jeu de Ling se mirent à glisser à travers le pont. Sous les yeux de la sirène, elles s'assemblèrent pour former le nom du capitaine :

ALFRED VENOM TREEBOT

Puis, lentement, les lettres se mélangèrent pour écrire autre chose.

— Non, s'exclama Ling, horrifiée en voyant ce qui venait de se former sous ses yeux. C'est impossible ! Vous êtes mort. Vous êtes mort depuis quatre mille ans !

TREMBLE DEVANT ORFEO

# REMERCIEMENTS

CETTE PAGE EST L'ESPACE que l'on vous donne pour remercier les gens qui vous ont aidé à faire un livre. Encore une fois, je souhaiterais remercier ma merveilleuse famille, ainsi que l'incroyable équipe de Disney, pour leur soutien et l'enthousiasme qu'elles manifestent à l'égard de *Rogue Wave* et de *La Saga Waterfire* dans son ensemble. Mais il y a quelqu'un que j'aimerais remercier plus particulièrement ici, la première personne à m'avoir présentée à mes amies les sirènes : mon agent (de longue date), Steve Malk.

Le rôle d'un agent dans la vie d'un écrivain est immense : c'est un associé, un confident, un supporteur, un conseiller et, lorsque vous êtes aussi chanceux que moi, un ami. Je ne saurais en quelques lignes remercier Steve de manière exhaustive pour tout ce qu'il a fait pour moi, mais je vais tout de même essayer.

Alors voilà :

Merci, Steve, pour tes conseils avisés et ta bonne humeur constante – deux choses auxquelles j'attache une immense valeur. Merci d'aimer la musique et le chocolat autant que moi. Je serai toujours prête à partager en deux ma dernière truffe gingembre-sésame-wasabi avec toi, et je sais que tu ferais la même chose à ma place. Merci de m'avoir dissuadée de me jeter par la fenêtre un nombre incalculable de fois ! Merci d'avoir toujours à cœur de me dire ce qui est mauvais dans un manuscrit, comme ce qui est bon. Merci pour cet amour authentique et indéfectible que tu portes à la littérature jeunesse.

Et, par-dessus tout, merci de m'avoir aidée à faire de ma passion un vrai métier. Devenir écrivain était le rêve de ma vie. Grâce au travail acharné que tu accomplis pour moi, j'ai pu le réaliser.

# ANNEXES

# CORAUX GÉNÉALOGIQUES

## FAMILLE IMPÉRIALE DE MATALI

**NAVI**

Aran + Sananda
- Yazeed
- Neela

Bilaal + Ahadi
- Mahdi

## FAMILLE NOBLE DE MIROMARA (VOLNERO)

**KALUMNUS**

Livilla

Sejanus Adaro† + Portia Volnero
- Lucia

## FAMILLE ROYALE DE MIROMARA (MERROVINGIA)

**MERROW**

Isolda

Artemesia
- Vallerio
- Isabella + Bastiaan
  - Serafina
  - Desiderio
- Ludovico

Portia Volnero ····· anciens amants ····· Vallerio

Mahdi – – – – – Serafina

## FAMILLE DE KOLFINN
CHEF DE L'ONDALINA

**ORFEO**

- Sigurlin
- Kolfinn+?
  - Astrid

## FAMILLE D'ATLANTICA

**PYRRHA**

?+?
- Becca

## FAMILLE D'EAUDOUCE

**NYX**

?+?
- Ava

## CLAN DU QIN

**SYCORAX**

Wen

père disparu+?
- Ling

# GLOSSAIRE

Abbadon : monstre colossal créé par Orfeo, puis vaincu et mis en cage dans les eaux de l'Antarctique.

Abelard (Abby) : requin-taureau de Coco.

Acqua Guerrieri : soldats miromarains.

Agora : place publique.

Ahadi, impératrice : ancienne co-souveraine de Matali ; mère de Mahdi.

Alfred Venom Treebot : pire terragogg qui soit. Il possède une flotte de bateaux qui, en pratiquant le chalutage et la palangre en eau profonde, semble vouloir vider la mer jusqu'au dernier poisson.

Alítheia : araignée de mer venimeuse mesurant plus de trois mètres, entièrement constituée de bronze auquel ont été ajoutées, lors de sa confection, quelques gouttes du sang de Merrow. C'est Bellogrim, le dieu du feu, qui l'a forgée et Neria, la déesse de la mer, qui lui a insufflé la vie afin de protéger le trône de Miromara des imposteurs.

Alma : femme qu'Orfeo aimait ; sa mort l'a rendu fou de chagrin.

Amah : gouvernante.

Anguillais : langue parlée par les murènes et les anguilles.

Apă piatră : ancien chanvoûtement de protection roumain qui permet de dresser un mur d'eau de dix mètres assez compact pour servir de bouclier.

Aran, empereur : actuel co-souverain de Matali ; père de Neela.

Armando Contorini : duca di Venezia, chef des Praedatori (dit Karkharias, le Requin).

Askara (plur. Askari) : membre de la garde personnelle de Kora en Kandina.

Astrid : jeune sirle, fille de Kolfinn, dirigeant de l'Ondalina.

Atlante : de l'Atlantide.

Atlantica : nation mer située dans l'océan Atlantique.

Atlantide : ancienne île paradisiaque de la Méditerranée où vivaient les ancêtres des Mer. Six mages la gouvernaient avec sagesse et compétence : Orfeo, Merrow, Sycorax, Navi, Pyrrha et Nyx. Lorsque l'île a été détruite, Merrow a sauvé les Atlantes en priant Neria de les transformer de façon à ce qu'ils puissent survivre sous l'eau.

Ava : jeune sirle d'Eaudouce venue de l'Amazone. Bien qu'aveugle, elle arrive à percevoir certaines choses.

Baba Vrăja : aînée (obârşie) des Iele, les sorcières des rivières.

Baltazaar : premier ministre des finances depuis le début du règne de Merrow.

Baron Vert Lom Fet-Dee : pirate qui a attaqué le *Déméter* dans l'intention de voler le diamant bleu de l'infante Maria Teresa.

Bassin de Madagascar : région située dans l'ouest de la Matali, près de la Kandina, où les sabregueules se reproduisent.

Bastiaan, principe consorte : époux de la regina Isabella et père de Serafina, héritier de la Maison des Kaden, originaire de la mer de Marmara.

Bateau fantôme : épave imprégnée de la force de vie d'un humain noyé à bord. Elle ne rouille ni ne pourrit jamais.

Bébé : piranha et poisson-guide d'Ava.

Becca : jeune sirle d'Atlantica.

Bellogrim : dieu du feu.

Bilaal, empereur : ancien co-souverain de Matali ; père de Mahdi.

Bing-bang : bonbon matalin.

Bioluminescent : créature marine qui produit et émet sa propre lumière.

Blu, Grigio et Verde : trois Praedatori qui aident Neela et Serafina à s'échapper des griffes de Traho.

Brack : bière mousseuse brassée à base de pommes d'eau acides.

Caballabong : sport qui se pratique à dos d'hippokampe, comparable au polo des humains.

Canta magus (plur. magi) : mage miromarain, gardien de la magie.

Canta malus : chant obscur. Cadeau empoisonné offert par Morsa au peuple mer pour tourner en dérision les présents de Neria.

Canta mirus : chant extraordinaire.

Canta prax : chant simple. Les prax sont des sorts d'usage pratique, utiles au quotidien et à la survie des Mer : sorts de camouflage, d'écholocalisation, pour se déplacer plus vite ou pour épaissir un nuage d'encre. Même les Mer les moins doués en magie sont capables d'en lancer.

Carceron : prison de l'Atlantide dont le verrou ne s'ouvre qu'en présence des six talismans. Il se trouve désormais quelque part au milieu de l'océan Austral.

Cathay : ancien nom donné à la Chine mongole.

Cavaliers de la mort : soldats de Traho se déplaçant à dos d'hippokampes noirs.

Cerulea : cité royale de la Miromara où vit Serafina.

Cétaçais : langue des baleines.

Ceto : baleine à bosse chef du clan Rorqual.

Chant de sang : volute de sang que l'on tire de son propre cœur pour rendre visibles à d'autres certains de ses souvenirs.

Chant obscur : sort canta malus puissant pouvant causer de gros dégâts ; il est légal de s'en servir contre ses ennemis en temps de guerre.

Chanvoûtement : élément de base de la magie mer. Sortilège qui utilise la voix comme vecteur et le chant comme amplificateur.

Chillawonda : bonbon matalin.

Clio : hippokampe de Serafina.

Commoveo : sort que l'on peut utiliser pour déplacer des objets.

Confuto : sort prax qui donne aux humains l'apparence de fous lorsqu'ils parlent du peuple mer.

Conque : coquillage dans lequel on enregistre des informations pour les stocker.

Conseil des Six Eaux : réunion exceptionnelle rassemblant tous les gouvernants des océans.

Convoca : chanvoûtement dont on peut se servir pour convoquer des personnes ou communiquer avec elles.

Corrento Largo : artère principale de la Lagune.

Cosima (Coco) : petite sirle membre de la cour de Serafina.

Croc'Flots : petit snack ambulant qui vend de quoi boire et grignoter.

Desiderio (Des) : grand frère de Serafina.

Dokimí : « test » en grec. Une cérémonie au cours de laquelle l'héritière du trône miromarain doit prouver qu'elle est une véritable descendante de Merrow en versant son sang en présence d'Alítheia, l'araignée de mer. Elle doit ensuite pratiquer un chanvoûtement, prononcer ses vœux de fiançailles et jurer de donner un jour une fille au royaume.

Draca : langue parlée par les dragons.

Duchi di Venezia : duché créé par Merrow pour protéger la mer et tous ses habitants des terragoggs.

Eaudouce : nation mer regroupant les fleuves, rivière, lacs et mares du monde, ou Mer habitant l'Eaudouce.

Écum : monnaie du peuple mer comprenant le trocus d'or (plur. trocii), la drupe d'argent et la porcelaine de cuivre. Les doublons en or servent d'écum parallèle pour le marché noir.

Ekelshmutz : l'une des quatre tribus kobold.

Elysia : capitale de l'Atlantide.

Étrilleur : grosse méduse flottant au-dessus des clubs et des boîtes de nuit pour empêcher quiconque d'entrer sans payer.

Eveksion : dieu de la guérison.

Fabra : quartier des artisans de Cerulea.

Fantôme d'épave : tout contact prolongé avec ces fantômes avides de vie peut s'avérer fatal.

Fer : métal imperméable à la magie.

Feu d'eau : feu magique – le fameux waterfire dont la saga porte le nom – utilisé pour enfermer ou circonscrire quelqu'un ou quelque chose.

Feuerkumpel : mineurs gobelins formant l'une des tribus kobold. Ils extraient le magma de gisements enfouis sous la mer du Nord. La lave ainsi obtenue permet aux Mer de s'éclairer et de se chauffer.

Filomena : cuisinière du duca Armando.

Forbans : jeunes Mer en rébellion contre la société qui s'habillent comme des pirates.

Fossegrim : liber magus de la Miromara, gardien du savoir.

Fragor lux (Frag) : sort pour façonner une bombe de lumière.

Frouillards : peurs les plus profondes d'une personne. Riorim Erissem s'en nourrit.

Galerie des soupirs : immense galerie pleine de miroirs où Serafina et Neela rencontrent Riorim Erissem.

Globe de lave : lampe dont la source de lumière est obtenue à partir de magma extrait, raffiné et transformé en lave blanche par les Feuerkumpel.

Gorgone : méduse la plus dangereuse du monde.

Grande Abysse : gouffre profond situé dans le Qin où le talisman de Sycorax aurait été dissimulé, et où le père de Ling a disparu tandis qu'il l'explorait.

Griffes-noires du Lakshadwa : dragons dont se sont servies les troupes qui ont attaqué Cerulea.

Grotta : équivalent mer d'une salle de bain.

Guerriers de l'Onde : humains qui se battent pour préserver les océans et leurs habitants.

Hagarla : reine des dragons sabregueules.

Haraka : art martial pratiqué par les Askari.

Hippokampe : créature mi-cheval, mi-serpent dont les yeux ressemblent à ceux d'un reptile.

Hölleblâser : souffleurs de verre gobelins formant l'une des tribus kobold.

Horok : gardien des âmes qui récupère l'âme des défunts contenue dans une perle blanche afin de les conduire dans le Royaume des Morts.

Iele : sorcières des rivières.

Illuminata : sort pour créer de la lumière.

Illusio : sort servant à se déguiser.

Incantarium : pièce où les incanti surveillent et contrôlent Abbadon à l'aide d'un feu d'eau et d'une psalmodie.

Isabella, Serenissima Regina : souveraine de Miromara ; mère de Serafina.

Janiçari : garde personnelle de la regina Isabella.

Janteeshapta : bonbon matalin.

Jua Maji : village de Kandina.

Kandina : région de l'ouest de la Matali située près du bassin de Madagascar, gouvernée par Kora.

Kandinien(ne) : de Kandina ; langue parlée en Kandina.

Kanjaywoohoo : bonbon matalin.

Karkharias : le Requin, chef des Praedatori.

Kengee : rayon de soleil en kandinien ; symbole de Jua Maji.

Khelefu : grand vizir de Matali.

Kiongozi : général de Kora.

Kiraat : medica magus de Matali.

Kobold : tribus de gobelins vivant dans la mer du Nord.

Kolfinn, amiral : gouverneur de l'Ondalina.

Kolisseo : énorme théâtre de pierre à mer ouverte datant de l'époque de Merrow, situé à l'extérieur des murs de Cerulea.

Kootagulla : pâtisserie mataline.

Kora : souveraine de la région mataline de Kandina et vassale de l'empereur ; chef des Askari.

Kyr : plus jeune fils de Neria, sauvé par Merrow des crocs d'un requin.

Lagrima de la Sirena : voir Larme de la Sirène.

Lagune : étendue d'eau qui baigne la cité humaine de Venise où il est interdit aux Mer de s'aventurer.

Lagunien : habitant de la Lagune.

Landes de Thira : étendue d'eau peuplée d'Opafago qui entoure l'Atlantide.

Larme de la Sirène : diamant bleu donné à Maria Teresa, une infante d'Espagne, le jour de son seizième anniversaire.

Liber magus : mage miromarain, gardien du savoir.

Ling : jeune sirle originaire du royaume du Qin. C'est une omnivoxa.

Lucia Volnero : dame d'honneur de Serafina. Membre de la lignée Volnero, une famille noble aussi ancienne et presque aussi puissante que celle des Merrovingia.

Mahdi : prince hériter de Matali, futur fiancé de Serafina ; cousin de Yazeed et de Neela.

Maria Teresa : infante d'Espagne qui faisait voile pour la France à bord du *Déméter* en 1582 lorsqu'elle fut attaquée par un pirate, le Baron Vert Lom Fet-Dee.

Markus Traho, capitaine : chef des cavaliers de la mort.

Mata-ji : terme matalin signifiant « mère ».

Matali : royaume mer situé dans l'océan Indien. De simple avant-poste implanté au large des Seychelles, la Matali est devenue un gigantesque empire qui s'étend jusqu'aux eaux africaines à l'ouest, à la mer d'Arabie et au golfe du Bengale au nord, et aux rivages de la Malaisie et de l'Australie au sud.

Matalin(e) : de Matali.

Medica magus : équivalent mer d'un docteur.

Meerteufel : l'une des quatre tribus kobold.

Mehterbaşi : chef des Janiçari.

Mer : peuple descendant des Atlantes transformés en sirènes et en tritons par la déesse Neria.

Merlangue : langue commune du peuple mer.

Merrovingia : descendants de Merrow.

Merrovingien(ne) : relatif à la famille des Merrovingia.

Merrow : mage faisant partie des Six Souverains Originels de l'Atlantide, ancêtre de Serafina. Première souveraine du peuple mer, elle est l'auteur des premiers chanvoûtements et de nombreux décrets, y compris ceux établissant les règles du Dokimí.

Miromara : royaume dont Serafina est originaire. Il comprend toute la Méditerranée, les mers Adriatique, Égée, Baltique, Ionienne, Ligure et Tyrrhénienne, les mers de Sardaigne, des Baléares, de Marmara et de Libye, mais aussi la mer Noire, la mer d'Azov ainsi que les détroits de Gibraltar, des Dardanelles et du Bosphore.

Miromarain(e) : de la Miromara.

Molluska : langue parlée par les pieuvres et les poulpes.

Morganes : type de sirènes dont les origines se perdent dans l'écume de l'histoire et auxquelles leur physique et leur voix, hors du commun, donnent le pouvoir d'envoûter hommes et tritons.

Morsa : ancienne déesse des pillards et des charognards dont le rôle consistait à emporter les corps des défunts. Elle a mis en colère Neria pour avoir pratiqué la nécromancie. La déesse de la mer l'a punie en lui donnant le visage de la mort et le corps d'un serpent, puis l'a bannie.

Nageoires Noires : groupe de résistants dont le quartier général se trouve dans l'Ostrokon.

Näkki : métamorphes sanguinaires vivant dans l'Atlantique Nord.

Navi : mage faisant partit des Six Souverains Originels de l'Atlantide, ancêtre de Neela.

Neela : princesse mataline, meilleure amie de Serafina, sœur de Yazeed et cousine de Mahdi. C'est une bioluminescente.

Neria : déesse de la mer.

Nex : canta malus ou chant obscur utilisé pour tuer.

Ngome ya jeshi : campement des Askari, la garde personnelle de Kora.

Nocérus : canta malus ou chant obscur utilisé pour blesser.

Nyx : mage faisant partie des Six Souverains Originels de l'Atlantide, ancêtre d'Ava.

Nzuri Bonde : village de Kandina où vit Kora.

Océan Austral : étendue d'eau qui baigne l'Antarctique.

Olt : rivière de Roumanie où habitent les Iele.

Omnivoxa (Omni) : mer qui a la capacité naturelle de parler tous les dialectes dérivés de la merlangue et de communiquer avec les créatures marines.

Ondalina : nation mer située dans les eaux de l'Arctique.

Ondalinien(ne) : de l'Ondalina.

Ooda : poisson-globe et animal de compagnie de Neela.

Opafago : créatures marines cannibales qui vivaient en Miromara jusqu'à ce que Merrow parvienne à les repousser dans les Landes de Thira, l'étendue d'eau baignant les ruines de l'Atlantide.

Orfeo : mage faisant partie des Six Souverains Originels de l'Atlantide, ancêtre d'Astrid.

Ostroko (plur. Ostroki) : équivalent mer d'un bibliothécaire.

Ostrokon : équivalent mer d'une bibliothèque.

Pānī Yōd'dhā'ōṁ : guerriers de l'eau matalins.

Périple de Merrow : dix ans après la destruction de l'Atlantide, Merrow a écumé les océans du monde à la recherche de régions que les Mer pourraient coloniser sans danger.

Perle de transmerence : perle dans laquelle est inséré un chanvoûtement d'invisibilité ; les galets de transmerence ne sont pas aussi puissants que les perles.

Permutavi : pacte liant l'Ondalina et la Miromara, promulgué après la guerre de la crête de Reykjanes et prescrivant l'échange des enfants des deux dirigeants.

Pesca : langue parlée par certaines espèces de poissons.

Petra tou Neria : Pierre de Neria.

Pierre de lune : talisman de Navi ; pierre bleue argentée de la taille d'un œuf d'albatros qui irradie de l'intérieur.

Pierre de Neria : diamant bleu en forme de larme que Neria donna à Merrow pour la remercier d'avoir sauvé Kyr, son plus jeune fils, d'une attaque de requin.

Pita-ji : terme matalin signifiant « père ».

Pompasooma : pâtisserie mataline.

Portia Volnero : mère de Lucia, l'une des dames d'honneur de Serafina. Elle aurait voulu épouser Vallerio, l'oncle de Serafina.

Posidonia : vin sucré obtenu à partir d'algues fermentées.

Potion de Moïse : liquide secrété par la sole de Moïse dans la mer Rouge qui permet d'endormir les gens.

Praedatori : combattants qui protègent les océans et leurs habitants contre les terragoggs ; les factions terrestres sont connues sous le nom de Guerriers de l'Onde.

Praesidio : demeure vénitienne du duca Armando.

Priyā : terme matalin pour exprimer son affection.

Pur-sang arabe royal : l'une des nombreuses espèces de dragons qui, en se reproduisant en Matali, constituent la principale source de richesse de l'empire. Créature si éblouissante et si chère que seuls les Mer les plus fortunés ont les moyens d'en posséder.

Pyrrha : mage faisant partie des Six Souverains Originels de l'Atlantide, ancêtre de Becca.

Qin : nation mer située dans l'océan Pacifique dont Ling est originaire.

Queue du Diable : bosquet épineux protecteur qui flotte au-dessus de Cerulea.

Queues-bleues du Bengale : l'une des nombreuses espèces de dragons qui, en se reproduisant en Matali, constituent la principale source de richesse de l'empire. Gentils et calmes, ils sont particulièrement adaptés pour tirer chariots et calèches.

Rafael : juge des mers qui officie lors de l'échange des vœux de Mahdi et de Sera.

Reggia : ancien palais de Merrow.

Requin-limier : requin très doué pour suivre une piste.

Riorim Erissem : maître du Vadus, le royaume des miroirs.

Robus : sort permettant de renforcer un objet.

Rorqual : baleine à bosse.

Roussalka : fantômes de jeunes humaines mortes noyées après s'être jetées dans une rivière à cause d'une peine de cœur.

Rursus : langue parlée au Vadus, le royaume des miroirs.

Sabregueules : l'une des nombreuses espèces de dragons qui, en se reproduisant en Matali, constituent la principale source de richesse de l'empire. Sauvages et sanguinaires, ils découragent les potentiels envahisseurs de passer par le bassin de Madagascar.

Saintes-Maries-de-la-Mer : ville de France utilisée comme point de repère par Serafina pour retrouver l'épave du *Déméter*.

Sananda, impératrice : actuelle co-souveraine de Matali ; mère de Neela.

Sejanus Adaro : mari de Portia Volnero, décédé un an après la naissance de Lucia.

Serafina : principessa di Miromara.

Serment de sang : chanvoûtement au cours duquel le sang de différents mages se mélange pour former un lien indestructible et leur permettre de partager leurs compétences.

Sirle : équivalent de « fille » en merlangue.

Six Souverains Originels : mages qui gouvernaient l'Atlantide.

Suma : amah (gouvernante) de Neela.

Sycorax : mage faisant partie des Six Souverains Originels de l'Atlantide ; ancêtre de Ling.

Sylvestre : pieuvre et animal de compagnie de Serafina.

Tajdar : ministre des Affaires étrangères de la Matali.

Talisman : objet aux propriétés magiques.

Tavia : gouvernante de Serafina.

Terragoggs (Goggs) : humains. Jusqu'à présent, ils n'ont jamais réussi à franchir les sortilèges de protection du peuple mer.

Thalia : vitrina qui sait à quoi ressemblent les six talismans.

Tortellique : langue des tortues marines.

Triçon : équivalent de « garçon » en merlangue.

Vadus : royaume des miroirs.

Vallerio, principe del sangue : frère de la regina Isabella, chef d'état-major des armées de Miromara ; oncle de Serafina.

VITRINA : âmes d'humains beaux et vaniteux qui ont passé tellement de temps à s'admirer devant leur miroir qu'elles sont désormais piégées à l'intérieur.

VORTEX : sort utilisé pour créer un tourbillon.

YAZEED : frère de Neela ; cousin de Mahdi.

ZÉE-ZÉE : bonbon matalin.

ZENO PISCOR : mer qui a trahi Serafina et Neela en faveur de Traho.

« Pour l'éditeur, le principe est d'utiliser des papiers composés de fibres naturelles, renouvelables, recyclables et fabriquées à partir de bois issus de forêts qui adoptent un système d'aménagement durable. En outre, l'éditeur attend de ses fournisseurs de papier qu'ils s'inscrivent dans une démarche de certification environnementale reconnue. »

PAPIER À BASE DE FIBRES CERTIFIÉES

hachette s'engage pour l'environnement en réduisant l'empreinte carbone de ses livres. Celle de cet exemplaire est de : 870 g éq. $CO_2$ Rendez-vous sur www.hachette-durable.fr

Composition et mise en pages
Nord Compo à Villeneuve-d'Ascq

Imprimé en Espagne par UNIGRAF
Dépôt légal 1re publication : juin 2015
15.0003.1 – ISBN 978-2-01-397348-9
Édition 01 : juin 2015